国家古籍整理出版专项经费资助项目

明清小品丛书

A Series
of
Essays
in
Ming and Qing
Dynasties

袁宏道小品

〔明〕袁宏道——著
赵伯陶——注评

中州古籍出版社
·郑州·

图书在版编目(CIP)数据

袁宏道小品 /(明)袁宏道著;赵伯陶注评.—郑州:中州古籍出版社,2023.12
(明清小品丛书)
ISBN 978-7-5738-1071-7

Ⅰ.①袁… Ⅱ.①袁…②赵… Ⅲ.①小品文-作品集-中国-明代 Ⅳ.①I264.8

中国国家版本馆CIP数据核字(2023)第228456号

YUAN HONGDAO XIAOPIN
袁宏道小品

出 版 人	许绍山
选题策划	梁瑞霞 张 雯
责任编辑	张 雯
责任校对	苏晓园
美术编辑	曾晶晶
封面设计	黄桂敏

出 版 社	中州古籍出版社(地址:郑州市郑东新区祥盛街27号6层 邮编:450016 电话:0371-65788693)
发行单位	河南省新华书店发行集团有限公司
承印单位	河南瑞之光印刷股份有限公司
开 本	787 mm×1092 mm 1/32
印 张	9.625
字 数	190千字
版 次	2023年12月第1版
印 次	2023年12月第1次印刷
定 价	49.00元

本书如有印装质量问题,请联系出版社调换。

前　言

一

　　袁宏道（1568~1610），字中郎，号石公，又号无学、六休、石头居士，明湖广公安（今属湖北）人。长兄袁宗道（1560~1600），字伯修；三弟袁中道（1570~1626），字小修。在明代文学史上，"公安三袁"以反对复古、标举性灵享誉后世，被称为公安派。

　　袁宏道受其兄袁宗道的影响，早年即开始接触禅学与阳明心学。万历十九年（1591），袁宏道特意到麻城龙湖拜访李贽，两人一见如故，相得甚欢。这次访学为公安派文艺思想的确立打下基础。

万历二十年（1592）三月，袁宏道殿试考中三甲第九十二名进士。在京师期间，袁宏道结识了袁宗道在翰林院的同事王图、陶望龄、黄辉、萧云举等，这些人日后即成为他的道友；袁宏道与同科进士江盈科、顾天埈等人也从此结为要好的朋友。

万历二十二年（1594）九月，袁宏道赴京谒选，授吴县知县，翌年三月到任。然而由于身体以及个人志趣原因，袁宏道终视县令为苦差，于是两年间凡七具牍乞休或改官，并最终得到批准。

万历二十五年（1597）正月以后，袁宏道开始游览东南山水，西湖、会稽、禹穴、兰亭、五泄、天目、黄山、新安江，皆留有中郎及其同行陶望龄等友人的游踪，最后暂居真州。其间，他心闲意逸，与友人参禅悟道，走上狂禅一路，并写下了大量脍炙人口的散文小品与诗歌。

万历二十六年（1598），袁宏道再赴京师就选吏部，得授顺天府教授，翌年升授国子监助教。府学教授与国子监助教皆属清闲教职，两年的时间给予袁宏道涵泳典籍的绝好机会，对于其哲学思想的转变以及文学观念的发展，大有裨益。

万历二十八年（1600）三月间，袁宏道又升任礼部仪制清吏司主事，七月奉差河南周藩瑞金王府掌行丧礼，八月回家乡公安。其间长兄袁宗道猝逝京师，袁宏道宦情顿薄，于是以告病为由，居于家乡"柳浪馆"六年，时而与一二名僧潜心道妙，研磨《宗镜录》与《六祖坛经》等禅学典籍；时而游于庐山、武当、武陵、桃花源，发为诗文，烟岚满纸，度过了六年的闲适生活。

万历三十四年（1606）秋九月，袁宏道偕弟中道等重返京师，以原官礼部主事补授。第二年秋七月，其妻子李安人在京去世，袁宏道因公差要到蒲圻（今属湖北），便顺道回到故乡公安，途中得知自己已调任吏部主事。万历三十六年（1608）暮春，至京师就任吏部验封司主事，兼摄文选司事。面对明廷中央吏部选官积重难返的诸多弊政，袁宏道有条不紊地澄清吏治，发奸擿伏，并立年终考察书吏之法；其所上《摘发巨奸疏》，即充分显示了他这方面的才干。万历三十七年（1609），袁宏道升任吏部考功司员外郎，七月与兵部主事朱一冯同被委任典试秦中乡试，恪尽职守，所取多知名士。试后遍游秦中诸胜，回程继游河南洛阳龙门与登封嵩山等处，撰写诗文更上层楼。

万历三十八年（1610）正月，考功事毕，给假南归。因公安遭水患，袁宏道移居沙市，治砚北楼以居。是年中秋以后染病，九月初六日遽尔逝世，虚龄年仅四十三岁。

二

今人一提起性灵派中人，似乎总戴有一副"先入为主"的有色眼镜，认为他们都是一些放浪形骸之外的游戏人生者。实际上，倡导性灵者中有许多人皆有一定的社会责任感，三袁中以宗道、宏道最为突出。

向心禅悦本是出世的学问，置身仕途则是入世的津梁，二者表面上看似乎冰炭不相容，但古代文人士大夫巧妙调和化解，避免二者冲突也自有一套办法。宋代苏轼外儒内道，将个人与社会的冲突化为处世的达观，宠辱不惊并能自得其乐。袁宗道倡导"借禅以诠儒"。作为一种信仰，无论是儒家不欺暗室的"慎独"精神，还是禅宗不立文字的参修顿悟功夫，其价值取向皆可促使信仰者避免与社会同流合污，而达到心灵的净化。这一净化的外在表现就是自律甚严地对社会、对人生积极负责的态度。袁中道撰有《石浦先生传》与《袁中郎行状》，对两位兄长清廉自守的人生取向多有记述。袁宏道治理吴县不足两年，却官声甚佳，多有政绩；在吏部主事任上，更显示出他雷厉风行、不畏权贵却又通权达变的干练办事风格。

公安派强调自我，主张讲自己的话，不屑拾人牙慧，这无疑可与明中叶以后汹涌澎湃的个性解放思潮相应共振。在封建专制社会，人格的独立往往只能局限于精神层面，而非社会性或政治性的。公安派所谓性灵，依仗的就是人格独立的精神力量，而这种偏重于精神层面的需求，并没有破坏儒家上尊下卑秩序的实践指向，其作品的文化品格也是以士林文化为本原的。

不回避对于人生大欲的曝光，承认情与色的普遍与永恒，是一切性灵文人的特点。然而性灵文人所追求者，并非如世俗般只是物质层面肉欲的享乐，而具有更多精神层面的审美，始终没有跳出士林文化的圈子。被视为"异端"的李贽的"童心说"对公安派影响深远，从王阳明的"致良知"到李贽的"童心说"，展示出一条明代个性解放的途径；禅宗公案以及有关话头、机锋，对于公安三袁倡导性灵也有一定的催化作用。

袁宏道强调诗文要写自己心中真话,不做虚情假意的矫饰之辞或拟古模仿的赝品,从文学传统上追寻,也渊源有自,并非首创。仅以明代为时限,如明初大家宋濂《叶夷仲文集序》,较三袁时代稍前的唐宋派主将唐顺之《与洪方洲》等信札早开先河。袁宏道极力推崇徐渭诗文,也是从其"自出手眼"以及变古创新的特色着眼的。

公安派的文学主张与倡导者的世外追求密切相关,除禅宗思想的影响外,也能寻觅到道家思想的踪影。在北京任顺天府教授期间,袁宏道撰有《广庄》七篇,即阐释《庄子》之作。无论佛、道,对于公安派的影响都是动态的,而非一成不变的,这在袁宏道身上最为突出。即如禅学,袁宏道经过不断参悟,有一个从狂禅走向净土,又归于禅净合一的过程。

三

具体到袁宏道的散文小品,就文化品格而言,以士林文化为主体,老庄、禅悦的影响自不可忽视,市井文化的浸染也当引起我们的瞩目。一般而言，士林文化强调传统的继承，趋向于保守；市井文化重视现实利益与物质享受，具有移风易俗的反传统力量。两种文化在一代文人脑中冲撞交融，必然会令创作主体产生心理躁动，而躁动的心态只能靠某种精神的运作才可以达到新的平衡。老庄、佛禅作为一种心理平衡器，功效卓著；充分徜徉于想象世界的诗文创作也具有一定的心理平衡作用。散文较诸诗歌，不受格律、字数限制，发挥的余地较为广阔，因而晚明小品作为历代散文之一脉，对后世有更深远的影响。袁宏道的散文包括尺牍函札、山水游记、叙跋赠序、传记杂著等，散文名声之所以大于其诗歌创作的名声，也不外乎这一缘故。

袁宏道的诗文集，生前即有多种刻本问世。其身后所刻全集，流传较广者为崇祯二年（1629）武林佩兰居所刊《新刻钟伯敬增订袁中郎全集》四十卷，为陆之选所编。钱伯城《袁宏道集笺校》为1961年至1965年所写成的旧稿，直到1981年7月才由上海古籍出版社出版，其所用底本即佩兰居四十卷本。是书对袁宏道诗文分别加以编年，并对诗文中所涉及的人物以及少部分地名或历史掌故做了言简意赅的笺注与校勘。是书的出版，对于明代性灵派研究可谓筚路蓝缕，功不可没。本选本即以钱伯城《袁宏道集笺校》为底本，再加以分类选注。

　　细读袁宏道小品，虽然自出手眼者多，但所蕴含士林文化的比重仍然占有压倒性地位，学问并不浅薄，腹笥也颇充盈。他不专意于用典，却能恰到好处；而其中对宗门一些公案或话头的信手拈来，也颇有顾盼自如的潇洒。本书对于所选四十五篇散文小品涉及的人物、用典，皆尽力注出，繁难处不厌其详，以免读者再行翻检查阅工具书之劳。异读字或冷僻字，其后括注汉语拼音。作品之后的赏析，力求征引相关材料，若能给读者或多或少的一些启发，也就达到目的了。

赵伯陶

2020年6月于京北天通楼

目 录

卷一 尺牍函札

寄同社 /3

寄散木 /7

徐汉明 /11

李子髯 /18

伯修（一） /21

顾绍芾秀才 /29

朱司理 /35

江进之 /39

伯修（二） /43

张幼于 /53

答陶石篑（一） /68

与李龙湖 /73

答梅客生 /78

答王继津大司马　　/82

答李元善　　/88

答陶石篑（二）　　/91

卷二　山水游记

虎丘　　/105

上方　　/111

西洞庭　　/115

灵岩　　/121

光福　　/129

天平　　/133

锦帆泾　　/136

灵隐　　/139

满井游记　　/143

游高梁桥记　　/148

游骊山记　　/152

华山记　　/160

华山后记　　/170

嵩游第一　　/178

游苏门山百泉记　　/187

卷三 叙跋赠序

诸大家时文序 /195

叙小修诗 /202

识张幼于箴铭后 /210

叙陈正甫《会心集》 /215

雪涛阁集序 /220

瓶史引 /230

叙咼氏家绳集 /233

送黄竹石还江陵序 /241

卷四 传记杂著

兰亭记 /251

钓台记 /257

抱瓮亭记 /263

徐文长传 /269

醉叟传 /279

拙效传 /287

后记 /292

卷一 尺牍函札

时冰皮未解,一望浩白,冷光与月相磨,寒气酸骨。

寄同社①

弟已令吴中②矣。吴中得若令也，五湖③有长，洞庭④有君，酒有主人，茶有知己，生公说法石⑤有长老⑥，但恐五百里粮长⑦，来唐突人耳。吏道⑧缚人，未知向后景状如何，先此报知。

【注释】

①社：湖广公安县文人在县城城南组织的研习举业的文社，即阳春社，或称城南社，由袁氏兄弟的舅父龚仲敏发起，前后存续二十余年。同社中人，除公安三袁的舅父龚仲敏、龚仲安以及三兄弟外，还有李学元、王辂等文士。《明史·袁宏道传》："宏道年十六为诸生，即结社城南，为之长。闲为诗歌古文，有声里中。"

②吴中：今江苏省苏州市吴中区一带，亦泛指吴地。万历二十二年（1594）九月，袁宏道赴京谒选，授吴县知县，万历二十三年（1595）三月至吴县（今江苏苏州）任知县。

③五湖：指太湖，古称震泽、具区，又称笠泽，地跨今

江苏、浙江两省,为我国第三大淡水湖。

④洞庭:太湖中有洞庭西山与洞庭东山相对峙。前者为太湖中最大的岛山,主峰缥缈峰;后者为半岛,主峰莫厘峰。

⑤生公说法石:南朝梁高僧竺道生(335~434)在虎丘(位于今江苏苏州市阊门外山塘街)说法的讲坛,是一块暗紫色的盘陀大石,其上平坦如砥,广二亩,可容千人,故又名千人石。据传他聚石为徒,宣讲佛理,石皆点头。

⑥长(zhǎng)老:住持僧的尊称。

⑦五百里粮长:吴县所辖各区的粮长。五百里,李健章《〈袁宏道集笺校〉志疑·五百里粮长》:"'五百里'是借'五湖'之名指吴县,不是泛言粮长所管地区之大。《太平御览》卷六十六引张勃《吴录》云:'五湖者,太湖之别名,以其周行五百余里,故以五湖为名。'"粮长,明朝政府征收田赋的基层组织者,由粮区内大户充当。《明史·食货志二》:"里甲催征,粮户上纳,粮长收解,州县监收。"后因官吏勒索,明初颇受官府优待的粮长渐成苦差,大户就推给中户以及下户轮流摊派应役。明代吴县为苏州府的附郭县,官务繁剧,赋税甲于天下,吏奸胥猾,知县事务极为繁杂,这是袁宏道以后坚辞吴县县令的重要原因。袁宏道尺牍《兰泽云泽叔》有云:"金阊自繁华,令自苦耳……令所对者,鹑衣百结之粮长,簧口利舌之刁民,及虮虱满身之囚徒耳。"

⑧吏道:为政之道。

【赏读】

万历二十年（1592）三月，袁宏道殿试考中三甲第九十二名进士，由于名次偏后，进入翰林院任清要之职的愿望破灭，任京官的企盼也成泡影，到事务繁重的吴县任县令也实在有一些强人所难。这封致同社中人的信函以戏谑之语出之，似乎有些玩世不恭，但其社会责任感并未因此而泯灭。

今人一提起性灵派中人，似乎总戴有一副"先入为主"的有色眼镜，认为他们都是一些放浪形骸之外的游戏人生者。实际上，倡导性灵者中有许多人皆有一定的社会责任感，三袁中以宗道、宏道最为突出。向心禅悦本是出世的学问，置身仕途则是入世的津梁，二者表面上看似乎冰炭不相容，但古代文人士大夫巧妙调和化解，避免二者冲突也自有一套办法。宋代苏轼外儒内道，将个人与社会的冲突化为处世的达观，宠辱不惊并能自得其乐。长兄伯修"借禅以诠儒"影响了二弟袁宏道，作为一种信仰，无论是儒家不欺暗室的"慎独"精神，还是禅宗不立文字的参修顿悟功夫，其价值取向皆可促使信仰者避免与社会同流合污，达到心灵的净化。这一净化的外在表现就是自律甚严的对社会、对人生积极负责的态度。袁中道《袁中郎行状》记述宏道："为吴令，不取一钱,贷而后装。居官十九年,不置升合田。"清廉自守萃于兄弟二人,严肃的生活态度与宽广的心理空间,正是公安派倡导性灵的基础。唯有此一基础,他们才能严格区分精神生活与现实世界的不同,从而找到在理想与现实的夹缝中实现自我人生价值的有效途径。

袁宏道治理吴县不足两年,却官声甚佳,多有政绩。致仕在家的大学士申时行,对这位二十八九岁的县令赞誉有加,钱希言《锦帆集序》有云:"大都使君所为政者,先宽平,持大体,不以杀而以字。少师申公尝语余曰:'二百年来,无此令矣。'"

寄散木①

散木近作何状？人生何可一艺无成也。作诗不成，即当专精下棋，如世所称小方②、小李③是也。又不成，即当一意蹴鞠④掷弹⑤，如世所称查八十⑥、郭道士⑦等是也。凡艺到极精处，皆可成名，强如世间浮泛⑧诗文百倍。幸勿一不成两不就⑨，把精神乱抛撒也。知尊多艺⑩，故此相砥⑪，勉之哉！

【注释】

①散木：即龚仲安（1569~1614），字惟静，号散木，学佛法号"能者"，龚大器季子，三袁舅父，被称为八舅。万历三十一年（1603）举人，未入仕。因年纪小于袁宗道与袁宏道，虽然为长辈，但相处实如兄弟。

②小方：即方子振（生卒年不详），徽州（治今安徽歙县）人。万历初年以弈冠海内，有"国手"之誉。

③小李：阮葵生《茶余客话》卷一九所著录明中叶弈棋名家，属于永嘉派者有李冲，属于京师派者有李师。这里的

小李即当指李冲或李师。

④蹴鞠（cù jū）：我国古代的一种足球运动，用以练武、娱乐、健身。传说始于黄帝，初以练武士。战国时已流行。

⑤搊弹（chōu tán）：用手指弹奏弦索乐器。

⑥查（zhā）八十：即查鼐，字廷和，休宁（今属安徽）人。正德、嘉靖时人，出生时适逢其祖父八十大寿，故以"八十"为名。早年曾拜寿州的琵琶大师钟山为师，其技艺很快就超越了钟山，携其琵琶技艺交游吴楚名士。

⑦郭道士：当为明代蹴鞠高手。钱伯城《袁宏道集笺校》卷五认为："'郭'或是'韩'之误。蒋一葵《长安客话》二《显灵宫》条曰：'韩承义，显灵宫道士，工蹴鞠，肩背膺腹皆可代足，兼应数敌，自弄可使鞠绕身终日不堕。'郭韩音近，或为传误。"

⑧浮泛：虚夸不实。

⑨一不成两不就：义同"一不成二不是"，禅宗话头。《续传灯录》卷二："曰：即今事作么生？师曰：一不成二不是。"

⑩知尊多艺：袁宏道《斗蛛》云："散木甚聪慧，能诗，人间技巧事，一见即知之，然学业亦因之废。"尊，古人称辈分高者的第二人称代词。

⑪相砥（dǐ）：相互磨炼，相互激励劝勉。

【赏读】

这封信札写于万历二十三年（1595），作者时在吴县任上。

修身、齐家、治国、平天下，是中国传统文人士大夫的人生价值取向。至于玩物丧志，则为追求人生三不朽即立德、立功、立言者所鄙夷，但总比饱食终日、无所用心者略胜一筹。中晚明时代市井文化浸润士林文化日益加深，文人的思想意识也随之发生积极的变化。明沈德符《万历野获编》卷二四《缙绅余技》云："近年士大夫享太平之乐，以其聪明寄之剩技。余髫年见吴大参国伦善击鼓，真渊渊有金石声……近在都下见王驸马昺、张缇帅懋忠诸君，蹴鞠俱精绝。"作者的舅父龚仲安比作者尚小一岁，似乎有些不务正业，但聪慧伶俐，"多能鄙事"。作者"何可一艺无成"之说是有针对性的劝慰，也是性灵派文人人生观的宣示。人生适意，潇洒自如，在具有一定物质条件的保证下，不妨自由自在，遗世独立。蔑视官场，逍遥林下，或掌握一门技艺，乃至以之成名成家，也是人生不错的选择。

稍后于袁宏道的张岱（1597~1689），虽身处明清鼎革、兵荒马乱之际，却也属性灵中人，其《自为墓志铭》即云："称之以富贵人可，称之以贫贱人亦可；称之以智能人可,称之以愚蠢人亦可;称之以强项人可,称之以柔弱人亦可;称之以卞急人可,称之以懒散人亦可。学书不成,学剑不成,学节义不成,学文章不成,学仙学佛,学农学圃,俱不成。任世人呼之为败子,为废物,为顽民,为钝秀才,为瞌睡汉,为死老魅也已矣。"这一类似超脱于尘俗的自我表白,无可无不可,有与袁宏道相近的人生价值取向。今人理解公安性灵派的内涵,只有从此入手,才能事半功倍。

徐汉明①

读手书，不啻②空谷之音③，知近造④卓然，益信小修⑤向日许可之不谬也。弟观世间学道⑥有四种人：有玩世⑦，有出世⑧，有谐世⑨，有适世⑩。玩世者，子桑、伯子⑪、原壤⑫、庄周⑬、列御寇⑭、阮籍⑮之徒是也。上下几千载，数人而已，已矣，不可复得矣。出世者，达磨⑯、马祖⑰、临济⑱、德山⑲之属皆是。其人一瞻一视，皆具锋刃⑳，以狠毒之心，而行慈悲之事㉑，行虽孤寂，志亦可取。谐世者，司寇㉒以后一派措大㉓，立定脚跟㉔，讲道德仁义者是也。学问亦切近人情，但粘带㉕处多，不能迥脱㉖蹊径㉗之外，所以用世有余，超乘㉘不足。独有适世一种其人，其人甚奇，然亦甚可恨。以为禅㉙也，戒行㉚不足；以为儒，口不道尧、舜、周、孔之学㉛，身不行羞恶辞让之事，于业不擅一能，于世不堪一务，最天下不紧要人。虽于世无所忤违，而贤人君子则斥之惟恐不远矣。弟最喜此一种人，以为自适之极，心窃慕之。除此之外，有种浮泛㉜不切，依凭古人之式样，取润贤圣之余沫，妄自尊大，欺己欺人，弟以为此乃孔门之优孟㉝，衣冠㉞之盗贼，后世有述焉，吾弗为之矣。近见如此，敢以闻之高明㉟，不知高明复何居㊱焉？

【注释】

①徐汉明：即徐大绅（生卒年不详），字汉明，一作翰明，号崇白，建宁（今属福建）人。万历二十年（1592）进士，与袁宏道为同年，二十一年（1593）任嘉兴府推官，后迁宁波同知。

②不啻（chì）：不异于。

③空谷之音：即"空谷足音"，语出《庄子·徐无鬼》："夫逃虚空者，藜藋柱乎鼪鼬之径，踉位其空，闻人足音跫然而喜矣，又况乎昆弟亲戚之謦欬其侧者乎？"比喻极难得的音信或言论。

④近造：近来学识所达到的境界。

⑤小修：即袁宏道的弟弟袁中道（1570～1626），字小修。万历四十四年（1616）进士，由徽州教授历官国子博士、南京礼部主事，进南京吏部郎中，卒官。诗文豪迈，属公安派中坚。今人有点校本《珂雪斋集》二十五卷，附录二种，上海古籍出版社1989年出版。

⑥学道：这里指学习道艺或学仙、学佛等。

⑦玩世：以不严肃的态度对待现实生活。

⑧出世：出家，即到寺庙或道观里去做僧尼或道士。

⑨谐世：出仕或立身成名，与世相谐调。

⑩适世：与世俗相适应，无可无不可。

⑪子桑、伯子：春秋时鲁人，约与孔子同时。《论语·雍也》、汉刘向《说苑·修文》对他皆有记述，是一位质而无文、崇尚自然者，类似于道家之徒。或谓子桑即《庄子·大宗师》中之子桑户，而伯子另为一人，乃《庄子·天地》中的伯成子高，不确。

⑫原壤：春秋时鲁国人，孔子的老朋友。《论语·宪问》中孔子曾指责他"老而不死，是为贼"。《礼记·檀弓》记述原壤母亲去世，孔子助其治丧，原壤却站在棺材上唱起歌来了，孔子装作没听见走开了。可见原壤是一位不遵礼法、率性而为的人。

⑬庄周：即庄子（约前369～前286），战国时宋国蒙（今河南商丘东北）人，曾为漆园吏，著有《庄子》，主张无为，尊奉老子之说。

⑭列御寇：即列子（生卒年不详），战国时郑人。世传《列子》八卷，属道家类著作，旧题战国列御寇撰，现在一般认为是魏晋间人的托名之作。

⑮阮籍（210～263）：字嗣宗，三国魏陈留尉氏（今属河南）人。三国时仕魏，曾任步兵校尉。因不满司马氏统治，常纵酒佯狂以避祸。

⑯达磨：即菩提达摩（？～528或536），简称"达摩"

或"达磨",南北朝时来华之天竺僧人。入嵩山少林寺,面壁九年,传法于慧可。为天竺禅宗第二十八祖,中国禅宗初祖。

⑰马祖:即马祖道一(709~788),俗姓马,名道一,唐汉州什邡(今属四川)人。曾师事怀让十年,成为著名禅僧,主张"心外无别佛,佛外无别心",有弟子百丈怀海等一百三十九人。卒谥大寂禅师。

⑱临济:即义玄(?~867),俗姓邢,唐曹州南华(今山东东明)人。在镇州(治今河北正定)创建临济院,弘扬禅法,自成临济宗,机锋峻峭,以"四喝"著称后世。世称临济义玄,卒谥慧照禅师。

⑲德山:即宣鉴(782~865),俗姓周,唐简州(今四川简阳)人。住澧阳(今湖南澧县)德山,立古德禅院,大振宗风,常以棒打为教,有"德山棒"之誉。卒谥见性大师。

⑳锋刃:比喻目光凶狠。

㉑"以狠毒之心"二句:比喻禅宗呵佛骂祖、明心见性,以求解脱的机锋。如《临济语录》:"道流!尔欲得如法见解。但莫受人惑,向里向外,逢着便杀。逢佛杀佛,逢祖杀祖,逢罗汉杀罗汉,逢父母杀父母,逢亲眷杀亲眷,始得解脱。不与物拘,透脱自在。"

㉒司寇:即孔子(前551~前479),名丘,字仲尼,在鲁定公时曾任司寇,故称。

㉓措大：旧时指贫寒失意的读书人，这里泛指习孔孟之道的儒生，有调侃意味。

㉔脚跟：比喻立足点或立场。宋朱熹《答陈肤仲》四："凡事从今更宜审细，见得是，当便立定脚根，断不移易。"

㉕粘带："粘皮带骨"的省语，比喻执着、刻板，不能通达。

㉖迥脱：远远脱离。

㉗蹊径：这里指儒家的常规、教条。

㉘超乘（shèng）：原意为跳跃上车，这里比喻勇猛并有所超越。

㉙禅：谓禅宗，佛教宗派名，又名佛心宗或心宗，以印度菩提达摩为初祖。禅宗之名称始于唐代。由达摩、慧可、僧璨、道信至第五世弘忍门下，分成北方神秀的渐悟说和南方慧能的顿悟说两宗。后世唯南方顿悟说盛行，主张不立文字，直指人心，顿悟成佛。禅宗兴起后，流行日广，影响及于宋明理学。

㉚戒行：佛教指恪守戒律的操行。

㉛尧、舜、周、孔之学：谓儒学。尧、舜，唐尧与虞舜，是古史传说中的圣明君主。《孟子·滕文公上》："孟子道性善，言必称尧舜。"周，即周公，姓姬名旦，辅佐周武王灭商，又辅佐周成王，使天下大治，也属于圣贤的典范。孔，即孔子，儒家的祖师。

㉜浮泛：虚夸不实。

㉝优孟：春秋时楚国的著名优人，善于模仿。楚相孙叔敖死，优孟着其衣冠，模仿其生前神态动作，令楚庄王以为孙叔敖复生。后世即将只知模仿而无创造者称为优孟。这里指儒学中的假道学。

㉞衣冠：这里指代缙绅、士大夫。

㉟高明：对人的敬辞。这里谓徐大绅。

㊱何居：询问对方采取哪一种人生态度。居，处于。

【赏读】

这封尺牍写于万历二十三年（1595），时作者任吴县知县。

本文作为短小精悍、内涵丰富的一篇尺牍小品，陈说玩世、出世、谐世与适世四种人生境界，挥洒自如，游刃有余。所谓四种人生境界，大致分别代表着道家、禅宗、儒门以及随遇而安者的世界观或人生态度，显然作者对于第四种情有独钟，这对于我们理解公安派倡导性灵说的内涵大有助益，而这也是这篇尺牍本身的价值所在。

所谓"自适之极"，讲的就是人生一种闲适之心。闲适不是饱食终日，无所用心，也非游手好闲，与世浮沉。作为一种人生境界，闲适就是心怀恬淡、随遇而安，不存非分之想，既有所不为，保持独立的操守，又能和光同尘，知足不辱。

作者所追求的"适世",并非绝对的闲适,而是存在一定的物质基础的。袁宏道作为吴县县令,恪尽职守,赢得百姓的好评,绝非"最天下不紧要人"。他也因事务繁剧,连上七牍恳求去官,并终于如愿以偿,至京师改授顺天府教授,谋得一个闲散教职。这一适世的追求并非无本之木,无源之水,而是以其先前考中进士获取进入仕途的通行证以后才得以实现的。自古以来,人生价值取向就与人的社会地位密切相关,如果闭门造车,一味空谈,则不仅误人,还误己。

李子髯①

髯公近日作诗否？若不作诗，何以过活这寂寞日子也？人情必有所寄②，然后能乐。故有以弈为寄，有以色③为寄，有以技④为寄，有以文为寄。古之达人⑤，高人一层，只是他情有所寄，不肯浮泛⑥虚度光景。每见无寄之人，终日忙忙，如有所失，无事而忧，对景不乐，即自家亦不知是何缘故，这便是一座活地狱⑦，更说甚么铁床铜柱⑧、刀山剑树⑨也。可怜，可怜！大抵世上无难为的事，只胡乱做将去，自有水到渠成日子⑩。如子髯之才，天下事何不可为？只怕慎重太过，不肯拚⑪着便做。勉之哉！毋负知己相成⑫之意可也。

【注释】

①李子髯：即李学元（生卒年不详），字素心，又字元善、存斋，号子髯，湖广公安（今属湖北）人，袁宏道妻弟。万历二十八年（1600）举人，历官晋州知州。《公安县志》卷六有传。

②寄：寄托。这里指文学艺术作品中的寄情托兴。

③色：这里谓对女子美貌的欣赏垂涎。

④技：才能，技巧。《礼记·王制》："凡执技以事上者，祝、史、射、御、医、卜及百工。"

⑤达人：通达事理的人。

⑥浮泛：这里是随波逐流的意思。

⑦活地狱：比喻悲惨残酷的世界。亦指地狱般的世间苦难。

⑧铁床铜柱：古人想象中的地狱景象。南朝齐王琰《冥祥记》："所至诸狱，楚毒各殊……铁床铜柱，烧之洞然，趋迫此人，抱卧其上，赴即焦烂，寻复还生。"

⑨刀山剑树：古人想象中的地狱景象。南朝宋刘义庆《幽明录》述康阿得案行地狱："凡见十狱，各有楚毒，狱名赤沙、黄沙、白沙，如此七沙，有刀山剑树，抱赤铜柱，于是便还。"

⑩"大抵"三句：见本书前选《寄散木》："凡艺到极精处，皆可成名，强如世间浮泛诗文百倍。幸勿一不成两不就，把精神乱抛撒也。"可参看。

⑪拚（pàn）：舍得，不吝惜。

⑫相成：互相补充，互相成全。

【赏读】

这篇尺牍小品写于万历二十四年（1596），作者时在吴县任上。李元善是袁宏道的妻弟,与宏道自幼同学,结下友谊。

书信可随意挥洒,遇到自幼的知己,更能淋漓尽致,顾忌全无。"人情必有所寄"既是一种人生态度,也是晚明个性解放思潮下文人士大夫的人生价值取向。提倡童心说的李贽在其《答周友山》中鼓吹"各人各自有过活物件",这与"人情必有所寄"说异曲同工,如出一辙。儒家的祖师孔子也说过类似的话,《论语·阳货》:"子曰:'饱食终日,无所用心,难矣哉!不有博弈者乎?为之,犹贤乎已。'"

人生寄托有时会达到癖好的程度。西晋武帝时,王济善相马,并且爱马;和峤则颇喜聚敛,到处搜刮钱财。杜预于是就说"济有马癖,峤有钱癖",晋武帝就此发问:"卿有何癖?"杜预回答说:"臣有《左传》癖。"(见《晋书·杜预传》)

人生癖好自有雅俗之分,只要不过分,皆无可厚非,但贪财好色,并沉溺于中,难以自拔,这样的"寄托"就属于醉生梦死了,并不算跳出"活地狱"了。袁宏道在致友人潘之恒的书信中也谈到人生癖好问题:"弟谓世人但有殊癖,终身不易,便是名士。如和靖之梅、元章之石,使有一物易其所好,便不成家。"(《与潘景升》)文中所举林逋梅癖、米芾石癖,自属雅癖,当算是跳出"活地狱"了。

伯修①（一）

弟以是月复举一子②，举之朝，张幼于③忽送唐六如④手书《金碧经》⑤一，吴匏庵⑥手卷⑦一，弟谓他日可成一段佳话，遂小名曰虎子，而以匏翁字之。

近日学问⑧如何？前陶石篑兄弟⑨见访，自言为闻见⑩所累。弟谓灵云见桃⑪，此亦见也；香严击竹⑫，此亦闻也。闻见安能累人哉？因语及永明寿⑬次，弟谓永明见地未真。陶曰："何以知之？"弟谓永明一向只道此事是可以明得的，故著《宗镜》⑭一书，极力讲解，而岂知愈讲愈支⑮，愈明愈晦乎？陶亦豁然有深省处，陶生死心切⑯甚。乃弟字公望，爽朗轩豁，大有我家三哥⑰风。良友相逢，政如景星庆云⑱，偶一相聚，不可多得。

会王⑲、黄⑳、顾㉑、萧㉒诸太史㉓，为我致谢㉔，云吴县㉕有一无孔铁锤㉖，欲向贯城市㉗上寻一面涂毒鼓㉘作对㉙，不如㉚阿谁㉛遭毒手者。弟乞休㉜已决，数日内便可作无事人㉝，快哉，快哉！

【注释】

①伯修：即袁宏道长兄袁宗道（1560~1600），字伯修，号石浦，万历十四年（1586）进士，历官翰林院编修、春坊右庶子。著有《白苏斋类集》。

②举一子：即袁宏道第三子虎子，出生第二年即万历二十五年（1597）而殇。袁宏道有《哀殇（为儿虎子作）》两首五古，其二有云："颜尘尚未浣，已复向他之。来如风过林，去若鸟辞枝。"哀伤之情，溢于言表。

③张幼于：即张献翼（1534~1604），字幼于，长洲（今江苏苏州）人。嘉靖间国子监生，著有《文起堂集》等。与兄张凤翼、弟张燕翼并称"三张"。

④唐六如：即唐寅（1470~1524），字伯虎，一字子畏，号六如居士，吴县人。明代著名书画家，著有《六如居士全集》。

⑤《金碧经》：《宋史·艺文四》著录《紫阳金碧经》一卷，当为道教有关丹术的典籍。

⑥吴匏庵：即吴宽（1435~1504），字原博，号匏庵，长洲（治今江苏苏州）人。成化八年（1472）进士第一，官至礼部尚书。明代诗人、书法家，著有《匏庵家藏集》。

⑦手卷：只能卷舒而不能悬挂的横幅书画长卷。

⑧学问：这里指有关禅宗的识见修习等。

⑨陶石篑兄弟：即陶望龄（1562~1609）、陶奭（shì）

龄（1571～1640）兄弟。陶望龄，字周望，号石篑，会稽（今浙江绍兴）人。著有《歇庵集》《水天阁集》。陶奭龄，字公望，一字君奭，号石梁，会稽人。《明史·刘宗周传》："越中自王守仁后，一传为王畿，再传为周汝登、陶望龄，三传为陶奭龄，皆杂于禅。奭龄讲学白马山，为因果说，去守仁益远。"

⑩闻见：即"闻见知识"，以耳、目之感觉为基础所获取的知识。宋明理学家程朱一派或陆王一派，皆认为这种知识属于浅层次的，与"德性之知"或"良知"对立。宋朱熹《二程遗书》卷二五《畅潜道本》云："闻见之知，非德性之知，物交物则知之，非内也，今之所谓博物多能者是也；德性之知，不假见闻。"明王守仁《王文成公全书》卷二〇《咏良知四首示诸生》其一云："个个心中有仲尼，自将闻见苦遮迷。而今指与真头面，只是良知更莫疑。"又《王文成全书》卷三六收录王畿《刻阳明先生年谱序》有云："良知不由知识闻见而有，而知识闻见莫非良知之用。"袁宏道受阳明心学影响很深，所以有"俱为闻见知识所缚"之语。

⑪灵云见桃：即"桃华悟道"，禅宗公案，言"顿悟"。宋普济《五灯会元》卷四《灵云志勤禅师》："福州灵云志勤禅师，本州长溪人也。初在沩山，因见桃华悟道，有偈曰：'三十年来寻剑客，几回落叶又抽枝。自从一见桃华后，直至如今更不疑。'沩览偈，诘其所悟，与之符契。沩曰：

'从缘悟达，永无退失，善自护持。'"此公案所反映的是处处有禅，头头是道（佛教谓处处都存在着道）的思想，后世参禅者常有拈提。

⑫香严击竹：禅宗公案，为禅宗五家之一沩仰宗"无心是道，体用双彰"宗风的体现。宋普济《五灯会元》卷九《香严智闲禅师》：香严曾向沩山学道。沩山问："我闻汝在百丈先师处，问一答十，问十答百，此是汝聪明灵利，意解识想，生死根本。父母未生时，试道一句看。"香严不能答。沩山曰："我若说似汝，汝已后骂我去。我说底是我底，终不干汝事。"香严曰："此生不学佛法也，且作个长行粥饭僧，免役心神。"于是泣辞沩山，直过南阳睹忠国师遗迹。"一日芟除草木，偶抛瓦砾，击竹作声，忽然省悟。遽归沐浴焚香，遥礼沩山，赞曰：'和尚大慈，恩逾父母。当时若为我说破，何有今日之事？'乃有颂曰：'一击忘所知，更不假修持。动容扬古路，不堕悄然机。处处无踪迹，声色外威仪。诸方达道者，咸言上上机。'沩山闻得，谓仰山曰：'此子彻也。'"

⑬永明寿：即五代禅僧延寿（904~975），俗姓王，字仲玄，号抱一子，钱塘（今浙江杭州）人。三十岁依龙册寺翠岩令参禅师出家，为法眼宗传人。建隆元年（960），吴越忠懿王请延寿主持重建杭州灵隐寺，翌年迁主永明寺，故称"永明寿"。有弟子一千七百余人，吴越王赐号"智觉禅师"。

⑭《宗镜》：即《宗镜录》，一百卷，又名《宗鉴录》

《心镜录》，五代延寿所撰的一部禅学名著。袁宏道曾修习《宗镜录》，并加删节，成《宗镜摄录》十二卷。袁中道《宗镜摄录序》有云："癸卯，予北上，中郎块处，乃日课《宗镜》数卷，暇则策蹇至二圣寺宝所禅室晏坐，率以为常……既读《宗镜》久，逐句丹铅，稍汰其烦复，撮其精髓，命侍史抄出，因名为《宗镜摄录》。"癸卯，万历三十一年（1603），则袁宏道写此函时尚未着手《宗镜摄录》的研读与改写。

⑮支：烦琐。

⑯生死心切：佛教谓参禅者对流转轮回的超脱认识，将生死看得平常、轻淡。即"生如着衫，死如脱裤"。习安天龙《黔南会灯录》卷八《普安碧云恒暲圣目禅师》："参禅没甚奇特，唯要生死心切。"

⑰我家三哥：指袁氏兄弟中的老三袁中道，字小修。

⑱景星庆云：古代以为祥瑞的事物或征兆。景星，大星，德星，瑞星；庆云，五色云，祥瑞之云。

⑲王：即王图（1557~1627），字则之，号衷白，耀州（今陕西铜川）人。万历十四年（1586）进士，官至礼部尚书。

⑳黄：即黄辉（1553~1612），字平倩，一字昭素，号慎轩，南充（今属四川）人。

㉑顾：即顾天埈（1561~1627），字升伯，号开雍，昆山（今属江苏）人。万历二十年（1592）进士。

㉒萧：即萧云举（1554~1627），字允升，宣化（治今广西南宁市南）人。万历十四年（1586）进士，历官礼部尚书。

㉓太史：古代对翰林院职官的敬称。

㉔致谢：这里表示谢罪之意，略带有调侃意味。

㉕吴县：治所在今江苏苏州市内。

㉖无孔铁锤：禅宗语，喻指混沌、不开窍、难以启发接引的参学者。系作者自我调侃之语。宋普济《五灯会元》卷一六《法昌倚遇禅师》："示众：'我要一个不会禅底作国师。'上堂：'汝若退身千尺，我便当处生芽；汝若觌面相呈，我便藏身露影；汝若春池拾砾，我便撒下明珠。直得水洒不着，风吹不入，如个无孔铁锤相似，且道法昌还有为人处也无？'"

㉗贯城市：明代京师的城隍庙市场，因在刑部衙署（故址在今北京市西单以西的民族饭店一带）以西，故称。贯城，刑部的别称，以贯索星主刑狱，故名。

㉘涂毒鼓：指涂上毒药的鼓，又作"毒鼓"。谓如击之则闻其音者皆死，有灭尽烦恼的大功力。《大般涅槃经》卷九云："譬如有人以杂毒药用涂大鼓，于众人中击，令发声，虽无心欲闻，闻之皆死。唯除一人不横死者，是大乘典《大涅槃经》亦复如是。在在处处诸行众中有闻声者，所有贪欲、嗔恚、愚痴悉皆灭尽。"

㉙作对：这里是"对治"的意思，即禅宗针对性地治理

所谓俗情妄念等。宋普济《五灯会元》卷四《荐福弘辩禅师》:"帝(唐宣宗)曰:'何为顿见,何为渐修?'对(弘辩禅师)曰:'顿明自性,与佛同俦。然有无始染习,故假渐修对治,令顺性起用。如人吃饭,不一口便饱。'"

㉚如:钱伯城《袁宏道集笺校》:"'如',疑当作'知'。"甚是。

㉛阿谁:疑问代词,犹言谁,何人。

㉜乞休:万历二十四年(1596)三月,时任吴县县令的袁宏道得祖母病耗,遂两上《乞归稿》,未准。是年八月中自身患疟疾,十二月又连上数牍求去。

㉝无事人:禅宗谓无为超脱、任运随缘、除尽俗情妄为的彻悟者。

【赏读】

这篇尺牍写于万历二十四年年底,时作者在吴县知县任上,因病屡次乞休,尚未得准。

袁宏道参禅颇多解悟,且很自负。他在万历二十五年(1597)曾致函张献翼云:"仆自知诗文一字不通,唯禅宗一事,不敢多让。当今勍敌,唯李宏甫先生一人。其他精炼衲子,久参禅伯,败于中郎之手者,往往而是。"(参见本书所选《张幼于》)

禅有南宗、北宗,以所谓"顿悟"与"渐修"为别,即南顿北渐。本函中所举灵云见桃与香严击竹两桩禅宗公案,属于顿悟的例证,"禅所提出的解决方法来自于个人的经验事实而不是什么书本知识"(铃木大拙《禅风禅骨》,中国青年出版社1989年版第13页)。无论灵云还是香严,两位禅师明心见性,究竟"顿悟"出了什么,除他们自己外,外人无从得知,所谓"世尊拈花,迦叶微笑",第三者如何探悉其中奥妙?正是参禅这种颇具神秘主义色彩的心理活动,使禅宗许多作为公案流传的问答,恰如所答非所问般令人莫名其妙。如著名禅宗公案"洞山麻三斤",据《碧岩录》卷五:"有僧问洞山:'如何是佛?'洞山答:'麻三斤。'"南宗之"顿悟"也绝非凭空而来,灵机初现,需要修习者具备一定的"渐修"功夫,宋苏轼《书张长史书法》云:"世人见古有见桃花悟道者,争颂桃花,便将桃花作饭吃。吃此饭五十年,转没交涉。正如张长史见担夫与公主争路,而得草书之法。欲学长史书,日就担夫求之,岂可得哉!"

可见无论参禅悟道,还是究心艺术,若胶柱鼓瑟,乃至"死于句下",必将一无所得。给自家兄长写信,可以毫无顾忌,敞开胸怀,读此尺牍,更可见袁宏道为人率真之性格。

顾绍芾①秀才②

人生愿欲，决无了时。作童生③者，以得青衿④为了，然一入学宫⑤，而不了犹故也。作孝廉⑥者，以得乌纱⑦为了，然一登甲第⑧，而不了犹故也。未得则前涂⑨为究竟，涂之前又有涂焉，可终究欤？已得则即景为寄寓⑩，寓之中无非寓⑪焉。故终身驰逐而已矣。且夫生之急于贵，死之甚于贱审矣⑫。一童子辨之，岂必贤知而后决哉？

然而今之作推⑬、知⑭、中⑮、行⑯者，恨不一日即三载也。何也？以促三载⑰，有京官⑱之利也。官台省⑲者，恨不一日即八九载；官翰苑⑳者，恨不即时发白齿落也。何也？以老科道㉑有堂卿㉒之利，老翰林有入阁㉓之利也。爱富贵之心，甚于爱生；恶贫贱之心，狠㉔于恶死。茫茫不返㉕，滔滔皆是㉖，即贤智或不免焉。愚哉！贪哉！病中勘㉗得此机㉘甚透，故果㉙于拂衣㉚。小刻二种㉛寄上。

【注释】

①顾绍芾（fú）：字德甫（1563~1641），昆山（今属江苏）人。嘉靖时南京兵部侍郎顾章志第二子，以诸生入太学。天才俊逸，工诗，风格在李白与李贺之间，犹工书法，曾受到董其昌的称誉。著有《梦庵集》。

②秀才：明代入府、州、县学的诸生，俗称秀才。

③童生：又称"童儒"。明代读书人未入府、州、县学之前的通称。年长者或称老童生。

④青衿：青色交领的长衫，为明代诸生的常服。这里即代指秀才。

⑤入学官：指进学成为秀才。学官，明代地方儒学多与孔庙设在一处，故称学官。

⑥孝廉：明代对乡试中式的举人的称呼。

⑦乌纱：即乌纱帽，明代官服。这里代指官位。

⑧甲第：明代称进士为甲科，甲第即指进士。

⑨前涂：通"前途"。下文"涂"亦通"途"。

⑩即景为寄寓：意谓将当下之处境作为暂住的旅舍。

⑪寓之中无非寓：意谓凡歇脚处皆是暂住的旅舍。

⑫"且夫"二句：意谓生存下去比富贵重要，死亡比贫贱更可怕。

⑬推：即推官，明代知府的佐贰官，洪武三年（1370）始设，秩正七品。顺天府、应天府秩从六品。掌理刑名，赞

计典。按制各府设一员，亦有因事增设者。

⑭知：即知州或知县。知州，明代掌一州之政的长官。州为地方行政单位，直隶于布政使司的为直隶州，都有属县，其规制如府。其他非直隶州者称散州或属州。直隶州与散州长官皆称知州，前者秩正五品，后者秩从五品。知县，明代各县长官，掌一县之政令，亲理赋役、诉讼、文教等事，故有"父母官"之称。

⑮中：即中书舍人，亦称中书，官名。明洪武九年（1376）改原中书省直省舍人而置。洪武十三年（1380）罢中书省后，分别改隶于中书科及内阁诰敕、制敕两房，或于文华殿、武英殿当直者，秩皆从七品。掌缮写文书之事。

⑯行：即行人，官名，明代专职捧节、奉使之事的官吏，秩正八品。

⑰三载：明代考核官吏制度，凡内外现职职官满三年称初考，六年称再考，九年称通考，不拘三、六、九年为杂考。

⑱京官：明代中央各衙门的一般官员。

⑲台省：一般泛指中央政府机构，如六部、都察院等。这里当专指六科与都察院之言官而言。

⑳翰苑：翰林院的别称，即明代掌制诰、修史、图书等事的官署名。

㉑科道：给事中分属吏、户、礼、兵、刑、工六科，监察御史隶于都察院，分属十三道，两者皆为言官，故合称为

"科道"。此对应上文"台省"而言。

㉒堂卿：明代中央各衙门的长官，如各部的尚书、侍郎，各寺的卿官等。

㉓阁：即内阁。官署名。永乐初建立。明初废中书省与丞相，洪武十五年（1382），仿宋制设华盖殿、武英殿、文渊阁、东阁等殿阁大学士，官五品，为皇帝侍从顾问，不与政务。成祖即位（1402）后，秋七月（一说九月）特简翰林院编修、检讨等官，入文渊阁当直，参与机密重务。

㉔狠：用同"很"，表示程度深。

㉕茫茫不返：纷繁众多的人误入迷途而不知返。

㉖滔滔皆是：普遍如此。语本《论语·微子》："滔滔者天下皆是也，而谁以易之？"

㉗勘：禅宗术语，谓禅人之间考测对方领悟之深浅。

㉘机：禅宗谓幽玄微妙的事理，不落迹象、稍纵即逝、无法用语言表述的禅机。

㉙果：坚决。

㉚拂衣：振衣而去，谓归隐。这里指辞官，袁宏道此时已连上七牍乞休或改官。

㉛小刻二种：当指袁宏道在吴县所自刻集两种，今未见流传。

【赏读】

据何宗美《袁宏道诗文系年考订》，这篇尺牍当作于万历二十五年（1597）正月。

这封给后生晚辈的信谈到了一个人类普遍性的问题："人心无厌"或者说"欲壑难填"，也许是社会进步的动力，但作为一个具体的人，如果贪多务得，也就失去了生活应有的乐趣。

项羽看到秦皇的车队，发出"彼可取而代也"的豪迈之声；刘邦看到秦皇的排场，一句"大丈夫当如是也"，透露出自己的价值观念。两个人"一步到位"的人生价值取向，或许有史家司马迁的文学加工，不足为据。刘秀未当皇帝时，曾说过"仕宦当作执金吾，娶妻当得阴丽华"，然后他成了汉光武帝，阴丽华也自然成了他的第二任皇后。曹操《让县自明本志令》中回忆年轻时的志向，不过死后有一块"汉故征西将军曹侯之墓"的墓碑，然而他却做了位极人臣的丞相，差一点取汉而代之。人的欲望总是随地位或环境的变化而不断变化，上述两例属于人不断往高处走的证明，至于"爬得高，跌得重"的负面例证，历史上也不胜枚举。

总之，正如鲁迅所说："一要生存，二要温饱，三要发展。苟有阻碍这前途者，无论是古是今，是人是鬼，是《三坟》《五典》，百宋千元，天球河图，金人玉佛，祖传丸散，秘制膏丹，全都踏倒他。"（《忽然想到六》）这当然是就整体而言，若只论及个人，还是超脱一些为妙。袁宏道"病中勘得此机甚透"一语,对于市场经济下生活的人们,不啻禅宗所谓的"德山棒""临济喝",足以警醒当今的世人了。

朱司理①

乍脱宦网②,如游鳞纵壑③,倦鸟还山④,向非明公⑤假其毛羽⑥,亦何以得此。吏隐⑦吴门⑧,著书数种,略有可观,刻成当呈上求削⑨。走⑩性与俗违,官非其器⑪,万念俱灰冷,唯文字障⑫未除。曳尾山中⑬,但得任意歌咏,鼓吹休明⑭足矣。立德立功⑮,自有青云故人⑯在,明公勉为之,毋遽生心丘壑⑰也。两年为格套⑱所拘,不得少吐寸肠,便中略布区区⑲。容专使致辞⑳。

【注释】

①朱司理:即朱一龙(生卒年不详),字虞言,景陵(今湖北天门)人。万历二十年(1592)进士,与袁宏道为同年,时任苏州府推官,历官吏部主事、吏部考功员外郎。司理,或称司李,府推官的别称,明代知府的佐贰官,掌理刑名,赞计典,秩正七品。

②宦网:比喻做官对人的束缚。袁宏道《香光林即事》

诗:"宦网弛三面,禅心积久灰。"

③游鳞纵壑:意谓在广阔天地中获得大自由的欢快。语本唐姚康《赋得巨鱼纵大壑》诗:"掉尾方穷乐,游鳞每自舒。"

④倦鸟还山:意谓倦游者回归故乡的喜悦。语本晋陶渊明《归去来兮辞》:"云无心以出岫,鸟倦飞而知还。"

⑤明公:旧时对有名位者的尊称。

⑥假其毛羽:比喻袁宏道乞休得到批准。苏州府推官对于下辖吴县的事务具有一定的管理权限。

⑦吏隐:谓不以利禄萦心,虽居官却犹如隐者。唐白居易《江州司马厅记》:"江州左匡庐,右江湖,土高气清,富有佳境……惟司马绰绰,可以从容于山水诗酒间……苟有志于吏隐者,舍此官何求焉?"

⑧吴门:苏州府吴县为春秋吴国故地,故称。

⑨求削:敬请斧正指点的谦辞。

⑩走:供奔走役使,自称的谦辞。

⑪官非其器:不是做官的材料。

⑫文字障:因诗文创作而生烦恼,意即喜好文学。障,佛学术语,烦恼之异名。

⑬曳尾山中:谓自由自在地隐居于山中。语本《庄子·秋水》:"庄子钓于濮水,楚王使大夫二人往先焉,曰:'愿以境内累矣!'庄子持竿不顾,曰:'吾闻楚有神龟,死已三千岁矣,王巾笥而藏之庙堂之上。此龟者,宁其死为留骨而

贵乎？宁其生而曳尾于涂中乎？'二大夫曰：'宁生而曳尾涂中。'庄子曰：'往矣！吾将曳尾于涂中。'"

⑭鼓吹休明：宣扬明君盛世。略带调侃意味。

⑮立德立功：古人对人生"三不朽"观点中的两种不朽。《左传·襄公二十四年》："大上有立德，其次有立功，其次有立言，虽久不废，此之谓不朽。"

⑯青云故人：位高名显的旧友，喻指推官朱一龙，兼有祝颂之意。

⑰生心丘壑：萌生归隐山林的想法。

⑱格套：做官处理事务的固定模式。

⑲略布区区：简略地表白些许心事。

⑳专使致辞：专门派人奉上详细的言辞。是旧时书信中一种客气的说法。

【赏读】

这篇尺牍写于万历二十五年（1597），时袁宏道辞去吴县县令已至无锡。

晋陶渊明曾云："久在樊笼里，复得返自然。"言为心声，袁宏道连上七牍乞休或改官，终获批准，欣喜之情溢于言表。

在古代，县令作为"亲民"之官，事务烦琐杂沓，吴县县治与苏州府府治同处一城，送往迎来，更是不胜其扰，远非一位率真坦荡的性情中人所可胜任。在此前致朱一龙的信中，袁宏道自我解释去官之念说："下吏有何高致，欲效梅福、陶潜辈？上官加意，岂得不知？但下吏有一切喻：夫美女赠人，人争悦之，然不可以赠病者，何也？谓其有损无益也。今官之可好，虽如美色，病者得之，适以戕生；左手自刎，右手得天下，愚者不为也。"

作者辞官时，年纪尚不足三十岁，正处于青云有路、前途无限之际，之所以坚决挂冠求去，除身体原因外，更重要的恐怕就是性格因素了。然而畅游江南山山水水之后，又觉阮囊羞涩，于是不得已又求教官之任，这在其后袁宏道致朱一龙的信中可略见一二："放浪湖山，周流吴越，竟岁忘归。及计穷囊尽，无策可以糊口，则又奔走风尘，求教学先生。其趋弥卑，其策弥下，不知当时厌官何意。然教官比知县，毕竟心闲无事，明伦堂上不可谓非避世之地也。"所谓"性格决定命运"，生计也决定命运，"一文钱难倒英雄汉"，古今中外，概莫能外！

江进之①

弟意欲往杭②,无他,不过欲寻闲淡之方丈,远闺阁之佳人,写山水之奇胜,充贫官之囊橐③,稍暖即图归计矣。穷博士④有何好趣?弟已将"进士"⑤二字抛却东洋大海⑥。候命下,即自上一乞休本,了却前件⑦,作世间大自在⑧人。直待江郎作吏部尚书⑨三年后,发白齿落,然后将一粒金丹⑩点化江郎,同证大果⑪,岂不快哉!所云事⑫不敢劳兄,只欲见兄知得耳。若以世情⑬得度者,应现世情身而为说法⑭,如何?

【注释】

①江进之:即江盈科(1553~1605),字进之,号渌萝山人,常德桃源(今属湖南)人。万历二十年(1592)进士,历官长洲知县、大理寺正等。著有《雪涛阁集》《谐史》《谈言》等,今人有辑校本《江盈科集》。

②杭:即杭州府,治所钱塘、仁和两附郭县,明代为浙

江承宣布政使司治。

③囊橐（tuó）：袋子。

④博士：古代学官名。袁宏道辞去吴县县令，曾一度请求改任教职这一前途暗淡的闲散学官。据袁宏道《告病疏》，他于万历二十六年（1598）四月授顺天府教授，已是一年以后事了。

⑤进士：科举时代称殿试考取的人。明清两代，举人经会试中式后即可称为进士。

⑥东洋大海：泛指东方的海洋。这里比喻忘却得无影无踪。

⑦前件：万历二十四年（1596）三月后，袁宏道在吴县任所连上《乞归稿》两篇，以庶祖母詹氏年逾八十并有病在身为辞祈请休官，未获准；后又以自己身患大病为由连上五篇《乞改稿》，请求改任教职，终于获准。这里即当指先前所上《乞归稿》两篇，对于《乞改稿》而言属于"前件"。

⑧大自在：佛教语，谓进退无碍，心离烦恼。《法华经·五百弟子受记品》："复闻诸佛有大自在神通之力。"这里系作者想象辞官后自由自在、无挂无碍的境界。

⑨吏部尚书：明代六部之首吏部的长官，掌天下官吏选授、封勋、考课之政令，以甄别人才，赞天子治。秩正二品，侍郎为其副职。江盈科于万历二十年（1592）任长洲县令，两年以后，袁宏道任吴县县令，两县皆为苏州府的附郭县，两县衙与苏州府衙皆相临近，因而袁、江两人过从甚

密。万历二十五年（1597），江盈科仕途即将迎来两考，已有迁官吏部主事的传言（后因故改任大理寺正），袁宏道以吏部尚书期许之，是祝愿，也带有调侃意味。

⑩金丹：古代方士炼金石为丹药，认为服之可以长生不老。这里当比喻超脱生死的禅理。

⑪同证大果：即证果，佛教语，谓佛教徒经过长期修行而悟入妙道。

⑫所云事：当系题写扇面一类琐事。江盈科《答袁中郎》云："世即无王右军，奈何遂遣不佞捉刀？弟诸箑（shà）差堪当葵叶，纵涂抹如老鸦，不悔形秽。"

⑬世情：世俗之情。《六祖坛经·付嘱品》："汝等好住，吾灭度后，莫作世情悲泣雨泪。"

⑭"应现世情身"句：化用佛经中"现身说法"意，谓佛、菩萨显示种种化身宣说佛法。《楞严经》卷六："我于彼前，皆现其身，而为说法，令其成就。"这里意谓以自己的经历为例证，对人进行讲解或劝导，有朋友间的调侃意味。

【赏读】

这封书信写于万历二十五年年初，当时袁宏道已获准辞去吴县县令，在无锡暂住。

苏州府以吴县、长洲县为附郭县，县衙皆在苏州府城内，且相邻近。作者与江盈科分别为吴县与长洲县令，时间重合将近两年。由于志趣投合，两人居官闲暇之际诗歌唱和,相得甚欢。袁宏道《雪涛阁集序》有云:"余与进之游吴以来,每会必以诗文相励,务矫今代蹈袭之风。"两位友人在县令任上惺惺相惜,探讨诗文如琢如磨,对于性灵派之创生大有助益。

然而袁宏道因身体与性格原因,完全不适应事务繁剧之吴县县令的职务,于是千方百计辞官,终于获准改任清闲教职。已经得"大自在"的袁宏道与尚羁绊于官场的江盈科,从表面看,存在出世与入世的价值取向冲突,实则在憧憬心灵自由的追求上,二人并无不同,只不过表现方式有所差异而已。有明于此,我们再看这封挥洒自如又不无调侃文字的尺牍,就能深入体味两人之间超脱世俗的友情,淡雅而绵长,属于旧时文人士大夫精神追求的最高境界,今天读来仍引人深思。

伯修（二）

弟以二月初十日离无锡①，与陶石篑兄弟看花西湖一月，不忍极言其乐。复与石篑渡江，食湘湖②莼菜③，探禹穴④，吊六陵⑤，住贺监湖⑥十日。又复从山阴道⑦过诸暨⑧，观五泄⑨，留连数日，始从玉京洞⑩归。平生未尝看山，看山始于此。已又至杭，挈诸君登天目⑪，住山五日。天目奇胜，甲于西浙。又欲赴山中之约，因便道之新安⑫，为陈正甫⑬所留，纵谈三日，几令斗山诸儒⑭逃遁无地。已复道岩镇，客潘景升⑮家，东西南北名士凑集者，不下十余人，朝夕命吴儿度曲佐酒。拟即发足⑯齐云⑰，游竟从新安江⑱顺流而下，将携家往南中⑲过夏。

自堕地来，不曾有此乐。前后与石篑聚首三月余，无一日不游，无一游不乐，无一刻不谈，无一谈不畅。不知眼耳鼻舌身意⑳何福，一旦至此，但恐折尽后来官禄耳。潘景升忒煞有趣，是丘大㉑、袁三㉒一辈人，已约同至杭，道苏之白下㉓矣。西湖看花是过去乐，岩镇聚首是见在乐,与景升南游是未来乐[24]。此后家何处、客何处,总不计较,以世上事总不足计较也。丘大亦客南中,买居秦淮[25],弟已约为邻。

近来诗学大进,诗集大饶,诗肠大宽,诗眼大阔。世人以诗为诗,未免为诗苦,弟以《打草竿》《劈破玉》[26]为诗,故足乐也。石篑间一为诗,弟无日不诗;石篑无日不禅[27],弟间一禅。此是异同处。虞长孺兄弟[28]是真高士,但其学问[29]大有可商。每云悟[30]后方可调心[31],神通[32]出方是佛,大率为教典所误。僧孺颇有悟机[33],只为执定己见,不肯虚心参访,不曾遇着一个大力量宗师[34],所以执药成病[35],然却是吾辈益友。于陈正甫处,得圆觉[36]解,是圆觉解老兄[37]耳。正甫道心[38]切甚,但无奈太爷高,道低;太爷大,道小;太爷聪明,道痴[39]。以此对面不相识[40]。山中人[41]已约至吴孝廉[42]家,弟转首即会他,未知彼度[43]我我度彼。吴观我去岁住山五月,眼尚医不好。观我不急自家眼[44],而急娘生眼[45],又自家一双光光眼不肯看人,而反欲借金篦[46]于他手,不亦惑乎!法会[47]兄弟[48]近日精进[49]如何?

【注释】

①无锡:在今江苏省南部,太湖北岸,湖滨一带自古以来即为游览胜地。

②湘湖：在今浙江杭州萧山区，分上下两湖，周边有越王台、狮子峰、至湖岭等景观。

③莼（chún）菜：多年生水草，叶片椭圆形，深绿色，浮于水面，花暗红色，嫩叶可作汤羹。《晋书·张翰传》："翰因见秋风起，乃思吴中菰菜、莼羹、鲈鱼脍，曰：'人生贵得适志，何能羁宦数千里以要名爵乎！'遂命驾而归。"这里暗用此典，言辞官之乐。

④禹穴：即禹陵，相传为大禹的葬地，在今浙江绍兴之会稽山。《史记·太史公自序》："二十而南游江、淮，上会稽，探禹穴。"南朝宋裴骃集解引张晏曰："禹巡狩至会稽而崩，因葬焉。上有孔穴，民间云禹入此穴。"

⑤六陵：即宋帝六陵，又称攒宫，故址在今浙江绍兴东南攒宫山，六陵即南宋六位皇帝的陵墓，分别是宋高宗赵构永思陵、宋孝宗赵昚永阜陵、宋光宗赵惇永崇陵、宋宁宗赵扩永茂陵、宋理宗赵昀永穆陵、宋度宗赵禥永绍陵。元至元十五年（1278），元代僧人江南释教总统杨琏真珈（又作杨琏真加）杀害平民，无恶不作，为盗取殉葬珍宝，挖掘南宋在钱塘、绍兴一带的帝后、大臣坟墓一百零一处，宋帝六陵即在其内。山阴人唐珏等拾取遗骸，造六只石函，移葬于兰渚山。明洪武二年（1369）归葬，禁樵采，重建殿堂碑亭，绕以墙垣。

⑥贺监（jiàn）湖：即鉴湖，又名镜湖，开凿于东汉，可灌溉农田九千余顷，唐代中叶以后逐渐埋废，今仅存若干

小湖。故址在今浙江绍兴市南。贺监，即贺知章，尝官秘书监，晚年自号秘书外监，天宝初"有诏赐镜湖剡川一曲"（《新唐书·贺知章传》），故鉴湖又称贺监湖。

⑦山阴道：故址在今浙江绍兴西南郊外，晋代以后即以风景优美著称。南朝宋刘义庆《世说新语·言语》："王子敬云：'从山阴道上行，山川自相映发，使人应接不暇。若秋冬之际，尤难为怀。'"袁宏道《山阴道》诗："平生王献之，酷爱山阴道。彼此俱清奇，输他得名早。"

⑧诸暨：今为县级市，在今浙江绍兴西南。

⑨五泄：即五条瀑布，在今浙江诸暨以西三十千米群山之中，瀑布从五泄山巅飞奔而下，景色各异，山上有五泄寺，该寺建于唐元和三年（808）。

⑩玉京洞：诸暨洞岩山之溶洞名。《浙江通志》卷一五《绍兴府》："玉京洞……在洞岩山，其洞十数重，深十余里，必秉火以入，入必以物记其处，洞门相似者多，不则迷出路矣。或云深处行二三日，可抵钱塘江。"

⑪天目：即天目山，在今浙江西北部，东北至西南走向，分为东、西两支，为古今游览胜地。

⑫新安：即明代徽州府歙县（今属安徽），位于新安江上游，与今浙江邻接。

⑬陈正甫：即陈所学（生卒年不详），字正甫，号志寰，景陵人。万历十一年（1583）进士，时任徽州知府。

⑭斗山诸儒：谓徽州斗山书院的学者。明代理学家湛若

水、受业于王阳明的王畿（王龙溪）皆曾在斗山书院讲过学。

⑮潘景升：即潘之恒（1556~1622），字景升，徽州歙县人。精古文辞，工诗歌，恣情山水。海内名流无不交欢。著有《鸾啸集》《亘史》等。

⑯发足：起程，出发。

⑰齐云：即齐云山，又称白岳，在今安徽休宁西，有三十六奇峰、七十二怪崖，风景优美，为古今游览胜地。

⑱新安江：钱塘江上游。其源出安徽，经淳安至建德与兰江汇合。

⑲南中：这里泛指江南一带。

⑳眼耳鼻舌身意：即佛家所谓"六根"，指六种感觉能力或感觉器官。亦即六识所依的六种根，即眼根、耳根、鼻根、舌根、身根、意根。根乃能生之义，谓六根能生六识，故名六根。

㉑丘大：即丘坦（1564~?），字坦之，号长孺，麻城（今属湖北）人。万历三十四年（1606）武举乡试第一，历官海州参将。工诗，擅长书法，著有《北游稿》《南游稿》《楚丘集》《度辽集》等。《麻城县志》有传。袁宗道《北游稿小序》有云："或曰：丘长孺游闲公子也。或曰：长孺非游闲公子，其胸中磊块甚，姑托闲游以耗磨之。"又云："其诗非汉魏人诗，非六朝人诗，亦非唐初盛中晚人诗，而丘长孺氏之诗也。非丘长孺氏之诗，丘长孺也。"

㉒袁三:即袁氏兄弟中的老三袁中道。

㉓白下:古地名,在今江苏南京西北,唐移金陵县于此,改名白下县。后世即用为南京的别称。

㉔"西湖"三句:用佛家三世因果说,即绵亘过去、现在、未来三世而立因果业感之理。佛家认为过去之业为因,招感现在之果;复由现在之业为因,招感未来之果。如是因果相续,生死无穷。这里略带调侃意味。

㉕秦淮:即秦淮河,这里代指南京。

㉖《打草竿》《劈破玉》:明代万历间流行的民间曲调名。《打草竿》,又名《打枣竿》,明万历时流行于北方,后传入南方,改名《挂枝儿》。至今扬州清曲、聊城八角鼓、兰州鼓子等仍保留此曲牌。《劈破玉》,又作《擘破玉》,流行于明代中叶以后,一般为九句五十一字,与《挂枝儿》相似,仅末尾两句重叠一次。

㉗禅:佛教的重要修持法。禅为"禅那"的简称,音译又作驮衍那,意译静虑、思惟修、弃恶。

㉘虞长孺兄弟:又称虞德园兄弟,即虞淳熙、虞淳贞兄弟。虞淳熙(1553~1621),字长孺,号德园,又号甘园净居士,钱塘(今浙江杭州)人。万历十一年(1583)进士,历官稽勋郎中,罢归。虞淳贞(生卒年不详),字僧孺,虞淳熙之弟。兄弟两人均好仙佛,偕隐南山,相与栖寂课玄,采苑行药,逃避世事。

㉙学问:这里指有关禅宗的识见修习等。

㉚悟:"迷"的对称。意为由迷梦而觉醒,是佛教徒修行的目的。

㉛调心:又称"调意",即调伏意念使不起恶。

㉜神通:佛教指由修禅定与智慧而获得的超自然、无碍自在、神变不可思议之妙用。又称神通力、神力、通力、通。

㉝悟机:了见心性,对佛理的领悟。

㉞宗师:专指传佛心宗(禅宗)之师。即体得禅宗宗旨,能善巧方便接化弟子,正确导入悟境之高僧。又称宗师家、宗匠、善知识。与学者、学人、修行者相对。

㉟执药成病:人因病而服药,病去而药不忘,反而执药成病。谓参禅者拘泥于佛经中的字句而不开悟,遂成禅病之一。

㊱圆觉:佛教语,指佛家修成圆满正果的灵觉之道。具足众德叫作圆,照破无明叫作觉。此圆觉,就是人人本具的真心。

㊲老兄:"兄弟"系禅林用语,自少壮即居于丛林而谙熟清规者,称山中之兄弟。这里以老兄称谓陈所学,略有调侃意味。

㊳道心:又作"道念",立志修行佛道之心,称为道心,与"菩提心"同义。

㊴"但无奈"数句:谓陈所学的官位(时任徽州知府)妨碍其参禅。太爷,古代对知府、知县等官吏的尊称。

㊵对面不相识：谓陈所学与佛理对面难识。

㊶山中人：谓参禅的友人。

㊷吴孝廉：即吴应宾（1564～1636），字客卿，一字尚之，号观我，桐城（今属安徽）人。万历十四年（1586）进士，授编修，以眼疾告归。里居四十载，研究性理，从事著述，有《学易斋集》《宗一圣论》，学者称宗一先生。

㊸度：佛教术语，即"渡"。生死譬海，自渡生死海又渡人，谓之渡。

㊹自家眼：用禅宗机锋，语本《断桥妙伦禅师语录》卷下："今之主法者，自家眼既不明，务以甜糖蜜水。取悦于人。"又《了庵和尚语录》卷三："若是自家眼目不明，便看他古人不破。看他古人不破，便是自家眼目不明。自余印板上打来，模子里脱出，有甚共语处岂不见。"

㊺娘生眼：用禅宗机锋，语本《缁门警训》卷六《笑翁和尚家训》："礼拜持经遣睡魔，不须将此当喽啰。一朝突出娘生眼，执药方知病转多。"又《高峰大师语录》卷上《湖州双髻庵法语》："五湖春色十分肥，正是功圆果满时。玉蝶穿花零碎锦，黄莺掷柳乱垂丝。灵云打失娘生眼，备老重添八字眉。无限水边林下客，谩将竹杖度须弥。"

㊻金篦：又作金錍、金篦。灌顶时阿阇梨加持受者之眼所用之道具。原为印度医生抉盲人眼膜所用之金筹。《涅槃经》卷八云："如目盲人为治目，故造诣良医，是时良医即以金篦决其眼膜。"

袁宏道小品

㊼法会：佛家为说法、供佛等宗教活动而举行的集会。

㊽兄弟：禅刹同门之人，称兄弟。这里指万历二十三年（1595）三袁在北京都门结社中的一些仍在京的社友，如憨山大师、董其昌、萧云举、王图等人。

㊾精进：依佛教教义，于修善断恶、去染转净之修行过程中，不懈怠地努力上进。

【赏读】

这篇尺牍写于万历二十五年（1597），时作者在杭州。

袁宏道辞去吴县县令，一路游览南中风景，欢喜无限，所谓"自堕地来，不曾有此乐"，当是对自家兄长所说的真心话。流连风景是一乐；"诗学大进"又是一乐；闻法或味法而生喜，是曰"法喜"，得与禅林兄弟共入禅机，法喜亦是一乐。人生有此三乐，真是快意之事。三乐相互联系，有一定的内在联系。

早生袁宏道六十余年的李开先在其《市井艳词序》中即言："故风出谣口，真诗只在民间。"可谓开"弟以《打草竿》《劈破玉》为诗，故足乐也"说之先河。游山玩水与文人士大夫的雅文化即士林文化密不可分，《打草竿》等曲牌则是市井文化的反映，至于参禅悟道，则是佛道文化的影响，是明中叶以后儒、释、道三教合一步伐加快的反映。公安性灵派受王阳明心学以及以"异端"

自命的李贽思想的直接影响,又得到市井文化与禅宗文化的滋养,从而能够焕发出个性天趣的光芒,也就是顺理成章、水到渠成了。这篇尺牍内容丰富,对于今人了解明代性灵派之内涵,大有助益。

张幼于①

读来教②,一字一语,具见真切,然非不肖③本怀④。不肖岂习为令者?一处剧邑⑤,如猢狲入笼中,欲出则被主者反扃⑥,欲不出又非其性,东跳西跻⑦,毛爪俱落。主者不得已,怜而放之,仅得不死。习于令者,为若是耶?

至于诗,则不肖聊戏笔耳。信心而出,信口而谈。世人喜唐,仆则曰唐无诗;世人喜秦、汉,仆则曰秦、汉无文;世人卑宋黜元,仆则曰诗文在宋、元诸大家。昔老子欲死圣人⑧,庄生讥毁孔子⑨,然至今其书不废;荀卿⑩言性恶⑪,亦得与孟子⑫同传。何者?见从己出,不曾依傍半个古人,所以他顶天立地。今人虽讥讪得,却是废他不得。不然,粪里嚼查,顺口接屁⑬,倚势欺良,如今苏州投靠家人⑭一般。记得几个烂熟故事,便曰博识;用得几个见成字眼,亦曰骚人⑮。计骗杜工部⑯,囤扎李空同⑰,一个八寸三分帽子⑱,人人戴得。以是言诗,安在而不诗哉?不肖恶之深,所以立言亦自有矫枉之过。

公谓仆诗亦似唐人,此言极是。然要之幼于所取者,皆仆似唐之诗,非仆得意诗也。夫其似唐者见取,则其不取者断断乎非唐诗可知。既非唐诗,安得不谓中郎自有之诗,又安得以幼于之不取,保中郎之不自得意耶?仆求自得而已,他则何敢知。近日湖上诸作[19],尤觉秽杂,去唐愈远,然愈自得意。昨已为长洲公觅去发刊[20]。然仆逆知[21]幼于之一抹到底,决无一句入眼也。何也?真不似唐也。不似唐,是干唐律[22],是大罪人也,安可复谓之诗哉!

仆往赠幼于诗,有"誉起为颠狂"[23]句。"颠狂"二字甚好,不知幼于亦以为病。夫仆非真知幼于之颠狂,不过因古人有"不颠不狂,其名不彰"[24]之语,故以此相赞。如今人送富贾[25]则曰"侠",送知县则曰"河阳"[26]"彭泽"[27],此套语也。夫"颠狂"二字,岂可轻易奉承人者?狂为仲尼所思[28],狂无论矣。若颠在古人中,亦不易得,而求之释,有普化[29]焉。张无尽[30]诗曰"槃山会里翻筋斗,到此方知普化颠"[31]是也。化虽颠去,实古佛也。求之玄[32],有周颠[33]焉,高帝[34]所礼敬者也。玄门尤多,他如蓝采和[35]、张三丰[36]、王害风[37]之类皆是。求之儒,有米颠[38]焉,米颠拜石,呼为丈人[39];与蔡京书,书中画一船[40],其颠尤可笑。然临终合掌曰:"众香国里来,众香国里去㊶。"此其去来,岂草草者?不肖恨幼于不颠狂耳,若实颠狂,将北面而事之㊷,岂直与幼于为友哉!

至于所说"吴侬㊸不解语",则尤与幼于无交涉。夫家伯修与王以明㊹皆真切学佛人。伯修书本问学问㊺,何故系之以园亭歌儿?若曰吴中解禅语者,惟此辈耳,夫园亭非有知之物,安得谓之解语?此所谓"言语道断,心行处灭"㊻者也。此禅机㊼也。以明书意同。夫吴中诗诚佳,字画诚高,然求一个性命㊽的影子,百中无一,千中无一,至于文人尤难。何也?一生精力尽用之诗文、草圣㊾中也。幼于自负能谈名理㊿,所名者果何理耶?他书无论,即如《敝箧》㉛诸诵,幼于能一一解得不?如何是"下三点"㉜,如何是"扇子跳跻上三十三天"㉝,如何是"一口吸尽西江水"㉞?幼于虽通身是口,到此只恐亡锋结舌去。然则幼于尚不得谓之解语矣,况其不逮幼于者耶!

仆自知诗文一字不通,唯禅宗一事,不敢多让。当今勍敌㉟,唯李宏甫㊱先生一人。其他精炼衲子㊲,久参禅伯㊳,败于中郎之手者,往往而是。幼于不学禅,安得搀入其中,与虚幻荒唐之人交锋比势哉?夫不肖自知幼于,不必幼于之解语;齐语、楚语、闽语、倭语,处处乡谈土音不同,不必幼于之皆解。夫幼于之不解中郎语，犹中郎之不解幼于语也。天下事何必同⁵⁹而后快哉！王二先生⁶⁰往有好事者，造不根之言，故不肖于集中特一辩白，然如王，如曹⁶¹，如公家兄弟⁶²，皆不肖所敬者，决不在不解语之列。信笔铺叙，不觉满纸，不肖近于颠矣。幼于既不爱颠，请以自赠如何？一笑。

【注释】

①张幼于：即张献翼（1534～1604），字幼于，长洲（今江苏苏州）人。嘉靖间国子监生。与兄张凤翼、弟张燕翼并称"三张"。功名不就，狂放不羁，常有惊世骇俗之举，好狎声妓，为盗所杀。著有《读易纪闻》《文起堂集》《纨绮集》等。

②来教：对他人来函的敬称，多用于书面。

③不肖：自谦之称。

④本怀：自家的心迹。

⑤剧邑：政务繁剧的郡县。这里谓吴县。

⑥扃（jiōng）：本指从外关闭门户的门闩。此处作动词，关闭。

⑦踣（bó）：方言。蹦。

⑧"昔老子"句：语本《老子》第十九章："绝圣弃智，民利百倍；绝仁弃义，民复孝慈；绝巧弃利，盗贼无有。"

⑨"庄生"句:《庄子》一书中有多处讽刺孔子。《史记·老子韩非列传》:"庄子者,蒙人也……故其著书十余万言,大抵率寓言也。作《渔父》《盗跖》《胠箧》,以诋訾孔子之徒,以明老子之术。"

⑩荀卿:即荀子(约前313~前238),名况,时人尊为荀卿,又称孙卿,战国时赵国人。曾在齐国稷下学宫讲学,韩非、李斯皆为其弟子。后离齐至楚,春申君任之为兰陵(治今山东兰陵县兰陵镇)令,春申君死,荀子失官,居家著述以终。今传《荀子》三十二篇,另有《赋篇》。

⑪言性恶:主张人性本恶。语本《荀子·性恶》:"人之性恶,其善者伪也。"

⑫孟子:即孟轲(约前372~前289),字子舆,邹(今山东邹城东南)人。受业于子思的门人,继承孔子学说,晚年退居讲学,与弟子著书七篇,世称《孟子》。被后人尊为"亚圣"。孟子主张"性善说"。

⑬"粪里嚼查"二句:谓盲目跟随前人,不辨良莠,拾其糟粕。查,同"渣"。

⑭投靠家人:谓投奔权贵,以求庇护。清顾炎武《日知录》卷一三《奴仆》:"太祖数凉国公蓝玉之罪,亦曰:'家奴至于数百。'今日江南士大夫多有此风,一登仕籍,此辈竞来门下,谓之投靠,多者亦至千人。而其用事之人,则主人之起居食息,以至于出处语默,无一不受其节制。有甘于毁名丧节而不顾者,奴者主之,主者奴之。嗟乎,此六逆之

所由来矣。"

⑮骚人：诗人，文人。

⑯计骗杜工部：谓剽窃唐代诗人杜甫诗句，改头换面，冒充己作。杜工部，即杜甫（712～770），字子美，巩县（今河南巩义西南）人，其十三世祖杜预为京兆杜陵（今陕西长安东北）人。杜甫流亡蜀地期间，曾被严武荐为节度参谋、检校工部员外郎，故世称杜工部。

⑰囤扎（dùn zā）李空同：谓将李梦阳的文学主张作为束缚诗文写作的窠臼。囤，用竹篾、荆条、稻草等编成的贮粮器具。扎，捆缚。李空同，即李梦阳（1473～1530），字献吉，又字天赐，号空同子。庆阳（今属甘肃）人。弘治七年（1494）进士，历官户部郎中、江西提学副使等职。《明史》有传，称其"才思雄鸷，卓然以复古自命……倡言文必秦汉，诗必盛唐，非是者弗道"，为"前七子"的领袖人物。著有《空同集》。

⑱八寸三分帽子：原指人人可戴的帽子，比喻到处适用。

⑲湖上诸作：谓此前袁宏道游览杭州西湖时的诗文作品。

⑳长洲公：长洲知县江盈科。发刊：刻印。此当谓江盈科的《解脱集》。《解脱集序二》："中郎还自武林，示余《解脱集》凡二卷，皆诸体诗也。余为序而传之。"

㉑逆知：预料。

㉒干唐律：谓与唐诗的韵律不相符合。江盈科《敝箧集序》："中郎尝与予方舟泛蠡泽，适案上有唐诗一帙，指谓予曰：'唐人之诗，无论工不工，第取而读之，其色鲜妍，如旦晚脱笔研者。今人之诗即工乎，然句句字字拾人饤饾，才离笔研，已似旧诗矣。夫唐人千岁而新，今人脱手而旧，岂非流自性灵与出自模拟者所从来异乎……新则人争嗜之，旧则人争厌之。流自性灵者，不期新而新；出自模拟者，力求脱旧而转得旧。由斯以观，诗期于自性灵出尔，又何必唐，何必初与盛之为沾沾哉！'中郎论诗之概如此。"

㉓誉起为颠狂：袁宏道《锦帆集·张幼于》诗："家贫因任侠，誉起为颠狂。盛事追求点，高标属李王。鹿皮充卧具，鹊尾荐经床。不复呼名字，弥天说小张。"

㉔"不颠不狂"二句：宋李昉等《太平御览》卷二二三："李邕为左拾遗，御史中丞宋璟奏侍臣张昌宗兄弟有不顺之言，请付发推断。则天初不应，邕在陛下进曰：'臣观宋璟之言，事关社稷，望陛下可其奏。'则天色稍解，始允宋璟所请。既出，或谓邕曰：'吾子名位尚卑，若不称旨，祸将不测，何为造次如是？'邕曰：'不颠不狂，其名不彰。若不如此，后代何以称也？'"

㉕富贾（gǔ）：富商。

㉖河阳：晋潘岳曾任河阳县令，于一县遍种桃李，后世或以称县令。

㉗彭泽：晋陶渊明曾为彭泽县令，后以不能为五斗米折

腰，辞官归里。后世或以称县令。

㉘"狂为"句：《论语·子路》："子曰：'不得中行而与之，必也狂狷乎。狂者进取，狷者有所不为也。'"仲尼，即孔子（前551~前479），名丘，字仲尼。

㉙普化：唐代僧人。宋普济《五灯会元》卷四《盘山积禅师法嗣》："镇州普化和尚者……师事盘山，密受真诀，而佯狂出言无度。暨盘山顺世，乃于北地行化。或城市，或冢间，振一铎曰：'明头来，明头打；暗头来，暗头打；四方八面来，旋风打；虚空来，连架打。'……凡见人无高下，皆振铎一声，时号普化和尚。"

㉚张无尽：即张商英（1043~1122），字天觉，号无尽居士，宋蜀州新津（今属四川）人。宋英宗治平二年（1065）进士，历官监察御史、开封府推官、中书舍人、尚书左丞、尚书右仆射，罢知河南府。曾入元祐党籍，卒赠少保。好参禅，著有《宗禅辩》《友松阁遗稿》等。袁宏道此处拈出张商英有关参禅故事，意在表明自己对宗门有关话头、机锋的熟悉。

㉛"槃山会"二句：宋张商英《答平禅师》七绝："吐舌耳聋师已晓，捶胸只得哭苍天。盘山会里翻筋斗，到此方知普化颠。"槃山，一作盘山，即唐宝积禅师，得法于马祖道一禅师，以住幽州盘山，故号盘山禅师。

㉜玄：即下文之"玄门"，谓道教。《老子》第一章："玄之又玄，众妙之门。"

㉝周颠：元末明初人。建昌（今江西永西）人。年十四得狂疾，走南昌市中乞食，人皆呼之曰颠。及长，有异状，数谒长官，曰"告太平"。朱元璋讨伐陈友谅，曾向周颠问吉凶。此后朱元璋虑其妄言惑军心，投之于江。师次湖口，周颠竟又来乞食，随后辞去。朱元璋打下江山，遣使往庐山寻找周颠，不得，疑其仙去。洪武中，朱元璋亲撰《周颠仙传》以纪其事。

㉞高帝：即明太祖朱元璋（1328～1398），谥高皇帝，故称高帝。

㉟蓝采和：民间所传"八仙"之一。唐末人，常衣破蓝衫，踏歌行乞市中，持三尺余之大拍板唱云："踏歌踏歌蓝采和，世界能几何。红颜三春树，流年一掷梭。古人混混去不返，今人纷纷来更多。朝骑鸾凤到碧落，暮见桑田生白波。长景明晖在空际，金银宫阙高嵯峨。"后于濠梁酒楼乘醉仙去。

㊱张三丰：元明间人，名全一，一名君宝，号三丰，辽东懿州（治今辽宁阜新东北）人。身体魁梧，大耳圆目，或数日一食，或数月不食。或云能一日千里。天顺三年（1459），明英宗赐诰，赠为通微显化真人，但终莫测其存亡。

㊲王害风：即王嚞（1112～1170），原名中孚，号重阳子，金代著名道士，咸阳（今属陕西）人。曾中武举，任职吏员，后遁入玄门，蓬头垢面，自称王害风（王疯子）。据

说他遇到两位异人吕洞宾、钟离权后得道,创立全真教。

㊳米颠:即米芾(1052~1108),一名黻,字元章,号鹿门居士、襄阳漫士、海岳外史,世称米南宫,太原(今属山西)人,后徙襄阳(今属湖北),后定居润州(治今江苏镇江)。能诗文,工书画,精鉴别,嗜奇石,举止怪异,世称米颠。

㊴呼为丈人:米芾拜石的传说。宋叶梦得《石林燕语》卷一〇:"米芾诙谐好奇……知无为军,初入州廨,见立石颇奇,喜曰:'此足以当我拜。'遂命左右取袍笏拜之,每呼曰'石丈'。"此与《宋史》记述小异。

㊵"与蔡京书"二句:宋蔡絛《铁围山丛谈》卷四:"米芾元章好古博雅,世以其不羁,士大夫目之曰'米颠'。鲁公深喜之。尝为书学博士,后迁礼部员外郎,数遭白简逐去。一日以书抵公,诉其流落,且言举室百指,行至陈留,独得一舟如许大,遂画一艇子行间,鲁公笑焉。吾得是帖而藏之。"蔡絛为蔡京之子。蔡京(1047~1126),字元长,宋兴化军仙游(今属福建)人。曾任右仆射,拜太师。曾以复新法为名,尽贬元祐诸臣,立党人碑,为"六贼"之首。

㊶"众香国"二句:明何良俊《何氏语林》卷一四:"米元章晚年学禅有得,卒于淮阳军。先一月,区处家事,作亲友别书,尽焚其所好书画奇物,预置一棺,坐卧饮食其中。前七日,不茹荤,更衣沐浴,焚香清坐而已。及期遍请郡寮,举拂示众曰:'众香国中来,众香国中去。'掷拂合掌

而逝。"众香国，佛经所言佛国名。《维摩经·香积佛品》："上方界分过四十二恒河沙佛土有国名'众香'，佛号香积。"

㊷北面而事之：谓拜人为师，行弟子敬师之礼。

㊸吴侬：吴地自称曰我侬，称人曰渠侬、个侬、他侬。因称人多用"侬"字，故以"吴侬"称吴人。苏州属吴地中心地带。

㊹王以明：即王辂（生卒年不详），字以明，公安（今属湖北）人。年四十，以监生除凤翔府通判，半年即归隐公安平乐村小竹林，著书自娱。为袁宏道举业师，与李贽、陶望龄、袁宗道等为性命交。著有《竹林集》。

㊺问学问：探讨有关禅宗的识见修习等。

㊻言语道断，心行处灭：佛经中术语，意谓无上妙谛，非言语与心念所可表达与领会。后秦鸠摩罗什译《佛说华手经》卷六："佛所言说有出世间，出世间法则无言说。言语道断，心行处灭，是故如来，虽复言说而无所著。"

㊼禅机：佛教禅宗谈禅说法时，用含有机要秘诀的言辞、动作或事物暗示教义，使人得以触机领悟，故名。

㊽性命：中国古代哲学范畴，指万物的天赋与禀受。《易·乾》："乾道变化，各正性命。"唐孔颖达疏："性者，天生之质，若刚柔迟速之别；命者，人所禀受，若贵贱寿夭之属也。"宋朱熹本义："物所受为性，天所赋为命。"

㊾草圣：原指在草书艺术上成就卓越者，如汉代张芝、唐代张旭等，这里谓书法的学习、研究。

㊿名理：当谓魏晋以后清谈家辨析事物名与理的是非异同。

51《敝箧》：二卷，为袁宏道自万历十二年（1584）至二十二年（1594）间的诗歌创作的结集。

52下三点：又作“以字三点”“圆伊三点”“真伊三点”。梵文的“伊”字（∴）由三点组合而成，汉语“下”字的草书形同“∴”，故亦称“下三点”。由于其排列方式及写法颇为特殊，故佛典每用以作各种譬喻。南本《涅槃经》卷二《哀叹品》中，诸比丘问何等为如来秘密藏，世尊答云：“犹如伊字三点，若并则不成伊，纵亦不成。如摩醯首罗面上三目，乃得成伊。三点若别，亦不得成。我亦如是，解脱之法亦非涅槃，如来之身亦非涅槃，摩诃般若亦非涅槃，三法各异亦非涅槃。我今安住如是三法。”此谓梵文的“伊”（∴）由三点构成，比喻三德（法身、般若、解脱）的相即不离，缺其一便不能成就涅槃的实义。

53扇子跳跨上三十三天：禅宗公案。《大慧普觉禅师普说》卷一七：“尔要理会得庄子‘非言非默，义有所极’么？便是云门大师拈起扇子云：‘扇子跳跨上三十三天，筑着帝释鼻孔。东海鲤鱼打一棒，雨似倾盆。’尔若会得云门这个说话，便是庄子说底、曾子说底、孔子说底一般。”三十三天，六欲天之一，又作“忉利天”。在佛教宇宙观中，此天位居欲界第二天之须弥山顶上，四面各为八万由旬，山顶之四隅各有一峰，高五百由旬，由金刚手药叉神守护此天。中央之宫殿（善见城）为帝释天所住，城外周围有四苑，是诸天众游乐之处。城之东北有圆生树，花开妙香薰远。城之西南有善法堂，诸天众群聚于此，评论法理。四方各有八城，加中央一城，合为三十三天城。

㊄一口吸尽西江水：禅宗公案。《法演禅师语录》卷中："庞居士问马大师：'不与万法为侣是什么人？'大师云：'待汝一口吸尽西江水，即向汝道。'师云：'一口吸尽西江水，洛阳牡丹新吐蕊。簸土扬尘勿处寻，抬头撞着自家底。'"

㊄勍（qíng）敌：有力的对手。

㊄李宏甫：即李贽（1527~1602），原姓林，名载贽，后改姓李，名贽，号卓吾，又号宏甫、笃吾、温陵居士等，泉州晋江（今属福建）人。其学受王阳明心学与佛教禅宗影响，又习泰州学派之说，常以"异端"自居，抨击假道学，提倡通俗文学，曾评点《水浒传》《西游记》，读书著述达二十余年。晚年居通州，因忤当道，遭劾下狱，以剃刀自刎而死。著有《藏书》《续藏书》《焚书》《续焚书》等。

㊄精炼衲子：精熟于禅理的僧人。

㊄久参禅伯：经过长期修习的德高望重的禅师。

㊄何必同：语本《孟子·告子下》："君子亦仁而已矣，何必同？"

㊅王二先生：即王穉登（1535~1612），字伯毂，长洲（今江苏苏州）人。四岁能属对，六岁善擘窠大字，十岁能诗。科场不遇，善诗文、戏曲，以布衣驰名文坛。著有《王

百穀集》等。

(61)曹：即曹子念（生卒年不详），字以新，太仓（今属江苏）人，王世贞外甥。近体歌行似其舅，为人倜傥，有侠士风。王世贞死后，曹子念移居吴县，萧然穷巷。

(62)公家兄弟：谓张献翼与兄张凤翼、弟张燕翼，所谓“三张”。

【赏读】

这篇尺牍写于万历二十五年（1597），袁宏道时客居无锡。

这是一封长信，将作诗“信心而出，信口而谈”的文学主张挥洒而出外，又拈出“颠狂”二字加以论述，从而转到禅宗话头与公案。三项内容相辅相成，无非是阐述“见从己出，不曾依傍半个古人”的创新精神，为达此目的，甚至极而言之，不惜矫枉过正。全信纵横捭阖，议论横生，看似乱头粗服，不修边幅，实则逻辑严密，层层剥笋，析薪破理，可视为公安派“不拘格套”文学倡导的一次实践。作者于禅学颇为自信，除服膺李贽外，其他人似乎皆不在话下，这又与他鼓吹“颠狂”的人生态度密切相关。李贽《杂说》：“且夫世之真能文者，比其初，皆非有意于为文也。其胸中有如许无状可怪之事，其喉间有如许欲吐而不敢吐之物，其口头又时时有许多欲语而莫可所以告语之处，蓄极积久，势不能遏。一旦见景生情，触目兴叹，夺他人之酒杯，浇自己之垒块；诉心中之不平，感数奇于千载。既已喷玉唾珠，昭回云汉，为章于天矣，遂亦自负，发狂大叫，流涕恸哭，不能自止。宁使见者闻者切齿咬牙，欲杀欲割，而终不忍藏于名山，投之水火。"以此衡量袁宏道这封尺牍，可称量体裁衣。

袁宏道撰有《宗镜摄录》《西方合论》等禅学著作，又曾整理过《坛经》，对于"明心见性"一套功夫，当别有会心，这也是作者于宗门学问未遑多让的自信所在。在《西方合论引》中，作者有云："余十年学道，堕此狂病，后因触机，薄有省发。遂减尘劳，归心净土，礼诵之暇，取龙树、天台、智者、永明等论，细心披读，忽而疑豁。"了解其习禅过程，再读此信中所拈"下三点""扇子跳踯上三十三天""一口吸尽西江水"诸公案，就不会执着求其确解了。顿悟之门，岂易言哉！

答陶石篑^①（一）

寄来诗文并佳，古胜律，律胜文^②，至扇头七言律尤为奇绝。昔白乐天谓元微之近日格律大进，当是熟读吾诗^③，兄或者亦读仆诗邪？

徐文长^④老年诗文，幸为索出，恐一旦入醋妇酒媪之手^⑤，二百年云山^⑥，便觉冷落，此非细事也。

弟近日始遍阅宋人诗文。宋人诗，长于格^⑦而短于韵，而其为文，密于持论而疏于用裁。然其中实有超越秦、汉而绝盛唐者，此语非兄不以为决然也。夫诗文之道，至晚唐^⑧而益小，欧^⑨、苏^⑩矫之，不得不为巨涛大海。至其不为汉、唐，人盖有能之而不为者，未可以妾妇之恒态责丈夫也^⑪。

弟比来闲甚，时时想象西湖乐事^⑫，每得一景一语，即笔之于书，以补旧记之缺。书成可两倍旧作，容另致之。

【注释】

①陶石篑：即陶望龄（1562~1609），字周望，号石篑，会稽（今浙江绍兴）人。万历十七年（1589）会试第一，殿试第三，授编修，迁谕德，告归。起国子祭酒，以母老固辞。卒谥文简。著有《歇庵集》《水天阁集》。

②"古胜律"二句：谓古体诗胜过近体律诗，近体律诗又胜过文章。

③"昔白乐天"二句：唐白居易《和答诗十首序》："且奉新诗一轴，致于执事，凡二十章，率有兴比，淫文艳韵无一字焉……及足下到江陵，寄在路所为诗十七章，凡五六千言，言有为，章有旨，迨于官律体裁，皆得作者风……时一吟读，心甚贵重。然窃思之，岂我所奉者二十章，遽能开足下聪明，使之然耶？抑又不知足下是行也，天将屈足下之道，激足下之心，使感对发愤而臻于此耶？若两不然者，何立意、措辞，与足下前时诗如此之相远也！"又《编集拙诗成一十五卷因题卷末戏赠元九李二十》诗："一篇《长恨》有风情，十首《秦吟》近正声。每被老元偷格律，苦教短李伏歌行。"自注："元九向江陵日，尝以拙诗一轴赠行，自后格变。"白乐天，即白居易（772~846），字乐天，晚年自号香山居士，唐代著名诗人。元微之，即元稹（779~831），字微之，河南（府治今河南洛阳）人。唐代著名诗人。元稹与白居易同科及第，结为终生诗友，世称"元白"。

④徐文长：即徐渭（1521~1593），字文清，改字文长。

⑤"恐一旦"句：谓其书被毁，暗用"覆酱瓿"典故。《汉书·扬雄传》："巨鹿侯芭常从雄居，受其《太玄》《法言》焉。刘歆亦尝观之，谓雄曰：'空自苦！今学者有禄利，然尚不能明《易》，又如《玄》何？吾恐后人用覆酱瓿也。'雄笑而不应。"

⑥二百年云山：谓有明开国以来隐者或出家僧人的非主流文人群体。二百年，明代从洪武元年（1368）开国至万历二十六年（1598）历时二百三十年，此举其成数。云山，隐者或僧人所居远离尘世的地方。或谓云山即云门山，在今浙江绍兴南，徐文长是山阴（今浙江绍兴）人，故以"云山"指代其故乡。

⑦格：格调，谓诗歌的艺术风格。

⑧晚唐：今人多以唐文宗大和至唐末为晚唐，历经八十年。杜牧、李商隐、皮日休、陆龟蒙、温庭筠等为此时期之代表诗人。明胡应麟《唐音癸签》卷二七："咸通而后，奢靡极，蚌孽兆，世衰而诗亦因之。气萎语偷，声繁调急，甚者怒目褊吻，如戟手交骂者有之。王化习俗，上下交丧，而心声随焉，岂独士子罪哉！"

⑨欧：即欧阳修（1007~1072），字永叔，号醉翁，晚年又号六一居士，吉州吉水（今属江西）人。天圣八年（1030）进士，历官参加政事。北宋政治家、文学家。于文学、史学皆多建树，为唐宋八大家之一。

⑩苏：即苏轼（1037~1101），字子瞻，号东坡居士，世称苏东坡，眉州眉山（今属四川）。嘉祐二年（1057）进士，历官礼部尚书。善诗词，工书画，为唐宋八大家之一。

⑪"人盖有"二句：《孟子·梁惠王上》："是不为也，非不能也。"妾妇之恒态，这里谓作诗以柔媚悦人为宗旨，毫无风骨。清吴雷发《说诗菅蒯》："从古诗人，大约愤世疾邪者居多。今人作诗，切戒骂人。势必争妍取怜，学为妾妇之道。宜乎诗稿中无非祝颂之词，谄谀之态，而气骨全不见也。"

⑫西湖乐事：万历二十五年（1597）初，袁宏道辞去吴县县令以后，安顿家眷于无锡，即与陶望龄等至杭州游览，写有《初至西湖》《游虎跑泉》等诗以及《西湖》《孤山》《龙井》等游记。

【赏读】

这篇尺牍写于万历二十六年（1598）三月以后，时作者在北京就选顺天府教授。

作为公安派中人，陶望龄服膺袁宏道，一以贯之，两人气味相投，同嗜内典，对于徐渭诗文皆推崇备至。共同语言如此之多，书信往还自然就少诸多顾忌，可以像唐代的白居易同元稹那样开"偷格律"一类的玩笑。陶望龄《歇庵集》卷二二《与中郎书》有云："弟初读苏诗，以为少陵以后，一人而已，再读更谓过之。初言之亦觉骇人,及见子由已先有此论,兄言又暗合,益知非谬。"耻于与前、后"七子"同调,崇尚宋诗,反对"诗必盛唐"的主张,两人的诗风也极其相似。

作者有关宋诗的见解,可参见本书所选《雪涛阁集序》以及《张幼于》等,这对于读者完整地理解性灵说之内涵,大有助益。

与李龙湖[①]

小修[②]帖来,知翁在栖霞[③],彼中有何人士可与语者?生在此甚闲适,得一意观书。学中[④]又有"廿一史"[⑤]及古名人集可读,穷官不须借书,尤是快事。近日最得意,无如批点欧、苏二公文集。欧公文之佳无论,其诗如倾江倒海,直欲伯仲少陵[⑥],宇宙间自有此一种奇观,但恨今人为先入恶诗[⑦]所障难[⑧],不能虚心尽读耳。苏公诗高古不如老杜,而超脱变怪[⑨]过之,有天地来,一人而已。仆尝谓六朝[⑩]无诗,陶公[⑪]有诗趣,谢公[⑫]有诗料[⑬],余子碌碌,无足观者。至李[⑭]、杜而诗道始大。韩[⑮]、柳[⑯]、元[⑰]、白[⑱]、欧,诗之圣也;苏,诗之神也。彼谓宋不如唐者,观场之见[⑲]耳,岂直[⑳]真知诗何物哉!

【注释】

①李龙湖:即李贽(1527~1602),号卓吾,以其曾客居于麻城龙湖,故称。

②小修：即袁宏道的弟弟袁中道。

③栖霞：即栖霞山，在今江苏南京。万历二十六年（1598）春，焦竑迎李贽到南京，筑精舍以居。见容肇祖《李贽年谱》。

④学中：此当指顺天府学。袁宏道《告病疏》载："二十六年四月内授顺天府教授。二十七年三月内升授国子监助教。"

⑤"廿一史"：即"二十一史"，明代国子监刊行的正史，将宋代所称的"十七史"增加宋、辽、金、元四史，称为"二十一史"。

⑥伯仲少陵：谓诗歌创作与杜甫不相上下。伯仲，古人每以伯、仲、叔、季为兄弟排行的次序，伯是老大，仲是老二，伯仲比喻事物不相上下。少陵，即杜甫（712~770），字子美，曾一度居长安城南少陵附近，自称少陵野老，故世称杜少陵。

⑦先入恶诗：谓复古派拟作一类的诗作，令人先入为主。

⑧障难（nàn）：佛教语，烦恼苦难。

⑨变怪：奇异多变。明王鏊《震泽长语·文章》："盖昌黎为文主于奇，马迁之变怪，相如之闳放，扬雄之刻深，皆善出奇。"

⑩六朝：三国吴、东晋与南朝的宋、齐、梁、陈，相继建都建康（吴名建业，即今江苏南京），史称六朝。

⑪陶公：即陶渊明（365或372或376～427），又名陶潜，字元亮，晋寻阳柴桑（今江西九江西南）人。先为州祭酒，又为镇军、建威将军，后做彭泽令，自云"不为五斗米折腰"而弃官归隐，以诗酒自娱。著有《陶渊明集》。

⑫谢公：即谢灵运（385～433），小名客儿，又称谢客，为东晋名将谢玄之孙，袭封康乐公，世称谢康乐，南朝宋陈郡阳夏（今河南太康）人。工诗善文，开创山水诗派。明人辑有《谢康乐集》。

⑬诗料：作诗的材料。谢灵运好游山水，故多诗料。

⑭李：即李白（701～762），诗以古风及七绝最为著名，想象瑰丽，大气磅礴，后人论其诗歌地位常与杜甫并称"李杜"。

⑮韩：即韩愈（768～824），唐宋八大家之一，诗风雄奇壮伟，光怪陆离，喜以文为诗。有《昌黎先生集》。

⑯柳：即柳宗元（773～819），唐宋八大家之一，诗风明净简峭，韵致悠扬。

⑰元：即元稹（779～831），字微之。其诗平浅明快中呈现丽绝华美，色彩浓烈，铺叙曲折，细节刻画真切动人。

⑱白：即白居易（772～846），其诗歌题材广泛，形式多样，语言平易浅切，明畅通俗。

⑲观场之见：谓人云亦云，随声附和，拾人牙慧。观场，即"矮子观场"，或作"矮子看场"，元程端礼《程氏家塾读书分年日程二》："不可先看他人议论，如矮子看场，

无益。"又作"矮子看戏",《朱子语类》卷二七:"正如矮子看戏一般,见前面人笑,他也笑。"

⑳岂直:难道只是,何止。

【赏读】

这篇尺牍写于万历二十七年(1599)三月以前,时作者尚在北京顺天府学教授任上。

所谓"六朝无诗",纯系矫枉过正之语,这一点作者自己也承认,其尺牍《张幼于》中有云:"不肖恶之深,所以立言亦自有矫枉之过。"称赏欧阳修、苏轼诗文,袁宏道尺牍中屡见不鲜,如写于万历二十六年(1598)的《答梅客生开府》:"邸中无事,日与永叔、坡公作对。坡公诗文卓绝无论,即欧公诗,亦当与高、岑分昭穆。"又说:"苏公之诗,出世入世,粗言细语,总归玄奥,恍惚变怪,无非情实。盖其才力既高,而学问识见,又迥出二公之上,故宜卓绝千古。"明代前、后"七子"的"诗必盛唐"曾一度甚嚣尘上,"宋不如唐"之论大有市场,对于这一诗坛状况,非痛下猛药,不能医治。李、杜而外,作者崇尚韩愈等人诗风,也是意在为宋诗鸣锣开道。

清叶燮《原诗·内篇上》:"唐诗为八代以来一大变,韩愈为唐诗之一大变,其力大,其思雄,崛起特为鼻祖。

宋之苏、梅、欧、苏、王、黄,皆愈为之发其端,可谓极盛。"所谓英雄所见略同,明乎此,袁宏道再三提倡宋诗的良苦用心就灼然可见了。

答梅客生①

一春寒甚，西直门②外，柳尚无萌蘖③。花朝④之夕，月甚明，寒风割目，与舍弟闲步东直⑤道上，兴不可遏，遂由北安门⑥至药王庙⑦，观御河⑧水。时冰皮未解，一望浩白，冷光与月相磨，寒气酸骨。趋至崇国寺⑨，寂无一人，风铃⑩之声，与猧犬⑪相应答。殿上题额及古碑字，了了可读。树上寒鸦，拍之不惊，以砾投之，亦不起，疑其僵也。忽大风吼檐，阴沙四集，拥面疾趋，齿牙涩涩有声，为乐未几，苦已百倍。数日后，又与舍弟一观满井⑫，枯条数茎，略无新意。京师之春如此，穷官⑬之兴可知也。冬间闭门，著得《广庄》⑭七篇，谨呈教。

【注释】

①梅客生：即梅国桢（1542~1605），字客生，号衡湘，麻城人，万历十一年（1583）进士，从固安知县一直做到佥都御史巡抚大同，官至兵部侍郎总督宣大山西军务。善骑

射，工诗文，一直与袁氏三兄弟维持着真挚友谊。

②西直门：明代京师西面最北的一个城门，系由元大都之和义门改建而成。因城市改造，街道扩建，城门楼已于20世纪60年代中被拆毁。

③萌蘖（niè）：发芽。蘖，树木的新芽。

④花朝：即花朝节，古人为庆贺百花花神生日而设。一般以农历二月十五日为百花花神生日，但也有二月二日、二月十二日另外两种说法。

⑤东直：即东直门，原北京城东面最北的一座城门，与西直门东西相对。城门楼已于20世纪中被拆毁，今仅存地名。

⑥北安门：明代京师皇城的北门，在北京城中轴线上。清顺治年间称地安门，俗称后门。1954年扩充改建北京街道，地安门被拆除。

⑦药王庙：故址在今北京地安门西大街路北一带。

⑧御河：即"玉河"。明蒋一葵《长安客话》卷三《高梁桥》："桥跨高梁河，故名，离西直门仅半里许。兹水源发西山，汇为西湖，东为小渠，由此入大内，称玉河。方之关中，可比浐、灞。"

⑨崇国寺：明代京师的喇嘛寺，故址在今北京西城区护国寺街西口路北，今仅存金刚殿。

⑩风铃：古代高大建筑物檐角所悬，金属制，风吹作响。

⑪ 猧（wō）犬：小狗。

⑫ 满井：故址在今北京北三环东路附近，因城市建设，早已无存。明清时代，满井为京师一处著名景观，以满井之水常涌出地面而驰名。明蒋一葵《长安客话》卷四《满井》："出安定门循古濠而东三里许，有古井一，径五尺余。飞泉突出，冬夏不竭。好事者凿石栏以束之。水常浮起，散漫四溢，井傍苍藤丰草，掩映小亭。都人探为奇胜。"明刘侗、于奕正《帝京景物略》卷一《满井》亦云："满井傍，藤老藓，草深烟，中藏小亭，昼不见日。春初柳黄时，麦田以井故，鬣鬣毿毿且秀。游人泉而茗者，罍而歌者，村妆而骞者，道相属，其初春首游也。"另参见本书所选《满井游记》一文。

⑬ 穷官：袁宏道时任顺天府学教授，属于教职，系清水衙门，故曰穷官。

⑭《广庄》：万历二十六年（1598）冬袁宏道在京师作，为阐释《庄子》之作，共分《逍遥游》《齐物论》《养生主》《人间世》《德充符》《大宗师》《应帝王》七篇。袁宏道尺牍《答李元善》："寒天无事，小修著《导庄》，弟著《广庄》，各七篇。导者导其流，似疏非疏也；广者推广其意，自为一《庄》，如左氏之《春秋》，《易经》之《太玄》也。"

【赏读】

这篇尺牍写于万历二十七年（1599）三月间，时袁宏道仍在京师顺天府学教授任上。友人梅国桢时任大同巡抚，为明代北方军事重镇的长官，公务繁忙；而作者居京师闲职，虽然属清水衙门，但也逍遥自在。

这一封回函极言京师春寒料峭，但兄弟二人结伴踏青，仍有"兴不可遏"的激情。将此前游踪娓娓道来，如叙家常，平实之中，忽见突兀，所谓"大风吼檐，阴沙四集"，将满腔游兴一扫而光。

这显示出作者结撰此函，并非援笔疾书，随意挥洒，而是精心布局，实践了"文似看山不喜平"的艺术追求。文末归结为"京师之春如此，穷官之兴可知也"，更是点睛之笔，衬托出自己百无聊赖、无可奈何中的一丝惆怅。而所有这些文字又无非是呈上自己新作以求教于友人的一个铺垫，细细琢磨，从中可以体会到作者为文的匠心所在。

答王继津大司马①

宏道自为童子,即熟伯②勋名,中怀跂仰③,如太山乔岳④。每念古人如姚⑤、宋⑥、韩⑦、范⑧者,既异世不可得见,尝欲一见当今豪杰,耳其高论,而目其擘画⑨,冀稍得闻时务之大略,与夫观变应卒⑩之机。不意入仕之年⑪,正伯居洛⑫之日。犹幸与郎君⑬同籍⑭,微言绪论,略见典刑。奈何盛年壮志,遂抱宿草⑮之痛,哀哉!此非独一家之哭,实某等之不幸也。

当今国是纷纷⑯,无所取裁⑰,世道人事,不言可知。问之兰孙⑱,伯骨力方健,苍生切东山之出⑲,四夷怀司马之望⑳,恐不得安枕贴席于田野间也。兰孙丰标岳立㉑,后来之隽,存初年兄㉒,虽去犹存,自当长笑山中㉓,何恨哉!

【注释】

①王继津大司马:即王遴(1523~1608),字继津,顺天府霸州(今属河北)人。嘉靖二十六年(1547)进士,历官

绍兴府推官，兵部员外郎，兵部右侍郎，工、户、兵部尚书，功劳卓著，为中官所嫉，万历二十三年（1595）九月致仕。著有《大隐堂诗集》《二镇疏草》等。卒谥恭肃。《明史》有传，称："遴虽退，声望愈重，以年高存问者再三。"可见其清望。大司马，明代兵部尚书的别称。

②伯：古代对男性长者的尊称。袁宏道与王遴之子为同年，王遴属于父执辈，故称"伯"。

③跂（qǐ）仰：踮起脚跟仰望，比喻想慕之深。

④太山乔岳：即泰山，古称岱山，又名岱宗，为我国五岳之一，因地处东部，故称东岳。地处今山东中部，绵亘于济南、泰安之间，主峰在今泰安北，海拔约1532米，居五岳第三。乔岳，高山，这里复指泰山。

⑤姚：即姚崇（650~721），本名元崇，字元之，唐陕州峡石（今河南三门峡）人。应下笔成章举，历官濮州司仓、夏官郎中、夏官侍郎同平章事、兵部尚书、同中书门下三品、中书令。唐玄宗初即位，与宋璟尽心辅佐，成开元之治，史称"姚宋"。

⑥宋：即宋璟（663~737），唐邢州南和（今属河北）人。弱冠举进士，历官上党县尉、御史中丞、吏部尚书、同中书门下三品，开元四年（716）以姚崇荐，代任吏部尚书，改侍中，后以尚书右丞相致仕。与姚崇同为开元名相。

⑦韩：即韩琦（1008~1075），字稚圭，号憨叟，宋相州安阳（今属河南）人。天圣进士，历官右司谏、陕西安抚

使、枢密直学士、陕西四路经略安抚招讨使、枢密使、右仆射，封魏国公。著有《安阳集》。

⑧范：即范仲淹（989～1052），字希文，宋吴县人。大中祥符进士，历官泰州兴化令、右司谏、陕西经略安抚副使、枢密副使、参知政事等。工于诗词散文，著有《范文正公集》。

⑨擘（bò）画：筹划，安排。

⑩应卒（cù）：应付突发事件。卒，同"猝"。

⑪入仕之年：万历二十三年（1595）三月，袁宏道抵吴县任所任县令。

⑫居洛：谓致仕退居林下。唐白居易《醉吟先生传》："醉吟先生者，忘其姓字、乡里、官爵，忽忽不知吾为谁也。宦游三十载，将老，退居洛下。所居有池五六亩，竹数千竿，乔木数十株，台榭舟桥，具体而微，先生安焉。"又宋神宗重用王安石，实行变法，司马光等守旧势力隐退，专心编撰《资治通鉴》。《宋史·司马光传》："及书成，加资政殿学士。凡居洛阳十五年，天下以为真宰相，田夫野老皆号为司马相公，妇人孺子亦知其为君实也。"这里显然有以司马光比喻王遴的用心。

⑬郎君：谓王遴之子王乐善（？～1596），字存初，一字存甫，号六宇，又号西里，霸州（今属河北）人。万历二十年（1592）三甲第九名进士（袁宏道为这一年三甲第九十二名进士），除行人，迁吏部主事，卒官。

⑭同籍：谓一起通籍，即一同考中进士，具备了当官的资格。

⑮宿草：隔年的草。《礼记·檀弓上》："朋友之墓，有宿草而不哭焉。"这里是悼念王乐善已去世经年之辞。

⑯国是纷纷：国家大计杂乱无章。作者写于同年的尺牍《冯琢庵师·又》亦云："近日国事纷纭，东山之望，朝野共之。但时不可为，豪杰无从着手，真不若在山之乐也。"可见当时朝廷形势紧张。

⑰取裁：决断。

⑱兰孙：即王遴之孙、王乐善之子王伯镛（生卒年不详），历官户部郎中。兰，香草，常与芝、玉树同用，比喻优秀子弟。

⑲"苍生"句：企盼王遴再次出山服务国家。语本南朝宋刘义庆《世说新语·排调》："谢公在东山，朝命屡降而不动。后出为桓宣武司马，将发新亭，朝士咸出瞻送。高灵时为中丞，亦往相祖。先时，多少饮酒，因倚如醉，戏曰：'卿屡违朝旨，高卧东山，诸人每相与言："安石不肯出，将如苍生何！"今亦苍生将如卿何？'谢笑而不答。"苍生，谓百姓。东山，在会稽（今浙江绍兴）附近，为谢安辞官隐居之所。

⑳"四夷"句：谓朝廷需要王遴这样的人才令四夷臣服，不战而胜。语本《宋史·司马光传》："辽、夏使至，必问光起居，敕其边吏曰：'中国相司马矣，毋轻生事、开边

隙。'"四夷，古代华夏族对四方少数民族的统称，含有轻蔑意味。这里暗指蒙古鞑靼部对明朝北方的威胁。

㉑丰标岳立：风度、仪态卓立不群。

㉒年兄：明代科举制度，同榜登科者称为同年，互称"年兄"。

㉓长笑山中：暗指王乐善可以安心瞑目，长眠于地下了。

【赏读】

这篇尺牍写于万历二十七年（1599）三月以后，时袁宏道已经升迁国子监助教。何宗美《袁宏道诗文系年考订》认为文中"兰孙""当为王遴之孙、王乐善之子，且应在太学读书，而这时袁宏道正在国子监任助教，所以对他有十分了解"。这一推测是有道理的。清李卫等《畿辅通志》卷一〇四录孙承泽《王遴传》有云："享寿八十七岁，祭葬如制，赠少保，赐一品荫，追谥恭肃。公所著有《大隐堂诗集》四卷、《二镇疏草》八卷、《奏议》十卷。子乐善，为考功郎，先公卒。孙伯镛，为户部郎，居官有政声。"可知这位"兰孙"即王伯镛，万历二十七年间读书于国子监是有可能的。

袁宏道回函已故同年的父亲，执子侄之礼问候，又要念及这位长辈的勋名与节义，下笔之际，的确要斟酌再三，方能得体。此信先从王遴声名卓著入手，以悼念其子早逝为一转折,旋又以"东山再起"略事恭维,再转入对其孙的赞誉,以告慰黄泉之下的同年友人结束,回环往复,可见匠心。

《明史·王遴传》记述,杨继盛得罪权相严嵩父子,下狱论死,王遴不顾自身安危,特意将自己的女儿许配给杨继盛的儿子杨应箕,爱憎分明,胆识与气节皆可圈可点。如此看来,在国事纷纭的情况下,尺牍中"苍生切东山之出"等语,就非溢美之词了。

答李元善①

文章新奇,无定格式,只要发人所不能发,句法、字法、调法②,一一从自己胸中流出,此真新奇也。近日有一种新奇套子,似新实腐,恐一落此套,则尤可厌恶之甚。然弟所期于兄,实不止此。

世情③当出不当入,尘缘④当解不当结,人我胜负心⑤当退不当进。若只同寻常人一般知见⑥,一般度日,众人所趋者,我亦趋之,如蝇之逐膻,即此便是小人行径矣,何贵为丈夫哉?若不为所难为,忍所难忍,此即如蜉蝣营营⑦水中,不知日之将暮。愿兄具世外眼⑧,勿为流俗所沉也。如何?

【注释】

①李元善:即李学元(生卒年不详),字素心,又字元善、存斋,号子髯。为袁宏道的妻弟。

②调(tiáo)法:花头,这里谓诗文奥妙的地方。元王实甫《西厢记》第三本第三折:"淫词儿早则休,简帖儿从

今罢。犹古自参不透风流调法。"王季思校注:"调法,犹今谓'枪花'。"

③世情:世态人情。《大方广佛华严经》卷五六《离世间品》第三十八之四:"所谓深心力,不杂一切世情故。"

④尘缘:佛教谓与尘世的因缘,即色、声、香、味、触、法六尘,因六尘乃心之所缘,能染污心性,故称尘缘。

⑤胜负心:谓争竞之心。《法句经》卷下:"胜则生怨,负则自鄙。去胜负心,无争自安。"

⑥知见:佛教语。知为意识,见为眼识,意谓识别事理、判断疑难。宋秦观《法云寺长老疏文》:"无前后来去之际,有解脱知见之因。"

⑦营营:往来不绝的样子。

⑧世外眼:超脱于世俗的眼光。

【赏读】

这篇尺牍写于万历二十七年(1599)三月以后,时袁宏道已就任国子监助教。

这封答函有两层意思:第一讨论文章新奇的问题,是有关文论的识见;第二讨论出世精神的问题,是有关宗门禅思的随感。如果说第二层意思在袁宏道诗文中已司空见惯,无足深论,那么第一层意思就可谓言简意赅,对于公安派所倡导的性灵说的阐释具有一定的认识价值。

作者所尊崇的思想解放先行者李贽也有讨论"新奇"

的言论，《焚书》卷二《复耿侗老书》有云："世人厌平常喜新奇，不知言天下之至新奇，莫过于平常也。日月常而千古常新，布帛菽粟常而寒能暖，饥能饱，又何其奇也！是新奇正在于平常，世人不察，反于平常之外觅新奇，是岂得谓之新奇乎？"此与袁宏道所谓"近日有一种新奇套子，似新实腐"如出一辙。可见立异标新，并非刻意为之，只有出以平常心，才能于诗文写作中游刃有余，应付裕如。李健章《〈袁宏道集笺校〉志疑》认为："李贽和袁宏道致友人书中所论述的，是性质完全不同的两个问题，各有其着眼点和针对性，作出的结论也毫无相似之处，不能单从'新奇'这个词的字面上进行推断。"是耶非耶？读者可自行判断。

答陶石篑（二）

弟学道①至此时，乃始得下落②耳，非是退却初心③也。此道甚大，今人略得路，便云了事④，此实可笑。如村间百姓不曾见童生⑤考秀才⑥，及入场屋⑦得隽⑧等事，但见扮演蔡中郎传⑨，接唱一曲，便中状元⑩，遂谓及第⑪如此之易，辄生希冀，虽三尺童子亦笑之矣。

妙喜⑫与李参政⑬书，初入门人⑭不可不观。书中云："往往士大夫悟得容易，便不肯修行⑮，久久为魔⑯所摄⑰。"此是士大夫一道保命符子，经论⑱中可证者甚多。姑言其近者：四卷《楞伽》⑲，达摩⑳印宗㉑之书也；龙树㉒《智度论》㉓、马鸣㉔《起信论》㉕，二祖师㉖续佛慧灯㉗之书也；《万善同归》㉘六卷，永明和尚㉙救宗门㉚极弊之书也。兄试看此书，与近时毛道㉛所谈之禅，同耶否耶？近代之禅㉜，所以有此流弊者，始则阳明㉝以儒而滥禅，既则豁渠㉞诸人以禅而滥儒。禅者见诸儒汨没㉟世情之中，以为不碍，而禅遂为拨因果㊱之禅；儒者借禅家一切圆融㊲之见，以为发前贤所未发，而儒遂为无忌惮之儒。不惟儒不成禅，而儒亦不成儒矣。

海门居士㊳于此事亦有入处㊴，弟许之者，非谓其止此而已。若复自以为足，则尚是观场之人，于此道何啻㊵千里。先儒一二相似之语，今时作举业者，亦往往有之，此何足贵？且此与生死㊶何干？所选先儒书，弟已见之，要之无足道，圣人之门阃，尚未梦见，况其奥者！近读《杂花经》㊷，中间种种奇特事，可疑甚多。若是表法㊸，则是本无是事，而记者故张大之，与假门第饰虚词者何异？枣柏㊹论华天㊺宗旨，一切俱以为表，其中若文殊㊻、普贤㊼等，皆宗而表矣。然则所谓表法者，有是事谓之表耶？抑无是事耶？枣柏又云："古来圣贤如仲尼、颜渊等，皆是表法，实无是人。"是明明说二经㊽所载诸事，如《论语》记孔、颜一般，果可谓之有耶？抑可谓之无耶？兄试为弟通之，幸勿以相似语言，巧作和会㊾也。《西方合论》㊿是弟残冬所著，恐尚有不亲切㉛处，幸详悉正之。

夏月入盘山㉜，东南无比奇观，西天目㉝当退一舍㉞。拙诗㉟寄览。弟自去年九月，已断作诗，偶探奇，不免见猎㊱耳。

【注释】

①学道：谓参禅悟道。

②下落：究竟，分晓。

③初心：起初的心意，原初的信仰。《景德传灯录》卷二《第十四祖龙树尊者》："后至南印度，彼国之人多信福业，闻尊者为说妙法……彼闻理胜，悉回初心。"

④了事：谓明悟禅法。

⑤童生：又称"童儒"。明代读书人未入府、州、县学之前的通称。年长者或称老童生。

⑥秀才：即"生员"，明代童生经各级考试合格，取入府、州、县学者，皆称生员，或统称诸生，俗称秀才。

⑦场屋：谓乡试与会试的考试场所。

⑧得隽（juàn）：中选，或称中式。

⑨扮演蔡中郎传：元末高明根据南戏《蔡贞女赵二郎》改编成传奇《琵琶记》，原剧主人公蔡伯喈弃亲背妇，最终被雷击死，而高明将蔡伯喈写成全忠全孝人物。剧演蔡伯喈新婚后，父亲令他上京赶考，蔡一举高中状元，为牛丞相强行招赘入府。此时蔡家乡灾荒，双亲饿死，蔡妻赵五娘身背琵琶，一路卖唱进京，贤惠的牛小姐从中斡旋，终令蔡、赵夫妻团圆。

⑩"接唱"二句：元末高明《琵琶记》第八出《文场选士》，净扮试官宣布将蔡秀才取为第一甲头名状元，生扮

蔡伯喈、净扮试官、末扮祗候分别唱〔懒画眉〕一曲，蔡即成为"一举成名天下知"的状元。状元，明代科举考试中殿试第一甲第一名。

⑪及第：明、清殿试之一甲三名（状元、榜眼、探花）称赐进士及第，简称及第。

⑫妙喜：即宗杲（1089~1163），宋代禅僧，俗姓奚，字昙晦，号妙喜、云门，宁国（今属安徽）人。临济宗传人，宋孝宗时赐号大慧禅师，卒谥普觉禅师。

⑬李参政：即李邴（1085~1146），字汉老，号云龛，宋济州巨野（今属山东）人，一作任城（今山东济宁）人。宋徽宗崇宁五年（1106）进士，历官起居舍人、翰林学士、尚书右丞、参知政事等。受兄邺失守越州事牵连，落职闲居十七年。薨于泉州，卒谥文敏。有《草堂集》。《禅林宝训》卷二："近世张无垢侍郎、李汉老参政、吕居仁学士，皆见妙喜老人，登堂入室，谓之方外道友。"参政，宋参知政事的简称，即副宰相。

⑭初入门人：刚进入省悟之门领悟禅旨的人。

⑮修行：含有实习、修养、实践之意。宗教之中，欲实现生活上之统制、调节、规定等，则须借修行以完成之。

⑯魔：佛教谓能夺人生命且障碍善事之恶鬼神，全称魔罗，又称恶魔。

⑰摄：神灵鬼怪等以法术摄招人或物。

⑱经论：经藏与论藏。经是如来所说，论是菩萨所著。

⑲《楞伽》：即《楞伽经》，全名《楞伽阿跋多罗宝经》，或称《入楞伽经》。为印度佛教法相唯识系与如来藏系的重要经典，内容阐述"诸法皆幻"之旨趣。

⑳达摩：即菩提达摩（？~536），或省称"达摩""达磨"，南北朝时来华之天竺僧人，入嵩山少林寺，面壁悟禅，传法与慧可。为天竺禅宗第二十八祖，中国禅宗初祖。

㉑印宗：疑当作"印心"，佛教谓印证于心而顿悟。宋苏轼《书〈楞伽经〉后》："吾观震旦所有经教，惟《楞伽》四卷可以印心。"

㉒龙树：印度大乘佛教史上著名论师（约150~250），是中观学派（空宗）的奠基者。据传他出生在南印度毗达婆国，属婆罗让种姓。初习小乘经典，系统地阐述并确立了大乘佛教中观派的理论，深受南印度安达罗王朝的引正王的推崇。著述有《中论》《大智度论》《十二门论》等。

㉓《智度论》：即《大智度论》，一百卷。印度龙树撰，后秦鸠摩罗什译，为论释《大品般若经》之作。详称《摩诃般若波罗蜜经释论》，简称《智度论》《大论》《智论》《释论》。论中引经籍甚多，保存了大量当时流传于北印度的民间故事和传说，为研究大乘佛教和古印度文化的重要资料。由于此论所释的《大品般若经》为当时篇幅最大的一部经，作者并对经中的"性空幻有"等思想有所发挥，故被称为"论中之王"。此论先举出法相的各种不同解释，以此为尽美；再归结为无相实相、法性空理，以此为尽善。

㉔马鸣：古印度佛教哲学家、诗人。其主要著作有《佛所行赞》《夫庄严论经》等。他的佛教理论阐述了苦、空、无常、无我等小乘佛教基本教义，但也提倡大乘缘起性空的思想，反映了小乘向大乘过渡的内容，因此中国和日本有些佛教学者认为他是大乘佛教的创始人。

㉕《起信论》：《大乘起信论》的省称，佛教论书。相传古印度马鸣著，南朝梁真谛译，一卷；唐实叉难陀重译，作二卷；以真谛译本较流行。全书分因缘分、立义分、解释分、修行信心分和劝修利益分五部分，主要把大乘如来藏思想和唯识说结合为一，阐明"一心""二门""三大"的佛教理论和"四信""五行"的修持方法。

㉖二祖师：谓龙树、马鸣。

㉗慧灯：佛教语，谓无幽不照的智慧。

㉘《万善同归》：佛书名，六卷，五代延寿著，明众善尽归于实相的著述。

㉙永明和尚：即五代禅僧延寿（904~975），或称永明寿，俗姓王，字仲玄，号抱一子，钱塘（今浙江杭州）人。

㉚宗门：禅宗之自称。为"教门"的对称。宗者，流派（佛教诸派）之本源；门者，诸派所归趋之要门。唐宋时代，主张教外别传的禅宗，认为禅是佛法的总府渊源、佛道的正门，且依《楞伽经》所言"佛语心为宗，无门为法门"义而自称为"宗门"，并以天台、华严、法相等教家立场的宗派为"教门"或"教下"。

㉛毛道：又名毛头，为凡夫的别名，因凡夫的心念不定，犹如轻毛随风飘舞不定，故称。

㉜近代之禅：谓狂禅，佛教谓学禅不当而流于狂妄者。《长庆宗宝独禅师语录》卷五："永明老人可谓极护正法，不令狂禅窥其涯涘。"

㉝阳明：即王守仁（1472～1529），字伯安，以曾讲学阳明洞，人称阳明先生，余姚（今属浙江）人。创立心学，以为心是天地万物之主，心即理，心外无物，心外无理，又倡导"知行合一""致良知"。世称王学。著有《传习录》《王文成公全书》等。

㉞豁渠：即邓豁渠（1498～1578?），初名鹤，号太湖，内江（今属四川）人。师理学家赵贞吉，后又落发为僧。著有《南询录》。黄宗羲《明儒学案》卷三二《泰州学案一》有其小传，谓其自序为学有云："渠学之误，只主见性，不拘戒律……身之与性，截然分为二事，言在世界外，行在世界内，人但议其纵情，不知其所谓先天第一义者，亦只得完一个无字而已。嗟乎！是岂渠一人之误哉？"袁宏道《德山麈谭》引袁中道语云："有语言道断，心行处灭，亦是走明白一路者，如觉范、豁渠其人也。观《林间》《询》二录自见。"

㉟汩（gǔ）没：埋没。

㊱拨因果：即"拨无因果"，意谓不相信有因果报应的道理。《大集地藏十轮经》卷七云："拨无因果，断灭善根，

往诸恶趣。”可见“拨无因果”是佛教徒最应避免的邪见之一。

㊲圆融：佛教语，谓破除偏执，圆满融通，无所障碍。即各事各物皆能保持其原有立场，圆满无缺，又能交互融摄，毫无矛盾、冲突。相互隔离，各自成一单元者称隔历。圆融即与隔历互为一种绝对而又相对之对立关系。

㊳海门居士：即周汝登（1547～1629），字继元，号海门，嵊县（今浙江嵊州）人。万历五年（1577）进士，官至南京尚宝司卿。为王阳明再传弟子，其学合儒释而会通之，辑有《圣学宗传》，著有《海门先生集》等。

㊴入处：佛教语，解悟真理的关键地方。按，陶望龄从学于周汝登，《明史·陶望龄传》：“笃嗜王守仁说，所宗者周汝登。与弟奭龄皆以讲学名。”

㊵何啻（chì）：何止，岂止。

㊶生死：佛教语，谓一切众生因惑业所招，生了又死，死了又生。有分段生死与变易生死的分别。

㊷《杂花经》：即《华严经》，佛教经典，全称《大方广佛华严经》。目前学术界一般认为，《华严经》的编集，经历了很长的时间，在2至4世纪中叶之间，最早流传于南印度，以后传播到西北印度和中印度。

㊸表法：佛教名词，与“无表法”相对。“表”指有外在表现，“法”为万事万物。“表法”即能够表现出来，并可被五根（眼、耳、鼻、舌、身）认识的事物。“无表法”也是一

种存在，但没有形象，一般的人无法认识，只有具备佛眼之类的神通之人才能认识。如"业"是一种物质（色），引发果报，但一般看不见摸不着，即"无表法"。

㊹枣柏：唐代枣柏大士，即李通玄（646~740）。武则天时，《华严经》新译八十卷成，枣柏持至太原，寓高仙奴家造论，逾三年，成四十卷。日食十枣、柏叶饼一枚，后人即称为枣柏大士。

㊺华天：谓华严宗与天台宗。华严宗，为中国唐代高僧贤首大师（法藏）所开创的一个宗派，故亦称贤首宗。此宗所依经典是《华严经》。天台宗，中国佛教中的一个宗派。由于这个宗派是隋朝天台山（在今浙江天台境内）智颛所开创，后世就称之为天台宗。此宗所依经典是《法华经》，所以也称为法华宗。

㊻文殊：佛教菩萨名，即文殊师利，或作曼殊室利、妙吉祥，是大乘佛教中最以智慧著称的菩萨。与普贤菩萨并为释迦牟尼佛的两大胁侍。由于他在所有菩萨中，是辅佐释尊弘法的上首，因此也被称为文殊师利法王子。

㊼普贤：佛教菩萨名，即普贤菩萨，汉译有普贤、遍吉等名，是具足无量行愿、普现于一切佛刹的大乘圣者，是我国四大菩萨（观音、文殊、地藏、普贤）之一。

㊽二经：谓上举之《华严经》与《法华经》。

㊾和会：会合，折中。

㊿《西方合论》：袁宏道于万历二十七年（1599）所撰

禅学著作，十卷。其引有云：“始于己亥十月二十三日，成于十二月二十二日。”今有日本大正《新修大藏经》本。

(51)亲切：谓与禅法协和相应。

(52)盘山：燕山余脉，又称徐无山、四正山、盘龙山，在今天津蓟州区西北，为古今著名游览胜地。

(53)天目：即天目山，在今浙江西北部，东北至西南走向，分为东、西两支，为古今游览胜地。这里即指西天目山。

(54)退一舍：退避三舍的调侃说法，意即稍逊一筹。

(55)拙诗：袁宏道《瓶花斋集》录有其作于万历二十七年（1599）的《入盘山》《盘山顶》《初入红螺崄》等诗，当是此次所“寄览”者。

(56)见猎：即“见猎心喜”，谓旧习难忘，触其所好，不免跃跃欲试。语本《二程遗书》卷七：“明道（即程颢）年十六七时，好田猎。十二年，暮归，在田野间见田猎者，不觉有喜心。”

【赏读】

这篇尺牍当写于万历二十八年（1600）正月间，时袁宏道在京师国子监助教任上。袁宗道《白苏斋类集》卷二二《杂说》有云：“《西方合论》，弟中郎箴诸狂禅而作也。”作者完成《西方合论》以后，欣喜之余，乘其余勇写下这封致友人陶望龄的答函。

其《西方合论引》有云:"余十年学道,堕此狂病,后因触机,薄有省发。遂简尘劳,归心净土,礼诵之暇,取龙树、天台、智者、永明等论,细心披读,忽尔疑豁。即深信净土,复悟诸大菩萨差别之行。"何谓净土?即佛教之一派的净土宗,主于念佛往生。因其始祖慧远曾在庐山建立莲社提倡往生净土,故又称莲宗。袁宏道有《与方子论净土》一文,内云:"方子曰:'余闻云栖诸僧云,念佛可生净土,是不?'余曰:'然。'"可见这一教派简易速成的特点。袁中道《中郎先生行状》:"逾年,先生之学复稍稍变,觉龙湖等所见,尚欠稳实。以为悟、修犹两毂也,向者所见,偏重悟理,而尽废修持,遣弃伦物,佪背绳墨,纵放习气,亦是膏肓之病。"

《西方合论》的撰写是袁宏道由狂禅转向净土宗的标志,三年以后,《宗镜摄录》的撰写更显示出袁宏道融合禅宗与净土宗的巨大努力。五代禅僧永明延寿倡禅净双修,著有《宗镜录》百卷,袁宏道前期对之颇有微言,万历二十四年(1596)致其兄袁宗道函有云:"弟谓永明一向只道此事是可以明得的,故著《宗镜》一书,极力讲解,而岂知愈讲愈支,愈明愈晦乎?"万历二十五年(1597),袁宏道《南屏》一文又谓:"永明入处廉纤,欲于文字中求解脱,无有是处,后来念佛修净土,皆因解脱不出,心地未稳,所以别寻路径。"然而两三年后,袁宏道已认识到永明延寿的价值所在，这封尺牍赞赏永明所著《万善同归》为"救宗门极弊之书"，已见其立场的转变，他在此后对《宗镜录》钩玄提要撰《宗镜摄录》也就顺理成章了。这封《答陶石篑》尺牍，虽然不易读懂，但对于研究袁宏道佛学思想的转化过程，其重要性不言而喻。

卷二 山水游记

远而望之,如雁落平沙,霞铺江上,雷辊电霍,无得而状。

虎丘①

虎丘去城②可七八里，其山无高岩邃壑，独以近城故，箫鼓楼船，无日无之。凡月之夜，花之晨，雪之夕，游人往来，纷错如织，而中秋为尤胜。

每至是日，倾城阖户，连臂而至。衣冠士女，下迨蔀屋③，莫不靓妆丽服，重茵累席④，置酒交衢⑤间。从千人石⑥上至山门⑦，栉比如鳞，檀板丘积⑧，樽罍云泻⑨，远而望之，如雁落平沙，霞铺江上，雷辊电霍⑩，无得而状⑪。

布席之初，唱者千百，声若聚蚊，不可辨识。分曹⑫部署，竞以歌喉相斗；雅俗既陈，妍媸自别。未几而摇头顿足者，得数十人而已。已而明月浮空，石光如练，一切瓦釜⑬，寂然停声，属而和者⑭，才三四辈⑮。一箫，一寸管，一人缓板而歌，竹肉相发⑯，清声亮彻，听者魂销。比至夜深，月影横斜，荇藻凌乱⑰，则箫板亦不复用；一夫登场，四座屏息，音若细发，响彻云际，每度⑱一字，几尽一刻，飞鸟为之徘徊，壮士听而下泪矣。

剑泉[19]深不可测，飞岩如削。千顷云[20]得天池[21]诸山作案[22]，峦壑竞秀，最可觞客。但过午则日光射人，不堪久坐耳。文昌阁[23]亦佳，晚树尤可观。面北为平远堂[24]旧址，空旷无际，仅虞山[25]一点在望，堂废已久，余与江进之[26]谋所以复之，欲祠韦苏州[27]、白乐天[28]诸公于其中；而病寻作[29]；余既乞归，恐进之兴亦阑[30]矣。山川兴废，信有时哉！

吏吴两载[31]，登虎丘者六。最后与江进之、方子公[32]同登，迟月[33]生公石[34]上。歌者闻令来，皆避匿去。余因谓进之曰："甚矣，乌纱[35]之横，皂隶[36]之俗哉！他日去官，有不听曲此石上者，如月[37]！"今余幸得解官，称"吴客"矣。虎丘之月，不知尚识余言否耶？

【注释】

①虎丘：山名，古称海涌山，在今江苏苏州阊门外。汉袁康《越绝书》卷二："阖庐冢，在阊门外，名虎丘……十万人筑治之，取土临湖口。筑三日而白虎居上，故号为虎丘。"山上有一座七级八面的砖塔，称虎丘塔。

②城：苏州府城。

③蔀（bù）屋：草席盖顶的居所。泛指贫家幽暗简陋的房屋。

④重茵累席:形容所铺设的垫毡或席子很厚。

⑤交衢:道路交错要冲之处。

⑥千人石:虎丘中心有一盘陀巨石,由南向北倾斜,平坦如砥,可容千人列坐,又名千人坐。

⑦山门:即虎丘二山门,又名断梁殿。始建于唐,重建于元,单檐歇山,进深二间,面阔三间。

⑧檀板丘积:音乐奏响处,游人如小山一样聚集。檀板,檀木一类硬木制成的拍板,用以控制音乐演奏的节奏。

⑨樽罍(léi)云泻:酒如流云般倾倒而出,是一种夸张的说法。樽罍,盛酒器,这里代指酒。

⑩雷辊(gǔn)电霍:形容场面热闹如同雷声滚动,又如闪电辉耀。辊,滚动。

⑪无得而状:难以用笔描绘出来。

⑫分曹:分对,犹两两。语本《楚辞·招魂》:"分曹并进,道相迫些。"

⑬瓦釜:形容粗俗的乐曲或杂乱的声响。语本《楚辞·卜居》:"黄钟毁弃,瓦釜雷鸣。"

⑭属(zhǔ)而和(hè)者:跟着主演者唱和的人。

⑮辈:这里指计人的量词。

⑯竹肉相发:竹管乐器伴奏着人声歌唱。

⑰荇(xìng)藻凌乱:比喻月下树影交错杂乱。语本宋苏轼《记承天寺夜游》:"庭下如积水空明,水中藻荇交横,盖竹柏影也。"

⑱度：按曲谱唱歌。

⑲剑泉：即剑池，在千人石北，两侧崖高百尺，池水终年不涸。传说春秋时吴王夫差葬其父阖闾于此，曾以三千宝剑殉葬。

⑳千顷云：虎丘寺前亭阁名，以宋苏轼《虎丘寺》诗"东轩有佳致，云光丽千顷"句取名。

㉑天池：山名，位于苏州阊门外三十里处，传说山半有池，生有千年莲花，故又名花山或华山。

㉒案：即案山，中国古代风水堪舆学名词，又称迎砂，指的是穴山和朝山间的山，也就是位于穴场正前方的山峰或者山丘，案山对于判断地形吉凶有很大的作用。据说案山最重形美与气局，有吉利的案山可令后代出官出贵。

㉓文昌阁：今不存。故址当在千人石附近。

㉔平远堂：今不存。乾隆《虎丘山志》卷五："平远堂，在法堂后，致爽阁旁，今为五贤祠。"

㉕虞山：在今江苏常熟西北。相传西周虞仲葬于此山，故名。

㉖江进之：即江盈科（1553~1605），时任长洲县令，其县衙与吴县县衙邻近。

㉗韦苏州：即韦应物（约737~791），唐京兆万年（今陕西西安）人，以曾任苏州刺史，故称韦苏州。

㉘白乐天：即白居易（772~846），字乐天，晚年自号香山居士，唐下邽（今陕西渭南）人，曾任苏州刺史。

㉙而病寻作：谓万历二十四年（1596）八月，在吴县知县任上的袁宏道患疟疾。寻，不久。

㉚兴亦阑：兴致也消退了。

㉛吏吴两载：袁宏道于万历二十三年（1595）三月抵吴县赴任，第二年三月即具文辞职，年底获准离职，故称两载。

㉜方子公：即方文僎（？～1609），字子公，祖籍新安（今安徽歙县）。家贫，尝从潘之恒学诗，后因袁中道之荐，随袁宏道宦游，为其料理笔墨等事。为人质直，以病卒。

㉝迟（zhì）月：等待月亮升起。

㉞生公石：南朝梁高僧道生（355～434）在虎丘说法的讲坛。他聚石为徒，宣讲佛理，石皆点头。或谓生公石即千人石。

㉟乌纱：乌纱帽，这里借代包括自己与江盈科等官员。

㊱皂隶：县衙中的差役。

㊲"他日"三句：这是作者面对明月所作的誓词。"有（所）不……者，（有）如……"，是古人誓词的一种常见句式。如月，指月为证，用作誓词。语本《诗·王风·大车》："谓予不信，有如皦日。"

【赏读】

据何宗美《袁宏道诗文系年考订》，这篇游记散文撰于万历二十五年（1597）春，此时袁宏道三十岁，辞职获准，已解吴县县令职务。所谓"无官一身轻"，作为一介文人，追忆两年来六次游览虎丘的经历，自然会感慨万千。

文中描写虎丘中秋之夜的"雅俗既陈，妍媸自别"的歌唱情景，文笔生动，层次井然。写剑泉，写千顷云，写文昌阁，写平远堂，皆寥寥几笔，即见精神。这些景观，或深，或秀，或晚树，或空旷，时空交汇，纷至沓来，情由景出，情景交融。"山川兴废，信有时哉"，千古一叹，令人回味无穷！特别是文末略带自嘲的笔触，更是神来之笔。《孟子·梁惠王下》有云："曰：'独乐乐，与人乐乐，孰乐?'曰：'不若与人。'曰：'与少乐乐，与众乐乐，孰乐?'曰：'不若与众。'"具有深刻儒家思想的作者意识到官身很难与民同乐的尴尬，所以亟待回归一介平民的身份，并认为只有如此，才能真正与自然、社会和谐相处，领略到虎丘之美。

明末陆云龙《翠微阁评选十六家小品》称赏此文有云："虎丘之胜，已尽于墨端矣，观绘事不如读此之灵活。"可谓深得其中三昧。

晚于袁宏道三十年的张岱，也写有《虎丘中秋夜》一文，有关描写即明显借鉴了这篇文章。两者不同的是，张岱对昔日繁华旧梦的追忆，已是希图保有梦境的瑰丽用来冲淡现实的苦痛，审美情趣已然有所变化；但两相比较，春兰秋菊，皆可谓极一时之妍。

上方①

去胥门②十里,而得石湖③。上方踞湖上,其观大于虎丘,岂非以太湖④故耶?至于峰峦攒簇⑤,层波叠翠,则虎丘亦自佳。徙倚⑥孤亭,令人转忆千顷云⑦耳。大约上方比诸山为高,而虎丘独卑。高者四顾皆伏,无复波澜;卑者远翠稠叠⑧,为屏为障,千山万壑,与平原旷野相发挥⑨,所以入目尤易。夫两山去城皆近,而游人趋舍若此,岂非标孤⑩者难信,入俗者易谐哉!余尝谓上方山胜,虎丘以他山胜。虎丘如冶女⑪艳妆,掩映帘箔⑫;上方如披褐道士,丰神特秀。两者孰优劣哉?亦各从所好也矣。

乙未⑬秋抄⑭,曾与小修⑮、江进之⑯登峰看月,藏钩⑰肆谑⑱,令小青奴⑲罚盏,至夜半霜露沾衣,酒力不能胜,始归,归而东方白矣。

【注释】

①上方:即上方山,在今江苏苏州西南,濒临石湖,山

顶有楞伽塔，故又名楞伽山。另苏州西郊支硎山一名楞伽山，袁宏道另有《楞伽》一文。

②胥门：古胥门位于苏州城之西，又名姑胥门，因姑胥山而得名。今所存门为元代重建，曾经明、清两代维修，坐东西向。

③石湖：在今苏州城西南十二里处，属于太湖的一个内湾。相传吴亡后，越国大夫范蠡与西施即由此乘舟入太湖而去。

④太湖：在今江苏南部，湖中有岛屿数十个，以西洞庭山为最大。宋向子谨《浣溪沙》词："一碧太湖三万顷，屹然相对洞庭山。"

⑤攒簇：簇拥。

⑥徙倚：徘徊，逡巡。《楚辞·远游》："步徙倚而遥思兮，怊惝恍而乖怀。"

⑦千顷云：虎丘寺前亭阁名，以宋苏轼《虎丘寺》诗"东轩有佳致，云光丽千顷"句取名。

⑧稠（chóu）叠：稠密重叠，密密层层。

⑨相发挥：谓山壑与平原相互映衬烘托，尽显景物优美。

⑩标孤：谓与众不同的景象。这里指上方山。

⑪冶女：衣饰华丽时髦的女子。

⑫帘箔（bó）：帘子。多以竹、苇编成。

⑬乙未：即万历二十三年（1595）。

⑭秋杪（miǎo）：当在农历九月间。杪，树木末端，喻年月或季节的末尾。

⑮小修：即袁宏道的三弟袁中道，字小修。

⑯江进之：即江盈科，时任长洲县令，其县衙与吴县县衙邻近。

⑰藏钩：古代的一种游戏，相传汉昭帝母钩弋夫人少时手拳，入宫，汉武帝展其手，得一钩，后人于是作藏钩之戏。这里当喻指饮酒划拳一类的游戏。

⑱肆谑：无顾忌地玩笑戏耍。

⑲小青奴：谓僮仆。古代地位低下者多服青黑色衣服，故称。

【赏读】

据何宗美《袁宏道诗文系年考订》，这篇游记散文"初稿完成于万历二十三年（1595）九月，定稿时间或为万历二十四年（1596）"。又补充说："初稿完成于万历二十三年九月初七后不久，后来又作过修改整理，定稿时间或在万历二十四年——这就是任谱（任访秋《袁中郎研究》，上海古籍出版社1983年版）、马谱（马学良《袁中郎年谱》，天津古籍出版社1991年版）与钱谱（钱伯城《袁宏道集笺校》，上海古籍出版社1981年版）间出现分歧的原因所在。"可参考。

事物皆是相比较而存在的，这篇游记将上方山与虎丘两相比较,实际上是两种审美趣味的展示。上方山居高临下,与石湖相辉映,丰神独特,自有一种飘逸的神韵,但清高孤傲,令世人难以亲近。虎丘则在众山为屏为障的衬托下,如掩映于帘内的盛装华丽的女子,符合世俗的审美趣味。作者没有评价两者美感的优劣,"亦各从所好也矣"出以无可无不可之语,似了非了,显示了作者通融达观的处世哲学。文末"归而东方白矣"一句,借用宋代苏轼《前赤壁赋》"肴核既尽,杯盘狼藉,相与枕藉乎舟中,不知东方之既白"的意境,留有耐人寻味的魅力。

西洞庭[1]

西洞庭之山,高为缥缈[2],怪为石公[3],巉[4]为大小龙[5],幽为林屋[6],此山之胜也。石公之石,丹梯[7]翠屏[8];林屋之石,怒虎伏群[9];龙山之石,吞波吐浪[10]。此石之胜也。隐卜龙洞[11],市居消夏[12],此居之胜也。涵村梅,后堡樱,东村橘,天王寺橙[13],杨梅早熟,枇杷再接,桃有四斤之号[14],梨著大柄之称,此花果之胜也。杜圻[15]传范蠡[16]之宅,甪里[17]有先生之村,龙洞筑《易》《老》[18]之室,此幽隐之胜也。洞天第九[19],一穴三门,金庭玉柱之灵,石室银户之迹[20],此仙迹之胜也。山色七十二,湖光三万六[21],层峦叠嶂,出没翠涛,弥天放白,拔地插青,此山水相得之胜也。纪包山者,虽云灿霞铺,大约不出此七胜外。

余居山凡两日,篮舆[22]行绿树中,碧萝垂幄,苍枝掩径,坐则青山列屏,立则湖水献玉。一峦一壑,可列名山;败址残石,堪入图画。天下之观止此矣!陶周望[23]曰:"余登包山,而始知西湖之小也。六桥[24]

如房中单条画㉕,飞来峰㉖盆景耳。"余亦谓楚中㉗虽多名胜,然山水不相遇。湘君㉘、洞庭㉙遇矣,而荒寂绝人烟,竹树空疏,石枯土赪㉚。博观载籍,与洞庭相配者,或者圆峤、方壶㉛乎?若方内㉜则故㉝居然第一矣。

【注释】

①西洞庭:即洞庭西山,又名包山,省称西山,在今江苏苏州以西的太湖中,为湖中最大之岛山,与湖中另一半岛之山洞庭东山遥相对峙。岛上山峦起伏,风景优美,自古即为消夏胜地。

②缥缈:即缥缈峰,洞庭西山的主峰,耸立于岛之中央,海拔三百三十六余米。

③石公:洞庭西山四十一座山峰中的一座,"石公秋月"为西山八大胜景之一。

④巉(chán):险峻陡峭。

⑤大小龙:即大龙山与小龙山,洞庭西山山峰名。

⑥林屋:又名龙洞山,洞庭西山东部的山峰名,其下有林屋洞。

⑦丹梯:谓高入云霄的山峰。《文选·谢朓〈敬亭山诗〉》:"要欲追奇趣,即此陵丹梯。"李善注:"丹梯,谓山也。"唐宋之问《使过襄阳登凤林寺阁》诗:"香阁临清汉,丹梯隐翠微。"唐李白《夜泛洞庭寻裴侍御清酌》诗:

"过憩裴逸人,岩居陵丹梯。"

⑧翠屏:形容峰峦排列的绿色山岩。唐杜甫《暮春题瀼西新赁草屋五首》诗之三:"细雨荷锄立,江猿吟翠屏。"

⑨怒虎伏群:形容林屋山下千姿万态的太湖石状貌。钱伯城《袁宏道集笺校》录有此文的其他版本,有关文字云:"石公夭矫,丹梯翠屏。林屋或为怒虎,或为伏犀,或连络而下瞰,如老翁之凭其幼,石之极观也。"可参考。

⑩"龙山"二句:钱伯城《袁宏道集笺校》录有此文的其他版本,有关文字云:"龙山石偃水而锷,与风水相吞吐。"可参考。

⑪隐卜龙洞:若隐居当选择龙洞。龙洞,即林屋洞,在林屋山下,系石灰岩质的天然溶洞,洞穴深邃,气象万千。

⑫市居消夏:若喜居住街市当选择消夏湾。消夏,即消夏湾,传说为春秋时吴王消夏之所。钱伯城《袁宏道集笺校》录有此文的其他版本,有关文字云:"山村幽冶而繁,消夏湾最盛,民居百余家,负缥缈,面小太湖山,左右垂臂,案山如髻,累累立水中。"

⑬"涵村梅"四句:涵村、后堡、东村都在今苏州金庭镇,天王寺旧址在吴中区西山。所记地产土宜可与陶望龄《洞庭游记二》参看:"洞庭山之观,春梅花,伸看梨花,夏樱桃、杨梅、秋橘橙。……游梅于涵村,樱桃于后壁,梨花角庵,橘橙东村天王寺。"

⑭"桃有"句:谓桃子硕大。

⑮杜圻（qí）：洞庭西山中村名。

⑯范蠡（lǐ）：春秋时楚人，仕越为大夫，吴王夫差打败越国，范蠡曾作为人质到吴国，历经两年而还。他返越后帮助勾践灭吴，自己则功成身退。

⑰甪（lù）里：洞庭西山中村名。传说秦汉之际的著名隐士"商山四皓"之一的甪里先生曾居于此地，故名。明胡侍《真珠船·古人名字人少知者》："甪里先生姓周，名术，字元道。"

⑱《易》《老》：《周易》与《老子》，本为书名，为道家所尊奉，这里代指修道者。

⑲洞天第九：道教谓神仙居住的十处名山胜地，即王屋山洞、委羽山洞、西城山洞、西玄山洞、青城山洞、赤城山洞、罗浮山洞、句曲山洞、林屋山洞、括苍山洞。林屋山洞居第九。

⑳"一穴"三句：明王鏊《姑苏志》卷三三："林屋洞在洞庭西山，即道书十大洞天之第九，一名左神幽虚之天。洞有三门，同会一穴，一名雨洞，一名旸谷，一名丙洞。中有石室银房、石钟石鼓、金庭玉柱、白芝金沙、龙盆鱼、乳泉石燕，有石门名隔凡。"金庭玉柱，即林屋洞中的柱形钟乳石。石室银户，即林屋洞中完全由白色钟乳石构成的石室。

㉑"山色"二句：概括太湖景象。太湖中有大小岛屿四十八个，连同沿岸的山峰与半岛，旧时号称有七十二峰，面

积三万六千顷。

㉒篮舆：古代供人乘坐的交通工具，以人力抬着行走，类似于轿子。

㉓陶周望：即陶望龄（1562~1609），字周望，号石篑。

㉔六桥：杭州西湖苏堤上有六座桥，即称六桥。

㉕单条画：单幅画的条幅。

㉖飞来峰：一名灵鹫峰，在西湖灵隐寺前。东晋咸和初印度高僧慧理登此山，有"此乃天竺国灵鹫山之小岭，不知何以飞来"的感叹，故名飞来峰。

㉗楚中：古人泛指今湖北、湖南一带地区

㉘湘君：谓君山，又名湘山，在今湖南洞庭湖口。北魏郦道元《水经注》卷三八："洞庭之山，帝之二女居焉……湖中有君山……是山，湘君之所游处，故曰君山矣。"

㉙洞庭：即洞庭湖，位于今湖南北部，北接长江，南接湘、资、沅、澧四水，有八百里洞庭之称，为我国第二大淡水湖。

㉚赪（chēng）：红色。

㉛圆峤、方壶：二者皆为传说中的海上仙山。圆峤（qiáo），或作"员峤"。《列子·汤问第五》："渤海之东……其中有五山焉：一曰岱舆，二曰员峤，三曰方壶，四曰瀛洲，五曰蓬莱。"

㉜方内：谓尘世，与"方外"相对而言。

㉝则故：犹言只管、只顾。

【赏读】

　　从陶望龄探访袁宏道的时间判断，这篇游记散文当写于万历二十四年（1596）九月间。其间，袁宏道于病中与陶望龄畅游太湖，从而"病魔为之少却"（《董思白》）。

　　与作者其他游记散文稍有不同的是，这篇文章兼用骈文对偶的句式，算是别具一格。所谓洞庭西山的"七胜"，即山胜、石胜、居胜、花果胜、幽隐胜、仙迹胜、山水相得之胜，娓娓道来，有条不紊。

　　据钱伯城《袁宏道集笺校》所载本文的另一版本，文字通篇皆异，当是未定稿本。稿本开门见山用了五个"也"字，显然是模仿宋代欧阳修《醉翁亭记》的笔法："环洞庭皆水也，浮而垤皆山也，山之阴阳皆石也，石之凹皆村落也，尺肤寸毛皆花果也。"修改中，大概觉得用如许多之"也"，累赘异常，画虎类犬，反而不美，于是彻底改成今天这个样子。从中可见古人对于文字的精雕细琢，不惜推倒再来，重起炉灶。间用骈文句式穿插于散行文字中，也表现了作者的一番探索。

　　稿本文末原有陶望龄概括之语："大凡指水石之奇奥，烟林之丰缛，峦崖之高峻，以名洞庭者，皆非知洞庭者也。"本文修改为作者自家之总结，也显示了其匠心之所在，读者可细细体味。

灵岩①

灵山一名砚石，《越绝书》②云："吴人于砚石山作馆娃宫③。"即其处也。山腰有吴王井二：一圆井，日池也；一八角井，月池也。周遭石光如镜，细腻无驳蚀，有泉常清，莹晶可爱，所谓银床素绠④，已不知化为何物。其间挈⑤军持⑥瓶钵而至者，仅仅一二山僧。出没于衰草寒烟之中而已矣。悲哉！有池曰砚池，旱岁不竭。或曰即玩华池⑦也。

登琴台⑧，见太湖⑨诸山，如百千螺髻⑩，出没银涛中，亦区内⑪绝景。山上旧有响屧廊⑫，盈谷皆松，而廊下松最盛，每冲飙⑬至，声若飞涛。余笑谓僧曰："此美人环珮钗钏声。若⑭受具戒⑮乎？宜避去。"僧瞪目不知所谓。石上有西施⑯履迹⑰，余命小奚⑱以袖拂之，奚皆徘徊色动。碧䌼缃钩⑲，宛然石髹⑳中，虽复铁石作肝，能不魂销心死？色之于人甚矣哉！山仄㉑有西施洞㉒，洞中石貌甚粗丑，不免唐突㉓。或云：石室吴王所以囚范蠡也。僧为余言，其下洼处，为东西画船湖，吴王与西施泛舟之所。采香径㉔在山前十里，望之若在山足，其直如箭，吴宫美人种香处也。山下有石可为砚，其色深紫，佳者殆不减歙溪㉕。米氏《砚史》㉖云："巉村㉗石理粗，发墨㉘不糁㉙。"即此石也。山之得名盖以此，然在今搜伐殆尽，石亦无复佳者矣。

嗟乎，山河绵邈㉚，粉黛㉛若新。椒华沉彩，竟虚待月之帘㉜；夸骨埋香㉝，谁作双鸾之雾㉞？既已化为灰尘、白杨、青草矣。百世之后，幽人逸士犹伤心寂寞之香趺㉟，断肠虚无之画屧㊱，矧㊲夫看花长洲之苑㊳，拥翠㊴白玉之床者，其情景当何如哉？夫齐国有不嫁之姊妹，仲父云无害霸㊵；蜀宫无倾国之美人，刘禅㊶竟为俘虏。亡国之罪，岂独在色？向使库有湛卢㊷之藏，潮无鸱夷之恨㊸，越虽进百西施何益哉！

【注释】

①灵岩：山名，在今江苏苏州木渎镇附近，以山上有状似灵芝的奇石，故名灵岩；又因山石深紫，可制砚，所以又有砚石山之称。山中山石松林、古寺遗宫，风景奇秀，有关春秋时吴王夫差与西施的遗迹颇多，故能引来文人墨客的遐思无限。

②《越绝书》：古书名，《四库全书总目》以为汉袁康撰、吴平所定。原书二十五篇，今佚五篇，分编十五卷，记

春秋间越国事。

③馆娃宫：故址在今灵岩山灵岩山寺一带，相传乃吴王夫差为西施所建。吴人呼美女为娃。

④银床素绠：白色的井栏与汲水桶上的绳索。《乐府诗集·淮南王篇》："后园凿井银作床，金瓶素绠汲寒浆。"银床，一说指井上的辘轳架。

⑤挈（qiè）：携带。

⑥军持：源于梵语，谓澡罐或净瓶。僧人游方时携带，贮水以备饮用或净手。

⑦玩华池：或作"玩花池"。传说为吴王夫差与西施观赏荷花的地方。

⑧琴台：传说吴王夫差与西施弹琴之处。

⑨太湖：在今江苏南部，湖中有岛屿数十个，以西洞庭山为最大。

⑩螺髻：比喻耸起如髻的山峦。唐皮日休《太湖诗·缥缈峰》："似将青螺髻，撒在明月中。"

⑪区内：天下，宇内。

⑫响屧（xiè）廊：春秋时吴王宫中廊名。宋范成大《吴郡志·古迹》："响屧廊在灵岩山寺，相传吴王令西施辈步屧，廊虚而响，故名。今寺中以圆照塔前小斜廊为之。"又宋朱长文《吴郡图经续记·山》："（砚石山）又有响屧廊，或曰鸣屐廊，以楩梓藉其地，西子行则有声，故以名云。"一说廊下埋陶瓮，上铺木板，穿木底鞋行于其上，故

能发声。屐，木屐，类似于今日之木拖鞋。

⑬冲飙（biāo）：急风，暴风。

⑭若：你。

⑮具戒：即"具足戒"，指比丘、比丘尼应受持的戒法。由于受此戒，身具无量戒德，故有此称。又名具戒、大戒。新译为近圆戒。其内容分为波罗夷、僧残、不定、舍堕、单堕、波罗提提舍尼、众学、灭诤八种。

⑯西施：又称"西子"，春秋越国苎罗人。越王勾践被吴王夫差打败，命范蠡进献美女西施于吴王，以求得和平，西施深受吴王宠爱。吴国被越国打败，吴国灭亡，西施归范蠡，从游五湖而去。

⑰履迹：鞋留下的印迹。西施履迹显为后人附会而成。

⑱小奚：年轻的小仆。

⑲碧繶（yì）缃钩：古人用以饰履的绿色圆丝带与浅黄色的女子鞋袜。繶，丝绦。钩，谓古代女子缠足的形状，以代鞋袜。春秋时女子不缠足，这里显然以明人风俗想象古代。

⑳石髪（fà）：即石发，生于水边石上的苔藻。髪，通"髪"，今简化作"发"。

㉑仄：侧面。

㉒西施洞：位于灵岩山半山腰的石室名。

㉓唐突：冒犯，亵渎。

㉔采香径：相传吴王夫差命美人采香草于此，故名。

㉕歙（shè）溪：指今江西婺源所产的石砚，即歙砚。婺源古属歙州，与今安徽歙县相邻。歙砚又称婺源砚，石质润密，发墨不伤毫，与著名的端砚并称于世。

㉖《砚史》：书名，一卷，宋代米芾（1052~1108）著。

㉗崦（wò）村：在灵岩山下。崦，《康熙字典》引《广韵》："陂名，一曰村名，在吴王旧城侧。"

㉘发墨：砚石磨墨宜浓而显出光泽。

㉙糁（sǎn）：墨的细小碎粒。

㉚绵邈：辽远。

㉛粉黛：美女。这里借代西施。

㉜"椒华"二句：语本晋王嘉《拾遗记》卷三："越又有美女二人，一名夷光，二名修明（即西施、郑旦之别名），以贡于吴。吴处以椒华之房，贯细珠为帘幌，朝下以蔽景，夕卷以待月。"椒华，即椒花。汉代有椒房，用椒和泥涂壁，取其温而芳，为皇后所居之处。沉彩，色彩浓重，这里形容后宫华丽。

㉝夸骨埋香：埋葬美女，这里谓西施已死。夸骨，柔弱身骨，谓西施。《淮南子·修务训》："曼颊皓齿，形夸骨佳，不待脂粉芳泽而性可说者，西施、阳文也。"

㉞谁作双鸾之雾：意谓谁还能有与西施配对成双的朦胧梦想呢。双鸾，语本唐宋之问《故赵王属赠黄门侍郎上官公挽词二首》诗之二："一厝穷泉闭，双鸾遂不飞。"

㉟香跗（fū）：这里谓西施的脚印，承上文"西施履迹"

卷二　山水游记

125

而来。

㊱画㡰：即响屟廊。画，喻其装饰之美。

㊲矧（shěn）：况且。

㊳长洲之苑：即长洲苑，故址在今江苏苏州西南，太湖北，为春秋时吴王的游猎之处。

㊴拥翠：怀抱西施。翠，翠袖，泛指女子装束，这里喻西施。

㊵"夫齐国"二句：语本《管子·小匡》："（齐桓）公曰：'寡人有污行，不幸而好色，而姑姊有不嫁者。'（管仲）对曰：'恶则恶矣，然非其急者也。'"又《公羊传·庄公二十年》何休解诂曰："齐侯亦淫诸姑姊妹，不嫁者七人。"上述文献皆提到春秋五霸之一的齐桓公因好色而淫诸姑姊妹，不令出嫁事。仲父，即管仲（？~前645），名夷吾，字仲，齐桓公尊之为"仲父"。管仲辅佐齐桓公九合诸侯，一匡天下，成就霸业。无害霸，即不妨碍成就霸业。

㊶刘禅（207~271）：小字阿斗，刘备之子，蜀汉后主。魏景元四年（263），魏出兵攻蜀，邓艾兵逼成都，刘禅出降，被送洛阳，封安乐公。

㊷湛（zhàn）卢：古代宝剑名，相传为春秋时欧冶子所铸。汉袁康《越绝书》卷一一："欧冶乃因天之精神，悉其伎巧，造为大刑三，小刑二：一曰湛卢，二曰纯钧，三曰胜邪，四曰鱼肠，五曰巨阙。"这里系就国家之武备而言。

㊸潮无鸱（chī）夷之恨：吴王夫差不听伍子胥的忠告，

并逼其自杀，将其尸盛于鸱夷中，浮之江中。后人传说伍子胥成为涛神，浙江潮即伍子胥发怒所致，称"胥涛"。鸱夷，皮革制的口袋。

【赏读】

钱伯城《袁宏道集笺校》认为这篇游记散文于万历二十四年（1596）六月间作，时作者以吴县地方官身份到治下勘察灾情。任访秋《袁中郎研究》、沈维藩《袁宏道年谱》、何宗美《袁宏道诗文系年考订》认为《灵岩》作于万历二十三年（1595），似更合理，时袁宏道在吴县任上。

同年，作者致其兄袁宗道函有云："弟在此无可乐者，独近日勘灾出，放舟五湖，信宿缥缈峰顶，遍观七十二峰之胜，差觉得意……返舟灵岩，睹馆娃故址……过响屧廊，观西施履迹，游剪香径，思吴宫花草。低徊顾视，千载若新，至欲别不能别。有情之痴，至于如此，可发一笑。"游记与尺牍都谈到"魂销心死"或"情痴"问题，可见作者撰写此文，诚有感而发，所以倍见真情。《礼记·礼运》："饮食男女，人之大欲存焉。"

本文写景而外，借西施之事发挥"亡国之罪，岂独在色"的议论，为"性灵说"鸣锣开道，闪烁出晚明文人个性解放的辉光。无独有偶，这与以"异端"自居的李贽的有关议论一脉相承，展现了公安派倡导的"性灵"与李贽鼓吹的"童心说"的内在联系。李贽在其所编《初潭集》卷三有评云："甚矣，声色之迷人也。破国亡家，丧身失志，伤风败类，无不由此，可不慎欤！然汉武以雄才而拓地万余里，魏武以英雄而割据有中原，又何尝不自声色中来也。嗣宗、仲容流声后世，固以此耳。岂其所破败者自有所在，或在彼而未必在此欤！吾以是观之，若使夏不妹（mò）喜，吴不西施，亦必立而败亡也。周之共主寄食东西，与贫乞何殊？一饭不能自给，又何声色之娱乎！固知成身之理，其道甚大；建业之由，英雄为本。"所论一针见血，洞见症结。

唐陆龟蒙《吴宫怀古》诗云："香径长洲尽棘丛，奢云艳雨只悲风。吴王事事须亡国，未必西施胜六宫。"异代同声，正可为此文之末"越虽进百西施何益哉"一语之旁证。

光福^①

光福一名邓尉,与玄墓②、铜坑③诸山相连属。山中梅最盛,花时香雪④三十里。其下为虎山桥⑤,两峡一溪,画峦四匝。有湖在其中,名西崦湖⑥,阔十余里。乱流而渡⑦,至青芝山足,林壑尤美。山前长堤一带,几与湖埒⑧,堤上桃柳相间,每三月时,红绿灿烂,如万丈锦。落花染成湖水作胭脂⑨浪,画船箫鼓,往来湖上。堤上妖童⑩丽人,歌板⑪相属,不减虎林西湖。

寺僧为余言,董氏⑫创此堤,费不下百万钱。时年饥甚,民无所得粟,董氏令载土一舟者,得米数斗,旬日之内,土至如山,遂成大堤。山间苍松万余,楼阁台榭,宛然图画,柏屏萝幄,在在⑬有之。碧栏红亭,与白波翠巘⑭相映发,山水园池之胜,可谓兼之矣。嗟夫,此山若得林和靖⑮、倪云林⑯一二辈装点其中,岂不人与山俱胜哉!奈何层峦叠嶂,不以宅人而以宅鬼,悲夫⑰!

【注释】

①光福:即光福山,位于今江苏苏州西南光福镇附近。又名邓尉山,相传汉有邓尉隐居于此,故称。明王鏊《姑苏志》卷八:"邓尉山在光福里,俗名光福山。"

②玄墓:光福山又名玄墓山、元墓山。明王鏊《姑苏志》卷八:"相传郁泰玄葬此,故名。"

③铜坑:即铜坑山,一名铜井山,位于今江苏苏州西南。明王鏊《姑苏志》卷八:铜坑山"在邓尉山西南,一名铜井。晋宋间凿坑取沙土煎之,皆成铜,故名"。

④香雪:古人形容梅花。邓尉山多梅,花时满山盈谷,香气四溢,势若雪海,故有香雪海之美誉。

⑤虎山桥:又名虎山擅胜桥,连接虎山与龟山。初建于宋,明万历间重建,为五孔石拱桥,故址位于今光福镇北,今仅存一桥墩。

⑥西崦(yān)湖:又名下崦湖,位于今光福镇西。湖呈元宝状。

⑦乱流而渡:谓用船横渡。《诗经·大雅·公刘》"涉渭为乱",宋朱熹集注:"乱,舟之截流横渡者也。"

⑧埒(liè):等同,比并。

⑨胭脂:一种用于化妆和国画的红色颜料。亦泛指鲜艳的红色。

⑩妖童:美少年。多指男色。

⑪歌板：即拍板，属于乐器。歌唱时用以打拍子，故名。

⑫董氏：即董份（1510~1595），字用均，号泌园，又号浔阳山人，浙江乌程（今浙江湖州市）南浔人。嘉靖二十年（1541）进士，改庶吉士，授编修，官至礼部尚书兼翰林学士。著有《泌园集》。《明史》有传。

⑬在在：处处，到处。

⑭翠𪩘（yǎn）：翠绿的山顶。

⑮林和靖：即林逋（968~1028），字君复，宋钱塘（今浙江杭州）人。隐居西湖孤山二十年，种梅养鹤，终身不娶亦不仕。擅长诗歌创作，与范仲淹、梅尧臣等唱和，著有《林和靖诗集》。卒谥和靖先生。

⑯倪云林：即倪瓒（1301~1374），字元镇，号云林子，元常州无锡（今属江苏）人。工绘画，为元四家之一。著有《清閟阁集》。

⑰"不以"二句：意谓光福山不因才人韵士的活动而扬名，却以古人的坟墓而传世，令人悲伤。

【赏读】

山水胜迹，自然景观引人入胜，难以取代，但人文因素也不可或缺。这就如同墨客骚人的文学创作须得江山之助才能俊丽隽永，而江山壮丽也须有诗词歌赋的点缀方可驰名天下，两者相辅相成，缺一不可。

这篇小品在极力渲染光福山旖旎风光后，篇末一段议论画龙点睛，富于哲理的思考，耐人寻味。

作者书写这样一篇山水小品，看似信手拈来，水到渠成，实则斟酌推敲，煞费苦心，并非一气呵成。吴郡本题作《虎山桥》，小修本则题作《记八》，正文也颇多异同。如"每三月时"以下一段，吴郡本作："红绿灿烂，如万丈锦。落花染水作浪，堤上妖童丽人，歌板相属，不减西湖。"一经修订，更觉倜傥风流，可见作者的小品创作态度之认真，精雕细琢，一丝不苟！

天平①

天平山以白乐天显②。山腹有亭，亭侧清泉，泠泠③不竭，所谓白云泉④也。《吴邑志》云："天平在吴中，最为嶙崒⑤，多奇石，山半白云泉，亦为吴中第一水。"苏舜钦⑥有诗云⑦："清溪至峰前，仰视势飞舞。伟石如长人，聚立欲言语。""石窦⑧落玉泉，泠泠四时雨。"吴人至今称之。闻方春时，游舟甚盛，箫管绮罗⑨，与上方⑩诸山等。余过天平时，天已垂黑，驻足未定，山下水灾状子⑪雪片飞来，余不知山为何物矣。

【注释】

①天平：即天平山，位于今江苏苏州以西二十里。明王鏊《姑苏志》卷八谓天平山："其山顶正平，曰望湖台，上巨石圆而面湖者，曰照湖镜。"

②"天平山"句：唐白居易《天平山》七绝："天平山上白云泉，云自无心水自闲。何必奔冲山下去，更添波浪向人间。"这首诗提高了天平山在历代文人中的地位。

③泠(líng)泠:形容声音清越、悠扬。

④白云泉:位于天平山一线天东侧的云泉精舍内。

⑤嶕崒(qiú zú):险峻。

⑥苏舜钦(1008~1049):字子美,开封(今属河南)人。景祐元年(1034)进士,历官湖州长史。曾寓居苏州,筑沧浪亭。工诗文,著有《苏学士文集》。

⑦有诗云:谓苏舜钦五古《天平山》。全诗共三十句,文中所引用者为其诗之第九至十二句、第十七至十八句。

⑧石窦:石穴。

⑨绮(qǐ)罗:泛指华贵的丝织品或丝绸衣服。这里指穿着绮罗的贵妇、美女等。

⑩上方:即上方山,一名楞伽山,在今江苏苏州西南。

⑪水灾状子:向官府汇报水灾灾情的呈文。万历二十四年(1596)秋,江南水灾。作者写于同时的《横山》一文有云:"余以勘灾过山下,草草登临,未及领略。嗟夫,往日绿畴,今为白浪。"可见当时水灾灾情严重。

【赏读】

这篇小品写于万历二十四年秋月,虽属游记,却非游兴大发之作,加之当时江南一带水灾灾情严重,勘灾重任在肩,篇末"余不知山为何物矣"一语道出心中的几许无奈。

宋释惠洪《冷斋夜话》卷四有云:"黄州潘大临工

诗……临川谢无逸以书问有新作否。潘答书曰：'秋来景物，件件是佳句，恨为俗氛所蔽翳。昨日清卧，闻搅林风雨声，欣然起，题其壁曰：满城风雨近重阳。忽催租人至，遂败意，止此一句奉寄。'"文学写作属于创造性思维，从构思到操觚最忌世俗的干扰。在江南水患严重的情势下，影响不会仅是少数几个县，甚至远远超出州府的界限。受灾范围如此广大，袁宏道作为吴县一县之长，实在难以统筹全局，但职责所在，又不能掉以轻心。放眼天平山美景，作者也许想暂时摆脱现实的困扰，浮想联翩，却又在"水灾状子"如雪片飞来的纷至沓来中不能释怀于人间的苦难。当年的水患在长洲县县令江盈科的作品中也有反映，如其七律《悯水》颈联有云："机房十室久停杼，墟里三家两断烟。"即为这次水灾的写实之作。

袁宏道在小品起首暗引唐白居易《天平山》一诗，正在于白诗末句"更添波浪向人间"的双关妙用；而在其后，又明引《吴邑志》与宋苏舜钦《天平山》一诗，自家的文字反而不多。频繁地引用前人之作，并以之为修辞手段，正是意图掩饰自己的焦虑心情，其书写之苦衷可见一斑。

锦帆泾①

锦帆泾在吴县治②前，泾已湮塞，酒楼跨其上，仅得小渠一线耳。俗传吴王与诸宫娃，锦帆游乐于此，故名。杨《志》③谓市郭之中，徒杠④相望，无容挂帆，谬矣。夫陵谷⑤相寻⑥，沙海变易，厥土涂泥⑦，今为上则朱楼画阁⑧，安知昔不为翠涛白浪哉？或云泾即旧子城⑨壕⑩，未知孰是。

【注释】

①锦帆泾（jīng）：春秋吴国都城盘门内沿城壕名，早已消失，故址位于今苏州西南隅盘门内。明高启《锦帆泾》："水绕荒城柳半枯，锦帆去后故宫芜。穷奢毕竟输渔父，长保秋风一幅蒲。"泾，沟渎，浜。

②吴县治：即吴县县衙，故址位于今苏州西古吴路（原龙兴寺巷）。

③杨《志》：即《吴邑志》，嘉靖间杨循吉、苏祐合修，十六卷。

④徒杠：可供徒步行走的小桥。

⑤陵谷：比喻自然界或世事巨变。语出《诗经·小雅·十月之交》："高岸为谷，深谷为陵。"

⑥相寻：相继，接连不断。

⑦厥土涂泥：意谓这一带转化为湿土地。语出《尚书·禹贡》："厥土惟涂泥。"厥，代词，其。起指示作用。涂泥，湿润的泥土。

⑧朱楼画阁：谓富丽堂皇、彩绘华丽的楼阁。

⑨子城：大城所属的小城，即内城及附郭的瓮城或月城。

⑩壕：护城河。《墨子·备城门》："凡守围城之法，城厚以高，壕池深以广。"

【赏读】

这篇小品写于万历二十四年（1596），并非严格意义上的游记。作者据有关传说加以想象，融汇古今于笔下，文字灵动活泼，别有寓意。

袁宏道曾将自己在吴县任上所作诗文结集，即以《锦帆集》为名，并请长洲县令江盈科作序。江序有云："盖不佞尝诣吴署谒君，君指此水骄余曰：'是锦帆泾也，吴王霸业之余，我乃得抚而有之，不亦快哉！'"这只是一时戏谑之语，实则袁宏道的内心痛楚，江盈科最为洞悉，他就此叹道："同一锦帆泾耳，当吴王之时，满船箫鼓;及吴令之身,两部鞭棰。吴王用之,红姝绿娥,左歌右弦;吴令御之,疲民瘵黎,朝拊暮煦。昔何以乐,今何以苦?丈夫七尺相肖,胡所遭之苦乐顿异乃尔!"无论艳羡或追思,袁宏道为县令的现实苦闷一经友人道出,即令读者豁然开朗。化解之道何在?还是这位江县令开出了药方:"人生有涯,苦乐有穷,惟山水为无尽。操有穷之具,游无尽之间,而能与之俱不朽者,其惟文章乎!"旧时文人士大夫高自位置的精神寄托,在这番议论之中可一览无余,这也是袁宏道众多游记小品的魂魄所在。

宋苏轼《赤壁赋》有云:"且夫天地之间,物各有主。苟非吾之所有,虽一毫而莫取。惟江上之清风,与山间之明月,耳得之而为声,目遇之而成色。取之无禁,用之不竭,是造物者之无尽藏也,而吾与子之所共适。"千古文心,一脉相承,读《锦帆泾》当作如是观!

灵隐①

灵隐寺在北高峰②下，寺最奇胜，门景尤好。由飞来峰③至冷泉亭④一带，涧水溜玉，画壁流青，是山之极胜处。亭在山门⑤外，尝读乐天记有云："亭在山下水中，寺西南隅。高不倍寻⑥，广不累丈，撮奇搜胜，物无遁形。春之日，草薰⑦木欣，可以导和纳粹⑧；夏之日，风泠泉淳⑨，可以蠲烦析酲⑩。山树为盖，岩石为屏，云从栋生，水与阶平。坐而玩之，可濯足于床下；卧而狎之，可垂钓于枕上。潺湲⑪洁澈，甘粹柔滑，眼目之器，心舌之垢⑫，不待盥涤，见辄除去。"观此记，亭当在水中。今依涧而立，涧阔不丈余，无可置亭者，然则冷泉之景，比旧盖减十分之七矣。

韬光⑬在山之腰，出灵隐后一二里，路径甚可爱。古木婆娑，草香泉渍⑭，淙淙之声，四分五路，达于山厨⑮。庵内望钱塘江⑯，浪纹可数。

余始入灵隐，疑宋之问⑰诗不似。意古人取景，或亦如近代词客，掯拾⑱帮凑。及登韬光，始知"沧海"

"浙江""扪萝""刳⑲木"数语,字字入画,古人真不可及矣。宿韬光之次日,余与石篑、子公同登北高峰绝顶而下。

【注释】

①灵隐:即灵隐寺,我国佛教禅宗十刹之一。在今浙江杭州西湖西北灵隐山麓,面对飞来峰。明田汝成《西湖游览志》卷一〇《北山胜迹》:"灵隐禅寺,晋咸和元年僧慧理建。山门匾曰'绝胜觉场',相传葛洪所书,或云宋之问书。寺有石塔四,皆吴越王建。宋景德四年,改景德灵隐禅寺。元至大元年,僧慈照重修觉皇殿,至正间毁。国初重建,改灵隐寺。"

②北高峰:在灵隐寺后,与南高峰对峙,海拔近千尺。明田汝成《西湖游览志》卷一〇《北山胜迹》:"北高峰,石磴数百级,曲折三十六湾,上有华光庙,以奉五显之神。"

③飞来峰:一名灵鹫峰,在灵隐寺前。

④冷泉亭:在灵隐寺前。明田汝成《西湖游览志》卷一〇《北山胜迹》:"冷泉亭,唐刺史元䕫建。旧在水中,今依涧而立。冷泉二字,乃白乐天所书,亭字乃苏子瞻续书,今亦亡矣。今匾,盱江左赞隶书。"

⑤山门:佛寺的外门。

⑥倍寻:一丈六尺。古代八尺为一寻。

⑦草薰:草发出香气。南朝梁江淹《别赋》:"闺中风暖,陌上草薰。"

⑧导和纳粹：导引祥瑞之气，吸纳天地精华。

⑨风泠泉渟（tíng）：微风清凉，泉水积聚深澈。

⑩蠲（juān）烦析酲（chéng）：消除烦恼，解酒醒神。酲，酒醉后神志不清。

⑪潺湲（chán yuán）：水流动的样子。

⑫心舌之垢：即"心垢"，佛教语，烦恼为心之垢秽，故曰心垢。

⑬韬光：即韬光庵，在北高峰南、灵隐寺西北的巢枸坞。据传因唐代高僧韬光在此借庵说法而得名。

⑭渍（zì）：浸润。

⑮山厨：山野人家的厨房。唐钱起《岁暇题茅茨》诗："溪路春云重，山厨夜火深。"唐白居易《重题》诗之二："云生涧户衣裳润，岚隐山厨火烛幽。"

⑯钱塘江：旧称浙江，为今浙江最大之河流，全长四百余千米，由杭州湾入海。钱塘十景有韬光观海。

⑰宋之问：一名少连（约656~713），字延清，汾州（治今山西汾阳）人。唐高宗上元二年（675）进士，历官考功员外郎。宋之问五言排律《灵隐寺》诗云："鹫岭郁岧峣，龙宫锁寂寥。楼观沧海日，门对浙江潮。桂子月中落，天香云外飘。扪萝登塔远，刳木取泉遥。霜薄花更发，冰轻叶未凋。夙龄尚遐异，搜对涤烦嚣。待入天台路，看余渡石桥。"

⑱捃（jùn）拾：拾取，收集。

⑲刳（kū）：剖开。

【赏读】

这篇游记散文作于万历二十五年（1597），时袁宏道解官吴县县令后正游览杭州。

西湖灵隐寺从晋代以后就逐渐成为游览胜地，冷泉亭又是灵隐寺前的名胜，唐白居易的《冷泉亭记》有云："东南山水，余杭郡为最。就郡言，灵隐寺为尤。由寺观言，冷泉亭为甲。"喜爱之情，溢于言表。

袁宏道这篇以"灵隐"为题的散文小品，并没有写灵隐寺古刹本身，而是先从其"门景尤好"过渡到冷泉亭，再续写灵隐寺西北的韬光庵。前一景致引唐白居易《冷泉亭记》为证，慨叹今不如昔；后一景致又以唐宋之问诗为陪衬，写出江山胜概。笔致灵动，自然流畅，景中寓情，情景双绘，毫无喧宾夺主之感。

唐宋之问《灵隐寺》一诗中以"楼观沧海日，门对浙江潮"一联最为警策，元辛文房《唐才子传》卷一记述宋之问游灵隐寺，月夜行吟，首联既出，苦不得佳句，有老僧赠以此联，原来此老僧即因反武则天失败而四处逃亡的骆宾王。此一传说早被学者证为不实，但袁宏道作此游记时，是否想到这一有趣的掌故，想当然中，容或有之。读者阅读此文，若能浮想联翩，也就有了"作者未必然，读者何必不然"的接受美学之趣！

满井①游记

　　燕地②寒，花朝节③后，余寒犹厉。冻风时作，作则飞砂走砾，局促一室之内，欲出不得。每冒风驰行，未百步辄返。

　　廿二日，天稍和，偕数友出东直④，至满井。高柳夹堤，土膏⑤微润，一望空阔，若脱笼之鹄⑥。于时冰皮⑦始解⑧，波色乍明，鳞浪⑨层层，清澈见底，晶晶然⑩如镜之新开，而泠光⑪之乍出于匣也。山峦为晴雪所洗，娟然如拭，鲜妍明媚，如倩女之靧面⑫而髻鬟之始掠⑬也。柳条将舒未舒，柔梢披风⑭。麦田浅鬣⑮寸许。游人虽未盛，泉而茗者，罍而歌⑯者，红装而蹇⑰者，亦时时有。风力虽尚劲，然徒步则汗出浃背。凡曝沙之鸟，呷浪之鳞，悠然自得，毛羽鳞鬣⑱之间，皆有喜气。始知郊田之外，未始无春，而城居者未之知也。

　　夫能不以游堕事⑲，而潇然于山石草木之间者，惟此官⑳也。而此地适与余近㉑，余之游将自此始，恶能无纪?己亥②之二月也。

【注释】

①满井:故址在今北京北三环东路附近,今已无存。明清时代,满井为京师一处著名景观,以满井之水常涌出地面而驰名于士人游客间。明蒋一葵《长安客话》卷四《满井》:"出安定门循古壕而东三里许,有古井一,径五尺余。飞泉突出,冬夏不竭。好事者凿石栏以束之。水常浮起,散漫四溢,井傍苍藤丰草,掩映小亭。都人诧为奇胜。"明刘侗、于奕正《帝京景物略》卷一《满井》亦云:"满井傍,藤老藓,草深烟,中藏小亭,昼不见日。春初柳黄时,麦田以井故,鬖鬖且秀。游人泉而茗者,罍而歌者,村妆而蹇者,道相属,其初春首游也。"

②燕(yān)地:古代燕国之地。这里即指明京师(今北京)一带。

③花朝节:古人为庆贺百花花神生日而设。一般以农历二月十五日为百花花神生日,但也有二月二日、二月十二日另外两种说法。明田汝成《西湖游览志余》卷二〇《熙朝乐事》条云:"二月十五日为花朝节,盖花朝月夕,世俗恒言二、八两月为春秋之中,故以二月半为花朝,八月半为月夕也。"

④东直:即东直门,原北京城东面最北的一座城门,城门楼于20世纪中被拆毁,今仅存地名。

⑤土膏：富有养分的土地。语本《国语·周语上》："阳气俱蒸，土膏其动。"

⑥鹄（hú）：天鹅。

⑦冰皮：水面所结之冰。

⑧解：融化。

⑨鳞浪：如鱼鳞般的细浪。

⑩晶晶然：明亮闪光的样子。

⑪泠光：清凉之光。

⑫靧（huì）面：洗脸。古人谓春日取花和雪水涤面，可令面生华容。

⑬掠：梳理。

⑭披风：在风中散开。

⑮鬣（liè）：植物花、叶、穗芒形状如马鬣者。袁宏道《和王以明山居韵》："近郊多麦陇，青鬣好柔丰。"

⑯罍（léi）而歌：边饮酒边唱歌。罍，酒器。这里用作动词，谓饮酒。

⑰红装而蹇（jiǎn）：穿着艳装的妇女骑着驴。蹇，驴。这里用作动词，谓骑驴。

⑱毛羽鳞鬣：泛指鸟兽虫鱼。毛羽，兽毛与鸟羽。鳞鬣，鱼的鳞片与背鳍。

⑲堕（huī）事：荒废公务。堕，通"隳"。

⑳此官：袁宏道时任顺天府学教授，属于闲职。

㉑适与余近：谓满井与顺天府学学署相近。明代顺天府

学位于元末所建之报恩寺,东侧有文天祥祠。故址在今北京东城区安定门内府学胡同一带。

㉒己亥:即万历二十七年(1599)。

【赏读】

这篇游记按文末所记,当作于万历二十七年二月下旬。文字无多,但寥寥数笔,即生动传神地将京师满井一带的仲春景象勾勒而出,充满诗情画意,仿佛有一股欣欣向荣的青春气息扑面而来。

明中叶以后,文人士大夫憧憬自由自在的潇洒生活,随着个性解放思潮的迅猛发展,这种憧憬即外化为山水游乐以畅抒情怀。踏青郊外,漫步名胜,拥抱自然,寻觅寄托,在大自然的沐浴下浮想联翩,就是一种精神的彻底解放与个性的完美展示。文中"皆有喜气"四字,既是对大自然风光无限的概括,也是自家心情无比充实的流露。

明刘侗、于奕正《帝京景物略》卷一《城北内外》录有时人郑元勋《满井》一首七律:"天气苍黄水气微,一痕村甸集朝晖。忽惊草树亭依井,偶定风沙昼启扉。雨过也流花片片,春深有数蝶飞飞。菾田麦陇争相绿,绿似江南未若肥。"字里行间也跳跃着沐浴于明媚春光的欣喜之情。袁宏道有《游满井》一诗,其中末四句云:

"汲泉烹一杯,肺腑沁香冽。不惜看频频,可消奔竞热。"联系着阅读,也就不难理解公安三袁所极力倡导的性灵说的本质与内涵了。

游高梁桥①记

高梁桥在西直门②外,京师③最胜地也。两水夹堤④,垂杨十余里,流急而清,鱼之沉水底者,鳞鬣⑤皆见。精蓝⑥棋置⑦,丹楼⑧珠塔,窈窕⑨绿树中。而西山之在几席者⑩,朝夕设色⑪以娱游人。当春盛时,城中士女云集,缙绅士大夫,非甚不暇,未有不一至其地者也。

三月一日,偕王生章甫⑫、僧寂子⑬出游。时柳梢新翠,山色微岚,水与堤平,丝管夹岸。趺坐⑭古根上,茗饮以为酒,浪纹树影以为侑⑮,鱼鸟之飞沉,人物之往来,以为戏具。堤上游人,见三人枯坐树下若痴禅者⑯,皆相视以为笑。而余等亦窃谓彼筵中人,喧嚣怒诟,山情水意,了不相属,于乐何有也。少顷,遇同年黄昭质⑰拜客出,呼而下,与之语,步至极乐寺⑱观梅花而返。

【注释】

①高梁桥：故址在今北京西直门外半里许，跨古高梁河上，故名。青白石单孔拱桥为清代重建。明刘侗、于奕正《帝京景物略》卷五《高梁桥》："水从玉泉来，三十里至桥下，荇尾靡波，鱼头接流。夹岸高柳，丝丝到水。绿树绀宇，酒旗亭台，广庙小池，荫爽交匝。"

②西直门：明代京师西面最北的一个城门，系由元大都之和义门改建而成。因街道扩建，城门楼已于20世纪60年代中被拆毁。

③京师：古人称国都。明代永乐十八年（1420）以后以北京为京师。

④堤：即高梁堤。明刘侗、于奕正《帝京景物略》卷五《极乐寺》："两水夹一堤，柳四行夹水……高梁堤上柳，高十丈，拂堤下水，尚可余四五尺。"

⑤鳞鬣：鱼的鳞片与背鳍。

⑥精蓝：佛寺，僧舍。精，精舍；蓝，阿兰若。宋高翥（zhù）《常熟县破山寺》："古县沧浪外，精蓝缥缈间。"

⑦棋置：犹言"棋布"，繁密如棋子般分布。

⑧丹楼：红楼，谓宫、观等道教建筑。

⑨窈窕：深远的样子。唐卢照邻《同崔少监作双槿树赋》："纷广庭之霼（suǐ）靡，隐重廊之窈窕。"

⑩"而西山"句：谓坐卧于高梁桥远望西山所见。西

山，北京西郊诸山的总称，为太行山支脉。几席，几与席，为古人凭依、坐卧的器具。

⑪朝夕设色：谓远望西山，早间与薄暮的色彩变幻不一，如同画师渲染。

⑫王生章甫：即王袗（生卒年不详），字章甫，一字子静，汉阳（今湖北武汉市汉阳区）人。《湖广通志》卷五二："王袗，字章甫，一麟从子。少从萧良有学，袁宏道、董其昌、陈继儒、黄辉诸人俱推重之。以贡入太学，官华州牧，迁成都同知，卒。"

⑬僧寂子：僧人名，生平不详。

⑭跌（fū）坐：即"结跏趺坐"，俗称双盘，双足交叠而坐。常为佛家打坐修行的姿态。

⑮侑（yòu）：劝人吃喝，多用于酒食、宴饮。

⑯痴禅者：愚笨的坐禅者。

⑰同年黄昭质：即黄辉（生卒年不详），字昭质，南充（今属四川）人。万历二十年（1592）二甲进士，历官户部主事、汝南布政使参政等。同年，科举考试中同科中举或同科中进士者，即互称"同年"。

⑱极乐寺：故址在今北京西直门外。明蒋一葵《长安客话》卷三《极乐寺》："寺去高梁桥西可三里，路径甚佳，马行绿阴中若张盖然。"

【赏读】

这篇游记小品作于万历二十七年（1599）三月间。

袁宏道另有约作于同时期的《游高梁桥》七律一首："花时晴色酿芳原，出郭犹如出槛猿。雾质风梢新柳缕，皴皮瘦骨老藤根。红云尾变知鱼热，碧缬纹繁觉水温。耳听碧流心翠岭，闲谈恰已到山门。"对照诗与文，可见作者当时心情颇感舒畅，一腔潇洒情怀奔来笔底，情韵盎然。袁宏道曾有致弟袁中道《答小修》一函，内有云："想贤弟明春亦欲南游，登山临水，终是我辈行径，红尘真不堪也。"稍后的王思任《石门》一文也曾说："夫游之情在高旷，而游之理在自然，山川与性情一见而洽，斯彼我之趣通。"

游山玩水正是性情中人的一种精神寄托，而于尘世俗人则不过是一种偏重物质的享受，明白了这层道理，作者所批评之"彼筵中人"于"山情水意，了不相属"，也就不言而喻了。清幽淡远、高标脱俗与别有会心的审美情趣，自然属于士林文化的极致，这篇小品所流露的正是这样一种文人士大夫的情怀。

游骊山①记

骊之山郁然而青，而其水②浩浩然鸣九衢③也。古柏森森然翳④东西岭⑤，故宫遗址⑥，多不可识。山下之民，有雪领⑦而杖者，作⑧而前曰："民虽耄⑨，犹仿佛忆之。"指其岿然而坟者曰："是举火台⑩，褒女⑪之所笑也。"指其温然而澄澈者曰："是莲花汤⑫，明皇⑬、妃子⑭之所浴也。"问山下之故垒，曰："是尝锢三泉而闻七曜者⑮，始皇帝之地市⑯也。"余倚松四顾，苍茫久之。乃披荒榛⑰，踞危石，楚声而歌⑱曰："涓涓者流，与山俱逝兮。空潭自照，影不至兮⑲。吁嗟乎兹山，崇三世⑳兮。"歌竟，浴于长汤㉑，遂登老氏宫㉒，极于台㉓，东过石瓮寺㉔休焉。

稍倦，假寐㉕僧榻，忽有丈夫峨冠修髯，揖余而言曰："吾子失言，夫山奚能祟？使吾幸而遇严㉖、匡㉗诸君子，岂不亦嘉遁之薮㉘？吾子谓九叠之屏㉙，七里之滩㉚，何遽出吾上耶？又使吾所遭者为宣城㉛、孤山㉜辈，骚坛㉝之士，艳称㉞久矣，吾岂复戒吾姓也㉟?"余蘧然㊱觉,自悼㊲言之失也,复喟然叹曰:"异哉!天子之贵,不能与匹夫争荣,而词人墨客之只词㊳,有时为山川之九锡㊴也,异哉!今之处士㊵,谁能入山而为水石所倚重者,吾当北面事之㊶。"

【注释】

①骊山:又作"郦山",在今陕西西安市临潼区东南,为秦岭支脉,海拔1302米。秦始皇墓即在骊山下,其北麓有古今著名的温泉胜地华清池。

②其水:谓骊山温泉水源,位于西绣岭北麓,属骊山断裂带地下热水上涌所致,至今历六千余年而不竭,有"天下第一温泉"之美誉。

③九衢(qú):纵横交叉的大道。

④翳(yì):遮蔽。

⑤东西岭:谓骊山之东绣岭与西绣岭。

⑥故宫遗址:周幽王在骊山建有骊山宫,汉武帝构筑离宫,唐太宗时扩建隋宫,称汤泉宫或温泉宫,唐玄宗再加扩建,周筑罗墙,更名华清宫,内有长生殿、飞霜殿。后皆毁于战火。

⑦雪领:白发垂颈,形容年老。

⑧作:起身。

⑨耄(mào):古代称七十岁至九十岁年纪的老者。

⑩举火台:即"烽火台",俗传周幽王举烽火戏诸侯之

处,遗址在骊山西南部,与北二峰毗连。古代边防举火报警的建筑称烽火台。

⑪褒女:周幽王的宠妃,性不好笑。《史记·周本纪》:"褒姒不好笑,幽王欲其笑万方,故不笑。幽王为烽燧大鼓,有寇至则举烽火。诸侯悉至,至而无寇,褒姒乃大笑。幽王说之,为数举烽火。"此后申侯与犬戎攻周,周幽王举烽火告急,诸侯以为戏,不至,终于导致幽王被杀。

⑫莲花汤:唐玄宗时骊山华清宫御汤(皇家沐浴之水池)之一。唐郑处诲《明皇杂录》卷下:"玄宗幸华清宫,新广汤池,制作宏丽。安禄山于范阳以白玉石为鱼龙凫雁,仍为石梁及石莲花以献,雕镌巧妙,殆非人工。上大悦,命陈于汤中,又以石梁横亘汤上,而莲花才出于水际。上因幸华清宫,至其所,解衣将入,而鱼龙凫雁皆若奋鳞举翼,状欲飞动。上甚恐,遽命撤去,其莲花至今犹存。"宋宋敏求《长安志》卷一五:"御汤九龙殿,在飞霜殿之南,亦名莲花汤。"1982年4月,在华清宫故址考古挖掘出五组御汤遗址,分别为星辰汤、莲花汤、海棠汤、太子汤、尚食汤,又出土莲花纹饰方砖、圆形陶水管道以及其他建筑材料三千余件,1990年9月建成对外开放,为今人提供了实物资料。

⑬明皇:唐玄宗李隆基死后谥号至道大圣大明孝皇帝,庙号玄宗,后世常以"唐明皇"称之。

⑭妃子:当谓贵妃杨玉环。按今考古发现,杨贵妃在华清宫的御汤名海棠汤,又称芙蓉汤,池形似海棠花,两层台

阶，有进水口与排水口，建筑精美。《陕西通志》卷七二："芙蓉汤，一名海棠汤，在莲花汤西。沉埋已久，人无知者，近修筑始出。石砌如海棠花，俗呼为杨妃赐浴汤，岂以'海棠睡未足'一言而为之乎？"

⑮"是尝"句：谓秦始皇陵墓的修建极为壮观。《史记·秦始皇本纪》："九月，葬始皇郦山。始皇初即位，穿治郦山，及并天下，天下徒送诣七十余万人，穿三泉，下铜而致椁，宫观百官奇器珍怪徙臧满之。令匠作机弩矢，有所穿近者辄射之。以水银为百川江河大海，机相灌输，上具天文，下具地理。以人鱼膏为烛，度不灭者久之。"三泉，三重泉，谓地下深处。七曜（yào），或称七耀，即日、月及金、木、水、火、土五大行星，《史记》中所谓"上具天文"者是。

⑯地市：地下城市，谓秦始皇墓。《魏书·高允传》："秦始皇作为地市，下固三泉，金玉宝货不可计数，死不旋踵，尸焚墓掘。"

⑰荒榛：杂乱丛生的草木。

⑱楚声而歌：用楚地的曲调歌唱。作者家乡公安，古代属于楚地。歌声凄苦。

⑲"空潭自照"二句：化用唐常建《题破山寺后禅院》："山光悦鸟性，潭影空人心。"

⑳祟（suì）三世：谓骊山山神对三个朝代的祸害。三世，谓与骊山密切关联的周、秦、唐三个朝代。祟，鬼神的

祸害。古人以为想象中的鬼神常出而祸人。

㉑长汤：华清宫为诸嫔妃沐浴用的御汤。《陕西通志》卷七二："长汤，笋殿北有长汤十六所。宫内除供奉两汤外，而内外更有十六所长汤，每赐诸嫔御，其修广与诸汤不侔，甃以文瑶密石，中央有玉莲捧汤泉，喷以成池。又缝缀锦绣为凫雁，致于水中，上时于其间泛钑镂小舟，以嬉游焉。"

㉒老氏宫：当谓道家的老母殿与老子殿。《场屋后记》："顷之，登老母殿，邑人谓九日为媪生辰，烧香男女弥谷。"又："乃下，从老子殿觅支径。"

㉓极于台：谓登上最高处的烽火台。袁宏道《场屋后记》："稍南一峰突起，道士曰：'此幽王烽火台也。'折而上，前峰复圪起，仍登其颠，渭水盘旋东去，下顾始皇陵，尺块耳，南望诸峰，不见其际。"

㉔石瓮寺：《陕西通志》卷二八："石瓮寺，即福岩寺，在县治东南骊山石鱼岩下，有天然石，其形如瓮，以贮飞泉，唐玄宗以为寺名。"袁宏道《场屋后记》："余因忆王摩诘《燕子龛》诗：'瀑泉吼而喷，怪石看欲落。''岩腹乍旁穿，涧唇时外拓。'疑即此。僧云：'龛在朝元阁之南，此石瓮寺也。'寺当山泉胜处，为骊山第一景。"

㉕假寐：谓和衣打盹。

㉖严：谓东汉严光（前37~43），字子陵，汉会稽余姚（今属浙江）人。少与刘秀同学，刘秀即位，即汉光武帝，召其为官，不受，退隐富春山。古人认为严光是清高人士的

代表。

㉗匡：即匡俗，又作匡裕，古代传说中人物，出自殷、周之际，又传为周武王时或秦末人。兄弟七人学仙得道，结庐隐居于南障山，故世称南障山为庐山、匡山、匡庐，尊匡俗为匡神。

㉘嘉遁之薮：退隐的好处所。嘉遁，古人谓合乎正道的退隐或合乎时宜的隐遁。语出《易·遁》："嘉遁贞吉，以正志也。"

㉙九叠之屏：即九叠屏，又名屏风叠，在庐山三叠泉之东北。层峦叠翠，山川秀丽，唐安史之乱中，李白曾隐居于此，作《赠王判官时余归隐居庐山屏风叠》："大盗割鸿沟，如风扫秋叶。吾非济代人，且隐屏风叠。"

㉚七里之滩：即七里滩，又名七里濑、七里泷，在今浙江建德东北严子陵钓台下，东汉严光隐居垂钓于此。

㉛宣城：即谢朓（464~499），字玄晖，南朝齐陈郡阳夏（今河南太康）人，以曾任宣城太守，世称谢宣城。长于五言诗，山水题材秀丽清俊。他与沈约等共创"永明体"，开唐代近体诗之先河。

㉜孤山：位于杭州西湖之中，这里代指宋代隐士林逋（968~1028），他曾隐居西湖孤山二十年，种梅养鹤。

㉝骚坛：诗坛。

㉞艳称：以羡慕的语气加以称道。

㉟吾岂复戎吾姓也：我骊山岂能还以古族戎人的名号为

姓吗？戎，即"骊戎"，古族名，古戎人的一支，国君姬姓，在今陕西临潼一带。"戎"这里用作动词。

㊱蘧（qú）然：惊喜，惊觉。语本《庄子·大宗师》："成然寐，蘧然觉。"成玄英疏："蘧然，是惊喜之貌。"

㊲自悼：自我追悔。

㊳只词：一句诗或一句文辞。

㊴九锡：古代天子赐予诸侯、臣属的九种器物，是一种最高的礼遇。《公羊传·庄公元年》："锡者何？赐也；命者何？加我服也。"汉何休注："礼有九锡，一曰车马，二曰衣服，三曰乐则，四曰朱户，五曰纳陛，六曰虎贲，七曰宫矢，八曰铁钺，九曰秬鬯。"

㊵处士：有才德而隐居不仕的人，也泛指未做过官的读书人。

㊶北面事之：谓拜人为师，行弟子敬师之礼。北面，面向北。古礼，臣拜君，卑幼拜尊长，皆面向北行礼，因而居臣下、晚辈之位曰"北面"。

【赏读】

据袁宏道作于万历三十七年（1609）的《场屋后记》，是年九月间："丁亥，与非二登高骊山。是日晴甚，万里无纤翳。"按郑鹤声编《近世中西史日对照表》，丁亥乃九月九日重阳节，作者于是日登骊山，正是遵从重阳节登高的习俗，故这篇游记当撰写于万历三十七年九月中。

南朝梁刘勰《文心雕龙·物色》:"然则屈平所以能洞监《风》《骚》之情者,抑亦江山之助乎?"首次提出了江山助文章的命题。明代与袁宏道大约同时的张鼐在其《程原迩稿序》中亦云:"文章之借灵于湖山,如草色之借润于酥雨。"祖国之壮丽山河有助于文人雅士性灵的抒发,文章因湖山而生色,这无疑是刘勰说法的进一步发挥。然而历史上也有提出相反观点的,如宋代李觏《遣兴》诗即云:"屈平岂要江山助,却是江山遇屈平。"骚客隐士可为湖山增色,显示了古代文人高自位置的一种自恋情结。

袁宏道这篇游记所抒发的也正是这样一种情怀,所谓"天子之贵,不能与匹夫争荣,而词人墨客之只词,有时为山川之九锡也",作为此篇游记的主旨,也代表了晚明性灵文人个性解放思潮的汹涌澎湃。

华山①记

凡山之名者，必以骨②，率不能倍肤③，得三之一，奇乃著。表里纯骨者，唯华为然。骨有态，有色。黯而浊，病在色也；块而狞④，病在态也。华之骨，如割云⑤，如堵碎玉⑥，天水烟雪，杂然缀壁矣。方而削，不受级⑦，不得不穴其壁以入。壁有罅⑧，才容人，阴者如井，阳者如霤⑨。如井者曰橦⑩、曰峡⑪，如霤者曰沟⑫，皆斧为衔⑬，以受手足，衔穷代以枝⑭。受手者不没指，受足者不尽踵。铁索累千寻⑮，直垂下，引而上，如黏壁之鼯。壁不尽罅，时为悬道巨峦⑯，折折⑰相逼，若故为亘以尝者⑱。横亘者⑲缀腹⑳倚绝厓行，足垂蹬外，如面壁㉑，如临渊，如属垣㉒，撮心于粒㉓，焉知鬼之不及夕㉔也。长亘者㉕搦㉖其脊，匍匐进，危磴㉗削立千余仞㉘，广不盈背，左右顾皆绝壑，唯见深黑，吾形礧礧然㉙如负瓮，自视甚赘。然微风至，摇摇欲落，第㉚恐身之不为石矣。夫人所凭仗者手足，而督㉛在目，方其在罅，目着暗壁，升则寄视于指也，降则寄视于踵也，目受成㉜焉耳。镬尽而厓，目乃为祟㉝，眩于削为栗㉞，眩于深为掉㉟，眩于仄㊱为喘，愚者不然，心不至目㊲故也。今乃知险之所以剧矣。余衣不蔽腰，下着穷裤㊳，见影乃笑，登厓下望，攀者如猱㊴，侧者如蟹，伏者如蛇，折者如鹬㊵，山之庋歟㊶乃至此，自恨无虎头㊷写真笔也。逾仙掌壁㊸，折入石弄，北旋上，石滑而不级，为东峰㊹；过坪蹑厓，道尊㊺峙㊻而中断，为南峰㊼；度峰足蛇蜒㊽上，石叶㊾上覆而横裂，为西峰㊿；南峰踞两峰之上，如人危坐㉑而双引其膝㉒。下有土径，异树交络，峡水鸣其间。峰顶各有池，如臼，如盆，如破瓮，鲜壁澄澈，古松覆之。西峰石多璺㉓，乍视如未稳。南峰之背，有静室㉔，垂双锁㉕，锁尽为铁杙㉖以承板道。东峰南下为卫叔卿博台㉗，锁对悬，拓厓自达，皆奇崄㉘。

【注释】

①华（huà）山：又称太华山，位于今陕西华阴南，是我国五岳中的西岳，又称华岳。北魏郦道元《水经注·渭水》云："其高五千仞，削成四方，远而望之，又若花状。"古"花""华"义通，故"华山"即"花山"。又因其西有少华山，故又称太华山。华山有东、西、南、北、中五峰，皆为主峰。其中南峰（落雁峰）最高，也是五岳最高峰，古

人尊称它是"华山元首";西峰因峰巅巨石形状似莲花瓣,古代文人多称其为莲花峰、芙蓉峰;东峰(朝阳峰)峰顶有一平台便于观赏日出,人称朝阳台;北峰(云台峰)四面悬绝,有若云台;中峰居东、西、南三峰中央,据传为春秋时秦穆公女弄玉的修身之地,故又名玉女峰。千尺㠉、百尺峡、老君犁沟、擦耳崖、上天梯、苍龙岭皆异常险峻,名胜古迹众多,令华山驰名海内。

②骨:即山骨,形容山岩。华山属于花岗岩峰林地貌,断层众多,因而险峻异常。

③肤:即山肤,山的表层土。

④块而狞:谓孤独而凶恶的面貌。块,孤独,孑然。

⑤割云:形容华山的花岗岩岩壁如流云一般的纹理。

⑥堵碎玉:形容华山峻峭岩壁如同悬挂碎玉一般的样貌。堵,将编钟或编磬十六枚悬于一虡之称。

⑦不受级:谓因山势陡峭而不能凿出石阶。

⑧罅(xià):岩石裂缝。

⑨霤(liù):屋檐下接水的长槽。

⑩峒(tóng):山崖间狭而陡的深沟。疑当作"㠉(chuáng)",华山有千尺㠉,为峭壁上一条大裂缝,陷在两旁的巨石之间,旧时游者依靠道士手工凿出的刚刚能放下脚的"脚窝子"或岩嵌横木以及两侧可助攀爬的铁链攀登绝顶,据说共三百九十四步。游者仰望天际,但见一线天开;俯视脚下,如临深渊。石级顶端犹如一井口,若被盖住,华

山之路便被断绝，故有"太华咽喉"之称。袁宏道《华山别记》："导者引至千尺㠉，见细枝柴其上，顶如覆铛，天际一隙，不觉心怖。"

⑪峡：指两山之间。华山有百尺峡，又称百丈崖，位于千尺㠉上东北一里许，峡之两壁欲合，只见被两块岩石撑开，摇摇欲坠，游者从岩石下过，胆战心惊，此即所谓"惊心石"。

⑫沟：华山有老君犁沟，是一条深不可测的沟状险道。

⑬衔：马嚼子。这里引申为扣住的意思。即人工在岩石上凿出可容纳手与脚的小穴，以利于攀登。

⑭枝：谓在岩石间嵌入横木一类的助攀缘物。

⑮千寻：形容极长。古以八尺为一寻。

⑯悬道巨峦：当位于千尺㠉与百尺峡之间。明王士性《五岳游草》卷一《华游记》："复行，路绝，扳巨石过，至百尺峡，峡比㠉为短而峻过之。又转二石磴，而百尺始尽。"峦，顶端圆形的山，这里当谓巨石。

⑰折折：弯曲貌。唐李贺《日出行》："折折黄河曲，日从中央转。"

⑱若故为亘以尝者：意谓仿佛故意令山路绵长以使登临者尝受艰辛。亘，绵长。

⑲横亘者：指老君犁沟，位于媪神洞东南。据说太上老君过此，因无路可通，就牵来青牛一夜间犁成这条山沟。至今西侧崖上有石沟若犁槽，仍赫然可见。明王士性《五岳游草》卷一《华游记》："又再折而至老君犁沟，则片石直倚插

天，亦又临绝壑，杳冥不知其际，中裂一缝如犁而成沟也。"横亘，绵延横陈。

⑳缀（chuò）腹：谓将腹部收紧。缀，拘束。

㉑面壁：佛教语。用菩提达摩在嵩山少林寺面壁静修的故事形容侧身过沟的艰难。

㉒属垣（yuán）：窃听。语出《诗经·小雅·小弁》："君子无易由言，耳属于垣。"这里套用经书语，形容将耳朵贴于岩壁艰难行进，有自我调侃的意味。华山老君犁沟至上天梯间有擦耳崖，或称擦耳岩。清姚玉翱《华岳志》卷一《名胜》："自犁沟东转至崖，路仅容趾，下临绝堑，行则崖石擦耳。"袁宏道《擦耳岩》诗："过客时时耳属垣，倚天翠壁亦何言。"

㉓撮心于粒：意谓因心情紧张而全身收缩，悬系难忘。撮心，语出《楞严经》卷九："则有忆魔，入其心腑，旦夕撮心，悬在一处。"

㉔鬼之不及夕：意谓处境极其危险，时刻面临死亡的威胁。不及夕，即"朝不及夕"，谓早晨不能顾及晚上，极言处境危急。

㉕长亘者：当指苍龙岭，古称搦岭，位于华山腰，其坡度极为陡峭。南北长1500米，宽仅1米左右，中间突起，两侧皆为深谷。明王士性《五岳游草》卷一《华游记》："岭一石山，侧立深谷中，大都深百余丈，阔五尺许，南高北下，左右斩然，如走剑脊上，一无所依傍。"长亘，绵延漫长。

㉖搦（nuò）：握，持。

㉗危磴（dèng）：陡峭的石台阶。

㉘千余仞（rèn）：形容峭壁高耸。仞，古代长度单位。七尺为一仞。一说，八尺为一仞。

㉙罍（léi）罍然：谓如同盛酒的圆形容器一样。罍，古代的一种容器，外形或圆或方，小口，广肩，深腹，圈足，有盖和鼻，与壶相似，用来盛酒或水。人行苍龙岭，不敢直立行进，只能弓腰，手足并用，如同背负酒瓮一般，故称。

㉚第：副词。只是，只。

㉛督：观察，察看。

㉜目受成：意谓眼睛遵循手足的动作而转移视线。受成，接受已定的谋略。

㉝为祟（suì）：即"作祟"，意谓人因眼睛的错觉作怪而令心理产生种种疑惑恐惧。

㉞栗：哆嗦，发抖。

㉟掉：摆动，摇动。

㊱仄（zè）：狭窄，狭小。

㊲心不至目：意谓内心不受所见到的景象影响。

㊳穷裤：一种有前后裆系着固密的裤子。后泛指有裆裤。

㊴猱（náo）：兽名，猿类，身体便捷，善攀缘。

㊵鹞（yào）：猛禽名。通称雀鹰、鹞鹰，似鹰而较小。背灰褐色，腹白带赤，善捕小鸟。

㊶歳廞（xī qīn）：山势高耸险峻。《字汇·广部》作"廞歳"，谓"山相对而危崄"。

㊷虎头：即顾恺之（约345~409），字长康，小字虎头，东晋杰出画家。博学多才，时有"才绝、画绝、痴绝"之称。

㊸仙掌壁：即仙掌崖，位于华山东峰东石楼峰的面东崖壁。经大自然的风剥雨蚀，崖壁上形成一手掌形石纹，高数十米，五指分明，形象生动逼真。因它奇瑰壮观，被列为"关中八景"第一景。

㊹东峰：即朝阳峰，海拔2096.2米，以位于华山之东而得名。东峰由一主三仆四个峰头组成，朝阳台所在的峰头最高，玉女峰在西，石楼峰居东，博台偏南。

㊺道尊：这里当谓太上老君或老子，喻指南峰。南峰顶上有老君洞，最高处的岩石上有"真源"两个大字，此外南峰上还有老子峰、炼丹炉、八卦池，这些景点皆与老子的传说有关。

㊻峙：底本作"持"，并出校云："'持'，翠本作'峙'。"当以"峙"为是，谓耸立。

㊼南峰：即落雁峰，海拔2154.9米，是华山最高主峰，也是五岳最高峰。其南侧是千丈绝壁，直立如削，下临一断层深壑，同三公山、三凤山隔绝，上句言"中断"，本此。

㊽蛇蜒（yán）：谓如蛇行一样随山势攀登。

㊾石叶：明徐弘祖《徐霞客游记·游太华山日记》："复

上西峰。峰上石耸起，有石片覆其上如荷叶。”

(50)西峰：即莲花峰，海拔2082.6米，以位于华山之西而得名。其峰巅有一完整巨石，浑然天成，形状好似莲花瓣，古代文人多称其为莲花峰、芙蓉峰。其西北绝崖千丈，似刀削锯截，具有阳刚挺拔之势。其南崖有山脊与南峰相连，脊长300余米，石色苍黛，形态如同一条屈缩的巨龙，世称屈岭，又名小苍龙岭，是华山著名的险道之一。

(51)危坐：古人以两膝着地，耸起上身为“危坐”，即正身而跪，表示严肃恭敬。

(52)双引其膝：谓将并跪的膝部向两侧分开。这是对华山南峰与东峰、西峰三者相互位置的形象比喻。

(53)璺（wèn）：裂纹。《方言》第六：“器破而未离谓之璺。”

(54)静室：指寺院住房或隐士、居士修行之室。这里指“僻静处”，即贺老石室，因贺老为避喧嚣而开凿又隐于此而得名。特意凿山架木为“长空栈”以通，洞中狭小，开凿粗糙，似未完工，因此又俗称“半截洞”。当年贺老煮饭用的石灶、滴水的石臼，至今犹在。清姚玉翻《华岳志》卷一《名胜》：“贺老避静处，朝元洞之下有贺老石室，室凭深崖，炀灶犹在。长空栈在壁半，广八寸，长数十丈，背空虚，行栈尽得贺老窑，俯临千仞。”贺老，即贺志真（1212~1299），元初道士，名贺元希，号圆明老人，隆德（今属宁夏）人。他是华山朝元洞的创修人，实为华山派的开派宗师。

(55)双锁：两条铁锁链。

(56)铁杙（yì）：谓揳入岩壁的铁桩。杙，木桩。

(57)卫叔卿博台：即棋盘台，位于华山东峰之侧一小峰。据传赵匡胤曾与道家老祖陈抟在此下棋赌输赢，三盘皆负，最终把华山输给了陈抟，并承诺“自古华山不纳粮”。清李榕《华岳志》卷一《名胜·华岳》：“博台，在岳顶东南隅别一孤峰上，遥望有石方平如榻，如棋局。秦昭王令工施钩梯上华山，以松柏之心为博，箭长八尺，棋长八寸，而勒之曰：王与天神博于此。东峰南下有小峰平顶，当岳之半胸，上有铁瓦亭一区，铁棋一枰，为卫叔卿博台，路由悬崖锁直縋十余丈，锁尽，跖崖自度。名鹞子翻身。”卫叔卿，传说中的仙人。汉武帝时，卫叔卿乘云车驾白鹿来见，羽衣星冠颜色如童子，自言本中山人，因以汉武帝失礼，遂忽不见。汉武帝命他儿子往华山寻访他，见他在白玉床上与许多人下棋，有仙童立于后，不能靠近他。事见《神仙传》。

(58)奇崄（xiǎn）：极其危险。

【赏读】

据袁宏道作于万历三十七年（1609）的《场屋后记》，作者以吏部考功司员外郎的身份主持陕西乡试，乡试圆满结束以后，从这一年的九月壬辰至甲午共三天，与兵部武选司主事朱一冯等一同畅游华山。袁宏道随后写有《华山记》《华山后记》《华山别记》三篇小品与十七首览胜华山的七律、七绝诗作。

三篇小品中,《华山别记》属于记事抒情之作,前两篇堪称纯粹的游记。但即此二者也有不同的侧重:《华山记》着重于对登临险境身心感受的描写,甚至为强调华山之险与奇,有意淡化了对诸多景观名称的记述;《华山后记》则将华山景观按其游踪娓娓道来。两篇恰可相互对读,因而本书一同选录。

华山属于花岗岩峰林地貌,岩石节理纵横交错,断层众多,因而险峻异常,在五岳中属于最难攀登的山岭。唐李肇《唐国史补》卷中记述了唐代著名文学家韩愈登华山的一则趣闻:"韩愈好奇,与客登华山绝峰,度不可迈。乃作遗书,发狂恸哭。华阴令百计取之,乃下。"至今在苍龙岭的顶头石壁上,还有一块"韩退之投书处"的石刻,记述了这一莫须有的趣闻。唐人登华山,因当时相关设施的简陋极其不易,当是事实。明人登华山,由于险要处大都由道士等设置了铁锁以及凿有石磴等,登华山或许有了比唐人便利的条件,然而也有"一失足成千古恨"的万分惊险。

袁宏道《千尺㠉至百尺峡》诗有云:"千仞云中缀一丝,势危那免坠枯枝。算来白石清泉死,差胜儿啼女唤时。"看来没有置生死于度外的勇气,登临华山就难以实现!这与华山已设置登山索道的现代,自不可同日而语!

华山后记

从玉泉院①至青柯坪②，东西皆石壁，涧水萦洄③出。逾张超谷④，壁乃峭。至希夷峡⑤，石忽具态⑥，摩云缀日⑦，压叠而上行，大石累累卧涧中，水不得直去，则跃舞飞鸣，与山争奇于一罅之内。至青柯坪，西峰斗绝⑧出，诸山忽若屏息，奇者平，高者俯，若童子之见严师，不知其气之微也。西峰之奇，在水帘洞⑨，远视见窦，下有丹石，瀑布幂⑩之。千尺㠉而上，大奇则大崄，小奇则小崄，寸寸焉如弱夫之挽劲弩⑪。至苍龙岭⑫，千仞一脊，仄仄⑬如蜕龙⑭之骨，四匝⑮峰峦映带⑯，秀不可状。游者至此，如以片板浮颠浪之中，不复谋目⑰矣。然其奇可直⑱一死也。若日月岩⑲前方石，峭壁直上，止崄耳，无他奇也。

逾岭路绝，折身反度，其崄更甚，而不名者，厓不甚修⑳也。过五将军树㉑。度桥至通天门㉒，险乃尽。山自仙人拇㉓始为岳，岳以内若自为天地者。诸星曜㉔平视得人间之半。其地微肤㉕，长松桧㉖，污处㉗齐云台峰[28]顶。云台直北，当入矏时，犹干霄[29]，诸峰之在云台下者，犹矗矗[30]也。南上即落雁峰[31]，千山环之如羽林执戟儿[32]，山皆奇峭，锋锷[33]林林，一锋直背如轮，若与峰争秀。渭水东行，与黄河合，下见树影。东峰即玉女峰[34]也。祠玉女[35]者，乃峰之一臂，所谓洗头盆，亦渴[36]而浅，而东峰有之，圆滑深洁，锡[37]以盘名亦称。西峰最幽奥，石态生动，有石叶如莲瓣，覆崖巅，其下有龟却立[38]，昂首如欲行，盖叶上物也，是即所谓莲花峰[39]矣。玉井[40]在峰足，二十八潭[41]圆转而下，瀑布上流也，恨不于雨后观之。山壁树如错绣[42]，鸟语从隙中来，云无鸟者误。洞少天成[43]，然整洁可居，庐舍亦有，而黄冠[44]不至，岁一至，以馆香客耳。山灵之寂寞无侣可知矣。

【注释】

①玉泉院：位于华山北麓张超谷，院内绿荫蔽天，回廊曲折兼有泉石之胜，据传为五代隐士陈抟所建。院中有清泉一股，与山顶的镇岳宫玉井潜通，甘美清冽，玉泉院即得名于此。清姚玉翱《华岳志》卷一《名胜》："玉泉，在张超谷口，其水色如浆，相传云玉井渗出者，清冽而甘，服之可去沉疴。"

②青柯坪：位于华山谷口内约10千米处，两侧全为天

然石壁，中通小道，上下曲折，飞瀑悬流，洞水萦洄。沿途有王猛台、鱼石、壶公石室、希夷峡等古迹，依次分布于两侧石壁之上。至青柯坪，四周豁然开朗，有东道院与通仙观等建筑，游人至此可以憩息食宿。清姚玉翙《华岳志》卷一《名胜》："青柯坪，在十八盘之上有青柯馆，游者至此，舍舆易装。自希夷峡至青柯坪十里。"

③萦洄：水流回旋貌。

④张超谷：又称谷口，是从北面进入华山的必由之路。

⑤希夷峡：在华山莲花峰下。相传为宋陈抟蜕骨处，抟号希夷先生，峡因以名。

⑥具态：意谓山岩形态各具。

⑦摩云缀日：仰视山岩，仿佛与云相接，与日相连。

⑧斗绝：陡峭峻险。斗，通"陡"。《后汉书·西南夷传·白马氐》："（氐人）居于河池，一名仇池，方百顷，四面斗绝。"

⑨水帘洞：位于华山西峰以北。清李榕《华岳志》卷一《名胜·中污》："在岳北面半腹中。岳有四洞，西曰西元，南曰正阳，东曰昭阳，北曰水帘，一名石仙，深三百里。中有瑶台玉室……洞口上有丹石间青石，似丹青画出仙人之状，冠披衣服，无不周备。高下大小如人形，号曰石仙人。上有瀑布，飞流直下三千丈，列宿潭注西峰水帘洞。盖入莲花之腹而行其肾肠者。"

⑩幂（mì）：覆盖，遮掩。

⑪"寸寸焉"句：意谓对一般人而言，攀登华山实在力所不及以致寸步难行。

⑫苍龙岭：古称搦岭，又名夹峡，位于华山腰。

⑬仄（zè）仄：狭窄。

⑭蜕（tuì）龙：谓龙死去后所剩下的骸骨。

⑮四匝：四周。

⑯映带：景物互相衬托。晋王羲之《兰亭集序》："又有清流激湍，映带左右。"

⑰谋目：意谓专注观看。

⑱直：值得。宋吴曾《能改斋漫录·议论》："东坡在资善堂中，盛称河豚之美。李原明问其味如何？答曰：'直那一死。'"

⑲日月岩：即日月崖。在上天梯之上，梯尽北折，一岩矗立，四周无依，岩上有两个圆形石纹，与日月相似，故此得名。明王士性《五岳游草》卷一《华游记》："崖头一洞，雷击其半欲堕，洞门红白二圈，名日月崖。"

⑳修：高。

㉑五将军树：华山五棵怪松名，故址位于苍龙岭附近的八公龛。清姚玉翻《华岳志》卷一《名胜》："（八公龛）多奇松，松最古者曰将军树，树三人围，荣四而瘁一，南一松尤伟。"

㉒通天门：位于苍龙岭附近。清姚玉翻《华岳志》卷一《名胜》："有巨石若斧斤所开者，单人桥也。桥有脊而削，

中砥，曰通天门。"

㉓仙人拇：位于华山通天门以上的一处景观。

㉔星曜：泛指日月星辰。

㉕微肤：谓有少量的土壤。

㉖桧（guì）：木名。柏科，常绿乔木。茎直立，幼树的叶子像针，大树的叶子像鳞片。木材桃红色，有香味，细致坚实。也叫"圆柏"。

㉗污处：即"中污"，低洼处。这里当指华山三峰口，即东峰、南峰、西峰的交会地带。

㉘云台峰：即北峰，海拔1614米，为华山主峰之一，因位置居北得名。相较于南峰、东峰、西峰、中锋，海拔最低。清姚玉翱《华岳志》卷一《名胜》："自犁沟行四里许至云台峰。两峰峥嵘，四面悬绝，上冠景云，下通地脉，嶷然独秀，有若云台。"

㉙干霄：高入云霄。

㉚矗（chù）矗：高峻貌。

㉛落雁峰：即南峰。

㉜羽林执戟儿：古代禁卫军士兵。汉武帝时选陇西、天水、安定、北地、上郡、西河等六郡良家子宿卫建章宫，称建章营骑，后改名羽林骑，取为国羽翼，如林之盛之意。明代亲军有羽林卫。执戟儿，秦汉时的宫廷侍卫官，因值勤时手持戟，故名。

㉝锋锷：形容华山诸山峰如同剑锋和刀刃一般指向

青天。

㉞东峰即玉女峰：作者这一表述似不准确。华山东峰有三峰，其主峰为朝阳峰，玉女峰与石楼峰分列其左右。清姚玉翙《华岳志》卷一《名胜》："东峰，朝阳峰也。东峰冈石斜削，可数十丈，凿石迹，手援以上。东峰有三，玉女在左，石楼在右。"玉女峰后提升到华山中峰的位置，与东、南、西、北四峰并列。

㉟玉女：谓玉女祠，又称明星玉女祠，位于华山玉女峰（今称中峰）山顶，亦名中峰大殿。相传春秋时代有一善吹玉箫的隐士萧史，以箫声引动了秦穆公的女儿弄玉，她抛弃了宫廷生活，与其一同来到此处隐居修炼，后均得道成仙。后人于此修建祠宇，以供祀其像。祠内原奉玉女石像一尊，现供玉女之像为近世所塑立。祠旁有"玉女洗头盆""玉女梳妆台""无根树""引凤亭"等名胜古迹。

㊱渴（jié）：水干涸；尽。

㊲锡：赐予。

㊳却立：后退站立。

㊴莲花峰：即西峰。

㊵玉井：位于莲花峰、落雁峰与玉女峰间谷地的镇岳宫前。清姚玉翙《华岳志》卷一《名胜》："玉井，在莲花峰旁。深可十丈，圆径半之。"

㊶二十八潭：即二十八宿（xiù）潭，在华山镇岳宫前玉井东北不远处。《陕西通志》卷八："二十八宿潭，在玉井

旁。峰之下有石,洼如臼,凡二十有八,上应列宿,自北而南如贯珠,自崖端挂下,山腹水帘洞泄之。"

㊷错绣:色彩错杂的锦绣。

㊸天成:不假人工,自然而成。

㊹黄冠:道士之冠。这里借指道士。

【赏读】

明代的"游圣"徐霞客曾由远及近地记述华山之奇观:"未入关,百里外即见太华屼出云表;及入关,反为冈陇所蔽。行二十里,忽仰见芙蓉片片,已直造其下,不特三峰秀绝,而东西拥攒诸峰,俱片削层悬。"(《徐霞客游记·游太华山日记》)

徐霞客写景状物的宏观把握较为准确传神,显现出一位杰出旅行家的素质;袁宏道则多以文人的细腻描绘景物,情景双绘,耐人寻味。如这一段书写:"千尺㠉而上,大奇则大崄,小奇则小崄,寸寸焉如弱夫之挽劲弩。至苍龙岭,千仞一脊,仄仄如蜕龙之骨,四匝峰峦映带,秀不可状。游者至此,如以片板浮颠浪之中,不复谋目矣。"笔墨灵动,写照传神,极尽丹青妙手之能事,读者如身临其境,感同身受,于目不暇接中欣赏大自然的鬼斧神工,久久难忘!非融神于天地造化者,难以道其万一!

明代李攀龙年长袁宏道五十余岁,也写有《太华山记》一文,若对照来读,就可发现李作多平铺直叙之笔,比较两者文风,明代复古派不如性灵中人活泼生动,可见一斑。

嵩①游第一

度缑岭②,越轘辕关③,西北折入山坳,则少林寺④也。少室⑤截然横其前,诸山怀之,天然回合,如有尺度。京洛⑥之间,古迹废尽,独此寺犹存典型⑦。日者⑧过东都⑨,觅故宫遗址,了不⑩可识,询李文叔⑪所记名园亦无有。而伊阙⑫两崖,废像残碣,崩剥苔芜间,令人堕泪。此中差强人意,不复为此寂寂叹矣。樗道人⑬曰:"今好事家所贵者,曰古,曰完,曰款识。山狩于虞⑭,古也;雾窗云寮,飞布崖壑⑮,完也;隋唐以来,碑碣森列⑯庭中,款识也。"堂头僧⑰曰:"道人欲置兹山于贯城市⑱耶?请以一转语⑲酬价矣。"道人曰:"有大力者负之而趋⑳。"余大笑。堂头僧者,曹洞㉑下儿孙㉒主斯院者也。从院东西穿,诘曲㉓磴道中,过甘露台㉔,有古树,根如攲石㉕,虚处如梁。已出寺,西折行,观初祖影石㉖,石白地墨绘,酷似应真㉗像。老僧曰:"涧中自有此石,能为水树云影。"余曰:"然,石以影重。达摩之重,不以影,不以石，不以面壁。此中不须蛇足㉘也。"已从庵后出，行三十余盘，得初祖洞㉙，洞中石如波卷，不尽五乳峰㉚者数丈。已下山，度南岭十余里，得慧可觅心台㉛。台形如盂，倚翠壁，下临伊、洛㉜、黄河，苍莽行绿烟中。已归院，遍历轩除㉝庑庌㉞，休于丈室㉟。顾樗道人语曰："是中有余衣屦㊱迹焉。云树烟峦，若旧识者，余梦游兹山久矣。"晓起出门，童白分棚立㊲，乞观手搏㊳，主者曰："山中故事㊴也。"试之，多绝技。欲登少室，无所得路，乃止。

少室奇秀，迫视不可见，远乃行修武㊵道者，望若古钟，仰出诸山上。从汝㊶来者，唯见千叶芙蓉，与天俱翠，摇曳云表而已。山四匝皆壁，群山翳㊷其外，迫之乃不见巅而见翳，游人多不惬㊸。夫豪杰之偶㊹于众也，凡才得肩而蔽之，及时地既远，肩蔽者与腐草俱尽，而天下始望之若飞仙㊺，获其只字以为至宝，士患不特达㊻耳。余数年前走南阳㊼道，见远翠干霄㊽。士人曰："九鼎莲花寨㊾也。"了不知所谓，及过崿岭㊿，忽有举此名者，始知所见在五百里外也。少室之秀特可知矣。

【注释】

①嵩：即嵩山，属于伏牛山脉的一支，其主体位于今河

南登封西北，东西绵延60余千米。古代有所谓"外方""嵩高""崇山"等别称，在五岳中因地处中原，故称中岳。其峰有三：东为太室山，中为峻极山，西为少室山。《诗经·大雅·嵩高》有"嵩高维岳，峻极于天"之誉，就是赞美嵩山的诗句。这里有汉代嵩山三阙（太室阙、少室阙、启母阙），北魏嵩岳寺塔、少林寺、嵩阳书院等名胜古迹，驰名中外。

②缑（gōu）岭：山名，即缑氏山。位于今河南洛阳偃师区。

③镮（huán）辕关：位于镮辕山山麓，在五乳峰之东、今河南洛阳偃师区南缑氏山东南，山势陡峭，道路崎岖。传为夏禹治水时所凿，历来为军事要塞。

④少林寺：位于嵩山少室山北麓的五乳峰下，建于北魏太和十九年（495）。孝昌三年（527）印度僧人菩提达摩在此首创禅宗，故历史上称达摩为初祖，称少林寺为祖庭。

⑤少室：即少室山，位于今河南登封西北，为嵩山之西部。其最高峰即连天峰。

⑥京洛：洛阳的别称。因东周、东汉均建都于此，故名。

⑦典型：亦作"典刑"。谓旧法、常规。语出《诗经·大雅·荡》："虽无老成人，尚有典刑。"汉郑玄笺："犹有常事故法可案用也。"

⑧日者：往日，从前。

⑨东都:东汉与隋、唐皆以洛阳为东都(相对于长安而言)。这里亦借用前人称谓。

⑩了不:绝不,全不。

⑪李文叔:即李格非(1042?~1102?),字文叔,宋济南章丘(今属山东)人,女词人李清照之父。工辞章,著有《洛阳名园记》一卷,记录洛中园囿,自富弼以下凡十九所。

⑫伊阙:一名龙门,位于今河南洛阳南,即春秋之阙塞。青山对峙,形如门阙,伊水经其间,从南往北流,故称伊阙。

⑬樗(chū)道人:法名樗的僧人。曾陪同袁宏道登临华山,袁宏道有七律《华顶示同游樗道人》,《华山别记》中樗道人曾为袁宏道朗诵《金刚六如》偈。

⑭山狩于虞:意谓用《诗经》《尚书》《左传》等古代典籍常用的文字撰文,以显示其词古奥,实则难以索解。狩,打猎,亦特指古代君主冬猎。虞,古代掌管山林川泽之官。

⑮"雾窗云寮"二句:意谓为追求语意完备而撰文用语重复累赘,反而令人不知所云。寮,窗。《文选·张衡〈西京赋〉》:"何工巧之瑰玮,交绮豁以疏寮。"唐李善注:"交结绮文,豁然穿以为寮也。"

⑯森列:纷然罗列。在嵩山中岳庙中宋、元、明碑刻有百余通。

⑰堂头僧:即堂头和尚,谓僧寺住持。这里当指无言和

尚，袁宏道游少林寺有《话无言上人方丈》五律一首。

⑱贯城市：明代京师的城隍庙市场，因在刑部衙署（故址在今北京西单以西的民族饭店一带）以西，故称。贯城，刑部的别称，因贯索星主刑狱，故名。

⑲转语：佛教语，禅宗谓拨转心机，使之恍然大悟的机锋话语。或参禅参到进退维谷处，请人代下一语，以为拨转，而得转身自在，乃至于转迷开悟。如云门三转语、赵州三转语等。

⑳"有大力者"句：意谓不通过买卖交易而乘夜色窃夺而去，属于调侃语。语出《庄子·大宗师》："夫藏舟于壑，藏山于泽，谓之固矣。然而夜半有力者负之而走，昧者不知也。"

㉑曹洞：即曹洞宗，佛教禅宗五家之一。唐禅宗六祖慧能传弟子行思，行思传希迁，希迁传药山，药山传云岩，云岩传良价。良价住瑞州洞山，作《宝镜三昧歌》，传本寂，住抚州曹山，故称曹洞宗。

㉒儿孙：少林寺不属于僧众公有的十方丛林庙，而是典型的子孙丛林庙，寺庙财产属于曹洞宗僧团所有，住持职位也是代际世袭制的师徒指定相承。

㉓诘（jié）曲：屈曲。这里用作动词。

㉔甘露台：位于少林寺西，又称西台。据说跋陀在此翻译佛经，天降甘露，故名。

㉕攲（qī）石：倾斜的石头。

㉖初祖影石：即达摩影石。达摩面壁所留之影石。据今人研究，影石当属于石英砂岩，与原达摩洞中石灰岩壁石并非同类。原石已经毁于1928年大火，今存者乃用河石所复制。明王士性《五岳游草》卷一《嵩游记》："庵后一小亭，为达摩面壁影石，顽高可三尺，隐隐一僧坐石中。"初祖，即达摩，菩提达摩的省称，为天竺高僧，本名菩提多罗。于南朝梁普通元年（520）入中国，梁武帝迎至建康（今南京）。后渡江往北魏，止嵩山少林寺，面壁九年而化。传法于慧可。后世尊达摩为中华禅宗初祖。

㉗应（yìng）真：佛教语，罗汉的意译。意谓得真道的人。

㉘蛇足：即"画蛇添足"的省略，比喻多余无用的事物。

㉙初祖洞：位于初祖庵后五乳峰麓，其半山腰有一自然山洞，据说就是达摩当年面壁九年之所。洞前立有明万历三十二年（1604）的单孔双柱石坊一座，南额题刻"默玄处"三字，北额题刻"东来肇迹"四字。

㉚五乳峰：位于少室山北麓，五座山峰突起，东西方向排列，形如五乳，故名。明王士性《五岳游草》卷一《嵩游记》："相携登五乳峰，盖山形为飞凤，又若五乳然者。"

㉛慧可觅心台：即炼魔台，又名觅心台，位于嵩山少林寺西南钵盂峰上二祖庵以南里许，为二祖经行（佛教语，谓旋绕往返或径直来回于一定之地。佛教徒作此行动，为防坐

禅而欲睡眠，或为养身疗病，或表示敬意）处。慧可，禅宗二祖禅师，俗名姬光。北魏虎牢（在今河南荥阳）人。他求道于初祖达摩，不得，乃在雪中以利刀断左臂，示其坚固不动之志，遂得传衣钵。后世遂称其为断臂慧可。传说他曾在此养伤，其徒众故建庵以为纪念。

㉜伊、洛：伊即伊水，洛水支流。源出河南栾川伏牛山北麓，南入洛水。洛即洛水，一作雒水，即今河南洛河，黄河支流。

㉝轩除：谓寺院房室。

㉞庖湢（bì）：厨房与浴室。

㉟丈室：即方丈，谓僧尼长老、住持的居室。

㊱屦（jù）：鞋。袁宏道《偕朱非二入少林至初祖洞》五律有云："宿世同来否？青山记梦登。"

㊲分棚立：分组而立。

㊳手搏：徒手搏斗。

㊴故事：先例，旧的传统。

㊵修武：即修武县，明属怀庆府，今属河南焦作。位于嵩山以北偏东。

㊶汝：明汝州治所临汝，即今河南汝州。位于嵩山西南，与登封接壤。

㊷翳（yì）：遮蔽，隐藏。

㊸不惬（qiè）：不称心，不满足。

㊹偶：谓与人共处。

㊺飞仙：会飞的仙人。比喻超凡脱俗。

㊻特达：特出，突出。

㊼南阳：明代南阳府，治所南阳县（今河南南阳），位于嵩山以南。

㊽干霄：高入云霄。

㊾九鼎莲花寨：从南方远眺嵩山少室诸峰所形成的印象，如同朵朵盛开的莲花聚集在一起。九鼎，相传夏禹铸九鼎，象征九州，夏、商、周三代奉为象征国家政权的传国之宝。

㊿崿（è）岭：即崿岭坂，又称箕山，位于今河南登封东南三十里处。

【赏读】

袁宏道畅游嵩山，一共写有五篇游记小品，分别以"第一""第二"为序，这是第一篇，明显有总领之意。

嵩山被地学家誉为内容丰富的地质博物馆，岩浆岩、变质岩和沉积岩三种岩石样貌齐全，分别是太古宙、远古宙、古生代、中生代和新生代不同地质阶段的产物，而以属于变质岩的石英岩岩层为主。所谓"五世同堂"地质构造，决定了嵩山有别于五岳中其他四岳的独特风貌。

袁宏道游嵩山写有七古以及五、七律与五、七绝诗十六首，七绝《望嵩少》有云："客程行尽太行山，又见嵩高紫翠间。料得有人山上笑,红尘如海没朱颜。"近看不如远眺,距离产生美,人际关系如是,山川审美有时也遵循这一规律。"从汝来者,唯见千叶芙蓉,与天俱翠,摇曳云表而已。"这是从嵩山西南眺望中岳所见。"余数年前走南阳道,见远翠干霄。士人曰:'九鼎莲花寨也。'"这是从嵩山正南远望中岳所见。徐霞客对于嵩山也有类似描绘。《徐霞客游记·游嵩山日记》:"少室横峙于前,仰不能见顶,游者如面墙而立,辄谓少室以远胜。"王士性《五岳游草》卷一《嵩游记》:"山亘数百里,大都皆岩石。苍翠相间,峭壁环崖而立,如芙蓉城列抱于上。太室其大者,少室钵盂、子晋诸峰皆然。而三十六峰则嶘嶘如吐蕊,远望之共成一山也。"极力渲染嵩岳远景之美,可见英雄所见略同!

更难能可贵的是,袁宏道触景生情,将空间的距离美转化为对历时性的距离思考:"夫豪杰之偶于众也,凡才得肩而蔽之,及时地既远,肩蔽者与腐草俱尽,而天下始望之若飞仙,获其只字以为至宝,士患不特达耳。"画龙点睛,神采毕现!明代性灵文人以灵动的笔触纵横捭阖,天趣自足,耐人寻味!

游苏门山①百泉②记

举世皆以为无益,而吾惑之,至捐性命以殉,是之谓溺。溺者,通人③所戒,然亦通人所蔽④也。溺于酒者,至于荷锸⑤;溺于书者,至于伐冢⑥;溺于禅者,至于断臂⑦。溺山水者亦然,苏门之登,至于废起居言笑⑧。以常情律之,则为至怪;以通人观之,则亦人情也。夫此以无妻子为怪,彼亦以远山水⑨为怪。各据其有,则递为富⑩,彼此易位,抑更相苦矣。嗣宗语意微涉牵率,栖神导气,在山水间为俗谈,置之勿答是已。及划然长啸,林谷传响,真意所到,先生曷尝废酬应哉!唯世无发其籁者,故不鸣也⑪。曰:"子何以知其溺?"曰:"以百泉知之。"

百泉盖水之尤物也。吾照其幽绿,目夺焉。日晃晃而烁也,雨霏霏而细也,草摇摇而碧也,吾神酣焉。吾于声色非能忘情⑫者,当其与泉相值,吾嗜好忽尽,人间妖韶⑬,不能易吾一盼也。嗜酒者不可与见桑落⑭也,嗜色者不可与见嫱⑮、施⑯也,嗜山水者不可与见神区奥宅⑰也。宋之康节⑱，盖异世而同感者，虽风规⑲稍异，其于弃人间事，以山水为殉，一也。或曰："投之水不怒，出而更笑，毋乃非情？"⑳曰："有大溺者，必有大忍，今之溺富贵者，汩没尘沙㉑，受人间摧折，有甚于水者也。抑之而更拜，唾之而更谀㉒，其逆情反性，有甚于笑者也㉓。故曰忍者所以全其溺也。"曰："子之于山水也，何以不溺？"曰："余所谓知之而不能嗜，嗜之而不能极者也。余庸人也。"

【注释】

①苏门山：太行山支脉，又名苏岭，在今河南辉县市西北。《明一统志》卷二八："苏门山，在辉县西北七里，一名百门山。"

②百泉：又名百门泉，在苏门山南麓，以泉眼众多，故称。《河南通志》卷一二："百泉，在辉县西五里苏门山下，又名珍珠泉。其泉百余，喷涌如珠，东流为卫河之源。"

③通人：学识渊博通达之人。汉王充《论衡·超奇》："博览古今者为通人。"

④蔽：谓逃避之所。

⑤荷锸（chā）：扛着锹。《晋书·刘伶传》："刘伶，字伯伦，沛国人也。身长六尺，容貌甚陋。放情肆志，常以细宇宙齐万物为心。澹默少言，不妄交游，与阮籍、嵇康相遇，欣然神解，携手入林。初不以家产有无介意。常乘鹿

车,携一壶酒,使人荷锸而随之,谓曰:'死便埋我。'其遗形骸如此。"

⑥伐冢:发掘坟墓。《晋书·束皙传》:"太康二年,汲郡人不准盗发魏襄王墓,或言安釐王冢,得竹书数十车。"

⑦断臂:谓禅宗二祖慧可断臂以示求法决心的故事。《景德传灯录》等佛典载,慧可未得法前,初名神光,于正光元年(520)十二月九日访嵩山少林寺菩提达摩,恳请师事求法,然达摩始终端坐面墙,未曾与之言谈诲励,神光遂终宵立于雪中,至天明,达摩仍未许入室,神光乃自断左臂,以示求道之决心,终蒙达摩接化。

⑧"苏门之登"二句:谓曾隐居于苏门山的隐士孙登的故事。《晋书·孙登传》:"孙登,字公和,汲郡共人也。无家属,于郡北山为土窟居之,夏则编草为裳,冬则被发自覆。好读《易》,抚一弦琴,见者皆亲乐之。性无恚怒,人或投诸水中,欲观其怒,登既出,便大笑。时时游人间,所经家或设衣食者,一无所辞,去皆舍弃。尝住宜阳山,有作炭人见之,知非常人,与语,登亦不应。文帝闻之,使阮籍往观,既见,与语,亦不应。嵇康又从之游三年,问其所图,终不答,康每叹息。"

⑨远山水:即不喜好游山玩水。

⑩递为富:意谓逐渐实现各自的价值取向。

⑪"嗣宗"数句:语本《晋书·阮籍传》:"籍尝于苏门山遇孙登,与商略终古及栖神导气之术,登皆不应,籍因

长啸而退。至半岭，闻有声若鸾凤之音，响乎岩谷，乃登之啸也。遂归著《大人先生传》。"嗣宗，即阮籍（210~263），字嗣宗。牵率，草率。栖神导气，凝神专一，摄气运息，为道家保其根本、培养元神之术，类似于气功导引。真意，自然的意趣。晋陶渊明《饮酒》："此中有真意，欲辨已忘言。"籁，自然的声响，此指如鸾凤之音的鸣啸。

⑫忘情：谓无喜怒哀乐之情。《晋书·王衍传》："衍曰：'圣人忘情，最下不及于情。然则情之所钟，正在我辈。'"

⑬妖韶：妖娆美好，这里谓美色。

⑭桑落：即桑落酒，古代美酒名。北魏郦道元《水经注·河水四》："民有姓刘名堕者，宿擅工酿，采挹河流，酝成芳酎，悬食同枯枝之年，排于桑落之辰，故酒得其名矣。"

⑮嫱：毛嫱，古代美女名。《庄子·齐物论》："毛嫱、丽姬，人之所美也。"唐成玄英疏："毛嫱，越王嬖妾；丽姬，晋国之宠嫔。此二人者，姝妍冠世。"

⑯施：即西施，中国古代四大美女之一。

⑰神区奥宅：神奇深幽的地方。

⑱宋之康节：即邵雍（1011~1077），字尧夫，自号安乐先生，谥康节，世称康节先生。少随父徙卫州共城（今河南辉县），居于苏门山，名其居为"安乐窝"，刻苦为学，后迁居洛阳天津桥南，仍用此名居室。曾作《无名公传》："所寝之室谓之安乐窝，不求过美，惟求冬暖夏凉。"喜游不仕，

与司马光、富弼、吕公著等过从甚密。

⑲风规：风度品格。

⑳"或曰"数句：谓孙登事。《晋书·孙登传》："性无恚怒。人或投诸水中，欲观其怒。登既出，便大笑。"毋乃非情，岂非不合情理？

㉑汩（gǔ）没尘沙：谓沉溺于尘世中的享乐生活。

㉒"抑之"二句：意谓为保有富贵，不惜屈辱地谄事上位者。

㉓"其逆情"二句：其违反本性常情的程度超过了孙登。

【赏读】

这篇游记作于万历三十七年（1609）十月十五日以后，袁宏道《场屋后记》："壬戌，次辉县，晚登苏门山听泉。癸亥，登啸台，题名于碑之阴，泛舟百泉。"

或许因时已届冬日，作者于苏门山景致，似乎不愿多着笔墨，而是议论风生，从一"溺"字入手，析薪破理，古镜照神，大讲"以山水为殉"的妙处，体现了其性灵说的一个侧面，令这篇游记别开生面，耐人寻味。袁宏道有《望苏门山是日大风沙》一诗，内云："此地旱三月，禾黍如焦艾。夭乔各偃蹇，青山了无态。"《场屋后记》则云："辛酉，大风扬沙，体中小恶，留一日。"显然诗为登苏门山之前一日所写，钱伯城《袁宏道集笺校》谓此诗为袁宏道"赴陕途中作",或许考证偶疏。

袁宏道另有《登苏门山泛舟百泉》五律二首,其二首联即云"一叶寒塘上,孤云信所如",则冬日景况,实难妙笔生花,作者苦衷可知。袁宏道曾致函其妻舅李元善,大讲"人情必有所寄"的问题:"每见无寄之人,终日忙忙,如有所失,无事而忧,对景不乐,即自家亦不知是何缘故,这便是一座活地狱,更说甚么铁山铜柱、刀山剑树也。"山水之溺,可视为人之情有所寄的一种表现,且属于积极的表现,这与李贽的"过活物件"说不谋而合。李贽《答周有山》云:"各人各自有过活物件,以酒为乐者,以酒为生,如某是也。以色为乐者,以色为命,如某是也。至如种种,或以博弈,或以妻子,或以功业,或以文章,或以富贵,随其一件,皆可度日。"明乎此,再读袁宏道这篇游记,李贽的某些思想与公安派性灵说的密切关系,就宛然可见了。

卷三 叙跋赠序

大都独抒性灵,不拘格套,非从自己胸臆流出,不肯下笔。

诸大家时文①序

今代以文取士,谓之举业②,士虽借以取世资③,弗贵也,厌其时也④。夫以后视今,今犹古也,以文取士,文犹诗也⑤。后千百年,安知不瞿、唐而卢、骆之⑥,顾奚必古文词而后不朽哉?且所谓古文者,至今日而敝极矣。何也?优于汉⑦谓之文,不文矣;奴于唐谓之诗,不诗矣。取宋、元诸公之余沫⑧而润色之,谓之词曲诸家,不词曲诸家矣。大约愈古愈近,愈似愈赝⑨,天地间真文澌灭⑩殆尽。独博士家言⑪,犹有可取。其体无沿袭,其词必极于才之所至,其调年变而月不同,手眼⑫各出,机轴⑬亦异,二百年来⑭,上之所以取士,与士子之伸其独往者,仅有此文!而卑今之士,反以为文不类古,至摈斥之,不见齿⑮于词林。嗟夫,彼不知有时也,安知有文!

夫沈⑯之画,祝⑰之字,今也;然有伪为吴兴之笔⑱,永和之书⑲者,不敢与之论高下矣。宣之陶⑳,方之金㉑,今也;然有伪为古钟鼎及哥㉒、柴㉓等窑者,不得与之论轻重矣。何则？贵其真也。今之所谓可传者，大抵皆假古董㉔、赝法帖㉕类也。彼圣人贤者㉖，理虽近腐，而意则常新；词虽近卑，而调则无前。以彼较此，孰传而孰不可传也哉？

【注释】

①时文：与古文相对而言，即八股文，或称八比文、四书文、时艺、制义、制艺等，为明代科举考试的功令文字。《明史·选举二》："科目者，沿唐、宋之旧，而稍变其试士之法，专取'四子书'及《易》《书》《诗》《春秋》《礼记》五经命题试士。盖太祖与刘基所定。其文略仿宋经义，然代古人语气为之，体用排偶，谓之八股，通谓之制义。"清戴名世《宋嵩南制义序》："制义者，与时为推移，故曰时文。时之所趋，遂成风气，而士子之奉以为楷模者胥会于一。然而老有所止，情有所厌，思有所穷，运有所转，于是乎数十年而变，或数年而变，或变而盛，或变而衰，往往相为倚伏。"

②举业：为应科举考试而准备的学业，明清专指八股文。清戴名世《吴七云制义序》："欲天下之平必自废举业之文始。"

③世资：为世所用。汉扬雄《解嘲》："是故邹衍以颉颃而取世资，孟轲虽连蹇，犹为万乘师。"

④厌其时也：厌恶它是应付一时的考试文体。

⑤"以文"二句：谓现在用八股文取士，与唐代以诗取士相同。

⑥"安知"句：怎知后世人不将今天工八股制义的瞿景淳与唐顺之，等同于唐代的杰出诗人卢照邻与骆宾王呢。瞿，即瞿景淳（1507~1569），字师道，号昆湖，常熟（今属江苏）人。嘉靖二十三年（1544）进士，历官礼部左侍郎。唐，即唐顺之（1507~1560），字应德，一字义修，学者称荆川先生，武进（今江苏常州）人。嘉靖八年（1529）进士，历官右佥都御史。擅古文，为唐宋派代表人物。瞿、唐二人皆以工八股文有名于时。卢，即卢照邻（约637~约686，或谓635~689），唐代著名诗人，"初唐四杰"之一，擅长七言歌行，有《卢照邻集》。骆，即骆宾王（约638~684），唐代著名诗人，"初唐四杰"之一，擅长七言歌行，有《骆临海集》。唐杜甫《戏为六绝句》之二："杨王卢骆当时体，轻薄为文哂未休。尔曹身与名俱灭，不废江河万古流。"

⑦优于汉：谓模仿汉代文章。优，优人，古代以乐舞、戏谑、模仿为业的艺人，这里用作动词。

⑧余沫：即"余唾"，谓别人说过的话。

⑨"大约"二句：讽刺复古派的作品。愈貌似古人者，就愈是近人所作；愈像古人口吻者，就愈是假古董。

⑩澌灭：消亡，消失。

⑪博士家言：汉代博士所教授的学生称博士弟子，明清

即以"博士弟子员"称进学的生员(秀才)。这里即谓生员从事科举必须学习的八股文章。

⑫手眼:比喻本领才识。

⑬机轴:比喻诗文的构思、词采、风格等。袁宏道尺牍《管东溟》:"若教定方,则历代圣贤,各具一手眼,各出一机轴,而皆能垂手为人。"

⑭二百年来:此粗略谓明代科举取士,即从朱元璋洪武间(1368~1398)算起,至写此文时明神宗万历二十四年(1596),大约二百年。

⑮不见齿:即"不齿",不与同列,不收录。表示鄙视。

⑯沈:即沈周(1427~1509),字启南,号石田,晚号白石翁,长洲(今江苏苏州)人。年少聪慧,既长,隐居不仕。《明史》有传,谓其"工于画,评者谓为明世第一"。

⑰祝:即祝允明(1461~1527),字希哲,号枝山,长洲(今江苏苏州)人。《明史》有传,云:"允明生而枝指,故自号枝山,又号枝指生。五岁作径尺字,九岁能诗,稍长,博览群集,文章有奇气,当筵疾书,思若涌泉。尤工书法,名动海内。"

⑱吴兴之笔:即赵孟頫之作品。赵孟頫(1254~1322),字子昂,湖州(今属浙江)人。其书取法钟繇、李邕等,篆、隶、真、草各臻神妙。其书画皆佳,擅画山水、花石、竹木、人马。

⑲永和之书:谓晋代大书法家王羲之(303~361)所书

《兰亭集序》，其首有"永和九年"四字，故称。

㉔宣之陶：谓明宣宗宣德间（1426～1435）景德镇官窑所烧制的瓷器，以青花、釉里红与青花五彩最为著名。

㉑方之金："方"似为治金有名工匠姓。钱伯城《袁宏道集笺校》云："案明中叶治金有名者，据王世贞《觚不觚录》有吕爱山，歙人。治金银有名者，据张岱《陶庵梦忆》，有朱碧山，吴人。此云'方金'，待考。"

㉒哥：谓哥窑瓷器。哥窑为宋代瓷窑名，窑址在今浙江龙泉以南七十里华琉山下。北宋处州龙泉县旧有龙泉窑，南宋章生一、章生二兄弟在此制瓷，各主一窑，生一所烧瓷即名哥窑，其瓷薄胎铁骨，以青为主，釉面有鱼子纹、百圾碎等碎纹，异常珍贵。

㉓柴：谓柴窑瓷器。柴窑为古代著名瓷窑，故址在今河南郑州一带，传为五代时周世宗柴荣指令建造，故称。所烧瓷器有"青如天，明如镜，薄如纸，声如磬"的美誉。

㉔古董：珍贵罕见的古物。

㉕法帖（tiè）：名家书法的范本。

㉖圣人贤者：儒家专指孔子为圣人，其他有德有才能者，如孟子等为贤者。八股文要求"代圣人立言"，破题、承题之后，一般要"入口气"，即代表古代圣贤说话，常以"若曰""意谓"等领起，八股之后至"大结"再"清口气"，回到应试人的口吻。清陆陇其云："八股之体，中间皆代圣贤口气，而前之破、承，后之大结，则作文者自己口气。"这里

即谓八股文中的代圣贤立言的内容。

【赏读】

钱伯城《袁宏道集笺校》云:"万历二十四年丙申(1596)在吴县作。此乃宏道借八股文之'时',对拟古派之攻击。"甚是。

明代"前七子"李梦阳等倡导"文必秦汉,诗必盛唐",拟古风气弥漫于朝野。袁宏道以时文反对拟古风气,无非是打鬼借助钟馗,且借题发挥,用"与时俱新"抨击"泥古不化"。这种斗争方式在李贽的《童心说》中也有反映:"诗何必古选,文何必先秦。降而为六朝,变而为近体,又变而为传奇,变而为院本,为杂剧,为《西厢曲》,为《水浒传》,为今之举子业,皆古今至文,不可得而时势先后论也。"

袁宏道另有一篇《时文叙》,撰写于此后三年,内云:"举业之用,在乎得隽。不时则不隽,不穷新而极变,则不时。是故虽三令五督,而文之趋不可止也,时为之也。"也从一"时"字立论,可见其一以贯之的趋新求变的思想。

明代,写古文的好手也往往是写八股文的大家,如归有光以及唐宋派的唐顺之等皆是。以古文为时文,以时文为古文,在明中期以后几成文人共识,明茅坤《复王进士书》即云:"举子业,今文也;然苟得其至,即谓之古文亦可也。"清代桐城派更将此理论发展到极致。今天,八股文早成陈词滥调的代名词,僵化死板,禁锢思想,几乎一无是处;明清人对八股文持批评态度者不乏其人,但钻研其写作技巧,以求文章出奇制胜得一第之荣者也大有人在。袁宏道以及前、后"七子"拟古派中人,大多属于凭借八股文掇青拾紫者,以之为利器攻击这些人的拟古主张,自然而然处于无可辩驳的强势地位。清人焦循《易余籥录》卷一五甚至将明代八股文视为堪与唐律诗、宋词、元曲并列的"一代之所胜"的文体。读这篇《诸大家时文序》,了解古人这一心态是必要的,否则就会疑窦丛生或郢书燕说,不得要领。

冬烘学究一辈子只钻研八股,大多不能科场得意,正如作者之兄袁宗道《送夹山母舅之任太原序》一文所批评的"号诗文为'外作'""至于佛、老诸经,则共目为妖书"的乡间耆宿,其实这些人并没有真正掌握八股文的写作技巧,当属于被八股文所戕害一辈子的读书人。

叙小修诗

弟小修诗,散逸者多矣,存者仅此耳。余惧其复逸也,故刻之。弟少也慧,十岁余即著《黄山》《雪》二赋,几①五千余言,虽不大佳,然刻画钉饾②,傅③以相如④、太冲⑤之法,视今之文士矜重以垂不朽者,无以异也。然弟自厌薄之,弃去。顾独喜读老子、庄周、列御寇⑥诸家言,皆自作注疏,多言外趣⑦,旁及西方之书⑧,教外之语⑨,备极研究。既长,胆量愈廓,识见愈朗,的然⑩以豪杰自命,而欲与一世之豪杰为友。其视妻子之相聚,如鹿豕之与群⑪而不相属⑫也;其视乡里小儿,如牛马之尾行而不可与一日居也。泛舟西陵⑬,走马塞上,穷览燕赵、齐鲁、吴越之地,足迹所至,几半天下,而诗文亦因之以日进。大都独抒性灵⑭,不拘格套⑮,非从自己胸臆流出⑯,不肯下笔。有时情与境会,顷刻千言,如水东注,令人夺魄。其间有佳处,亦有疵处,佳处自不必言,即疵处亦多本色⑰独造语。然予则极喜其疵处。而所谓佳者,尚不能不以粉饰蹈袭[18]为恨，以为未能尽脱近代文人气习故也。

盖诗文至近代而卑极矣，文则必欲准于秦、汉，诗则必欲准于盛唐[19]，剿袭模拟，影响步趋[20]，见人有一语不相肖者，则共指以为野狐外道[21]。曾不知文准秦、汉矣，秦、汉人曷尝字字学六经欤？诗准盛唐矣，盛唐人曷尝字字学汉、魏欤？秦、汉而学六经，岂复有秦、汉之文？盛唐而学汉、魏，岂复有盛唐之诗？唯夫代有升降，而法不相沿，各极其变，各穷其趣，所以可贵，原不可以优劣论也。且夫天下之物，孤行则必不可无，必不可无，虽欲废焉而不能；雷同则可以不有，可以不有，则虽欲存焉而不能。故吾谓今之诗文不传矣。其万一传者，或今闾阎[22]妇人孺子所唱《擘破玉》《打草竿》[23]之类，犹是无闻无识真人[24]所作，故多真声，不效颦[25]于汉、魏，不学步[26]于盛唐，任性而发，尚能通于人之喜怒哀乐、嗜好情欲，是可喜也。

盖弟既不得志于时，多感慨；又性喜豪华，不安贫窘；爱念光景，不受寂寞。百金到手，顷刻都尽，故尝贫；而沉湎嬉戏，不知樽节[27]，故尝病；贫复不任[28]贫，病复不任病，故多愁；愁极则吟，故尝以贫病无聊之苦，发之于诗，每每若哭若骂，不胜其哀生失路㉙之感。予读而悲之。大概情至之语，自能感人，是谓真诗，可传也。而或者犹以太露病之，曾不知情随境变，字逐情生，但恐不达，何露之有？且《离骚》一经，忿怼㉚之极，党人偷乐㉛，众女谣诼㉜，不揆中情，信谗赍怒㉝，皆明示唾骂，安在所谓怨而不伤㉞者乎？穷愁之时，痛哭流涕，颠倒反覆，不暇择音，怨矣，宁有不伤者？且燥湿异地，刚柔异性㉟。若夫劲质㊱而多怼，峭急㊲而多露，是之谓楚风㊳，又何疑焉！

【注释】

①几：将近。

②饤饾（dìng dòu）：将食品堆叠于盘中，陈设出来。比喻诗文写作堆砌、杂凑。

③傅：附和，跟随。

④相如：即司马相如（约前179～前118），字长卿，蜀郡成都（今属四川）人。汉武帝时以献赋被任命为郎，撰有《子虚赋》《上林赋》《大人赋》等，铺张夸饰，文辞华丽，成为汉、魏以后文人赋体的模仿对象。

⑤太冲：即左思（约250～约305），字太冲，齐国临淄（今山东淄博市临淄区北）人。博学能文，作《三都赋》十年始成，世人竞相传抄，洛阳为之纸贵。

⑥列御寇：即列子（生卒年不详），战国时郑人。《列子》属道家类著作，旧题战国列御寇撰，现在一般认为是魏

晋间人的托名之作。

⑦外趣：谓道家的世外之趣。

⑧西方之书：谓佛经典籍。西方，佛教语，即西方净土，指阿弥陀佛的极乐净土。

⑨教外之语：即教外别传，禅宗用语。教，指经教，即佛陀之言教。此谓禅宗之相传不依言教，而系以心传心。其所传是经教之外的另一种传授。宋普济《五灯会元》卷一："世尊在灵山会上，拈花示众。是时众皆默然。唯迦叶尊者破颜微笑。世尊曰：'吾有正法眼藏，涅槃妙心，实相无相，微妙法门，不立文字，教外别传，付嘱摩诃迦叶。'"

⑩的然：明显的样子。

⑪鹿豕（shǐ）之与群：语本《孔丛子》卷四《儒服》："人生则有四方之志，岂鹿豕也哉，而常聚乎？"豕，猪。

⑫相属（zhǔ）：相类。

⑬西陵：即西陵峡，故址在今湖北宜昌西北。今因三峡大坝的建设，已无复旧观。

⑭性灵：内心世界，包括精神、思想、情感等。《晋书·乐志上》："夫性灵之表，不知所以发于咏歌；感动之端，不知所以关于手足。"又《南史·文学传序》："自汉以来，辞人代有，大则宪章典诰，小则申抒性灵。"

⑮格套：固定的模式或程式。

⑯从自己胸臆流出：语本宋普济《五灯会元》卷七载岩头语："他后若欲播扬大教，一一从自己胸襟流出，将来与

我盖天盖地去。"胸臆,谓内心,心中所藏。

⑰本色:本来面目,不加矫饰。

⑱蹈袭:因循,沿袭。

⑲"文则"二句:谓"前七子"李梦阳等人的文学复古主张。《明史·李梦阳传》:"梦阳才思雄骛,卓然以复古自命。弘治时,宰相李东阳主文柄,天下翕然宗之,梦阳独讥其萎弱。倡言文必秦汉,诗必盛唐,非是者弗道。"盛唐,诗有盛唐体,创自南宋严羽《沧浪诗话·诗体》,其"盛唐体"下自注云:"景云以后,开元、天宝诸公之诗。"今人则以唐玄宗开元至唐代宗永泰间(713~765)为盛唐。

⑳影响步趋:如影随形,如响应声,亦步亦趋。即形容模仿。

㉑野狐外道:即"野狐禅",禅宗对一些妄称开悟而流入斜僻者的讽刺语。这里即指非传统的或非主流的。据宋普济《五灯会元》卷三,尝有一人因错谈因果,五百年堕为野狐身,后遇百丈禅师点化,终得解脱。

㉒闾阎:古代里巷内外的门。这里泛指民间。

㉓《擘(bò)破玉》《打草竿》:明代万历间流行的民间曲调名。《擘破玉》改作《劈破玉》。袁宏道于万历二十五年(1597)致其兄袁宗道函有云:"近来诗学大进,诗集大饶,诗肠大宽,诗眼大阔。世人以诗为诗,未免为诗苦,弟以《打草竿》《劈破玉》为诗,故足乐也。"

㉔真人:道家称存养本性或修真得道的人。袁宏道《识

张幼于箴铭后》:"性之所安,殆不可强,率性而行,是谓真人。"

㉕效颦:即"东施效颦",语本《庄子·天运》。后世用以嘲讽不顾本身条件而一味模仿,以致弄巧成拙的人。

㉖学步:即"邯郸学步",语本《庄子·秋水》。后世用以嘲讽模仿不成,反而失去自己原有长处者。

㉗樽(zūn)节:抑止,约束。

㉘不任(rèn):不能忍受。

㉙哀生失路:悲伤人生,且不得志。袁中道直到万历四十四年(1616)方中进士,时袁宏道已去世六年,故未及见。

㉚忿怼(duì):怨恨。南朝梁刘勰《文心雕龙·辨骚》:"班固以为露才扬己,忿怼沉江。"

㉛党人偷乐:语本《离骚》:"惟夫党人之偷乐兮,路幽昧以险隘。"党人,谓包围在楚怀王身边的一群小人。偷乐,苟且偷安。

㉜众女谣诼(zhuó):语本《离骚》:"众女嫉余之蛾眉兮,谣诼谓余以善淫。"众女,意谓包围在楚怀王左右的一群小人。谣诼,造谣,说坏话。

㉝"不揆"二句:语本《离骚》:"荃不察余之中情兮,反信谗而赍怒。"荃,香草名,多喻君主。不揆,同"不察",即不揣度。赍怒,暴怒。

㉞怨而不伤:怨恨而不显露痛苦。语本《论语·八佾》:

"子曰:'《关雎》乐而不淫,哀而不伤。'"

㉟ "且燥湿异地"二句:语本唐玄奘《大唐西域记·序》:"夫人有刚柔异性,言音不同,斯则系风土之气,亦习俗之致也。若其山川物产之异,风俗性类之差,则人主之地,国史详焉;马主之俗,宝主之乡,史诰备载,可略言矣。至于象主之国,前古未详,或书地多暑湿,或载俗好仁慈,颇存方志,莫能详举。"

㊱ 劲质:谓艺术风格质朴有力。

㊲ 峭急:严厉急躁。

㊳ 楚风:谓具有《离骚》传统的楚地特有的艺术风格。公安三袁为楚人,故称。

【赏读】

这是一篇阐述公安派性灵说的重要论文,为作者万历二十四年(1596)三月以后作于吴县任上。

小修科场蹭蹬,风云之志难酬,行事未免放荡不羁,发为诗文,自有一股任性奇特的俊爽之气。袁宏道借题发挥,将性灵说的宗旨揭示而出,同时批评了"文必秦汉,诗必盛唐"的前、后"七子"的复古主义主张。在中国古代文论史上,这无疑具有划时代的意义,从此,"不拘格套,非从自己胸臆流出,不肯下笔",就成为性灵说的宣言,流传后世。

袁宏道论性灵受李贽"童心说"的直接影响,与王阳明的"致良知"的心学之说,也有渊源。李贽所谓童心,即儿童般的心境,也即孟子所说的"赤子之心"。封建社会的专制性导致人们必须套上各种人格面具,才能"适者生存",于是说假话,说套话,隐藏自己的真心,就成为读书人的一般选择。明中叶以后商品经济的迅速发展,一方面名与利驱使人们走向"假人假言"的极端,另一方面也促使有良知与忧患意识的文人士大夫觉醒,在个性解放的旗帜下,呼吁真心真情的回归。袁宏道此时提出性灵说,其进步性不言而喻。

作者好友江盈科《敝箧集引》尝引用袁宏道论性灵之语云:"世之称诗者,必曰唐;称唐诗者,必曰初、曰盛。唯中郎不然,曰:'诗何必唐,又何必初与盛?要以出自性灵者为真诗尔。夫性灵窍于心,寓于境。境所偶触,心能摄之;心所欲吐,腕能运之。心能摄境,即蝼蚁蜂虿皆足寄兴,不必"雎鸠"《驺虞》矣;腕能运心,即谐词谑语皆是观感,不必法言庄什矣。以心摄境,以腕运心,则性灵无不毕达,是之谓真诗,而何必唐,又何必初与盛之为沾沾!'"将此论对照此文,可谓相得益彰!

识①张幼于②箴铭③后

余观古今士君子,如相如窃卓④,方朔俳优⑤,中郎醉龙⑥,阮籍母丧酒肉不绝口⑦。若此类者,皆世之所谓放达人也。又如御前数马⑧,省中閟树⑨,不冠入厕,自以为罪⑩。若此类者,皆世之所谓慎密人也。两种若冰炭不相入,吾辈宜何居?袁子曰:两者不相肖也,亦不相笑也,各任其性耳。性之所安,殆不可强,率性而行,是谓真人。今若强放达者而为慎密,强慎密者而为放达,续凫项,断鹤颈⑪,不亦大可叹哉!

夫幼于氏淳谦周密,恂恂⑫规矩,亦其天性然耳,若以此矜持守墨,事栉物比⑬,目为极则,而叹古今高视阔步不矜细行之流,以为不必有,则是拘儒小夫,效颦学步之陋习耳。而以之美幼于,岂真知幼于者欤?

【注释】

①识(zhì):做记号,加标记。

②张幼于:即张献翼(1534～1604),字幼于,长洲

（今江苏苏州）人。明代文学家。嘉靖间国子监生。与兄张凤翼、弟张燕翼并称"三张"。功名不就，狂放不羁，常有惊世骇俗之举，好狎声妓，为盗所杀。著有《读易纪闻》《文起堂集》《纨绮集》等。

③箴铭：文体名。箴为规诫性的韵文，铭在古代常刻于器物或碑石上。这里泛指规诫之言。

④相如窃卓：西汉临邛富商卓王孙有女卓文君新寡，才子司马相如过饮其家，以琴挑之，文君心动，夜奔相如，两人同归成都，终成眷属。

⑤方朔俳（pái）优：东方朔以诙谐之语、滑稽之事讽谏汉武帝。东方朔（前154~前93），字曼倩，平原厌次（今山东惠民东）人，官至太中大夫。性格诙谐，言语敏捷，滑稽多智。俳优，古代以乐舞谐戏为业的艺人。

⑥中郎醉龙：明陶宗仪《说郛》卷二三上《醉龙》："蔡邕饮酒乃至一石，常醉在路上卧，人名曰'醉龙'。"中郎，即蔡邕（132~192），字伯喈（jiē），东汉陈留圉（今河南杞县西南）人，曾官至左中郎将，故称。《后汉书》有传。

⑦"阮籍"句：阮籍在母亲丧礼期间不遵礼节而喝酒吃肉。《晋书·阮籍传》："母终，（阮籍）正与人围棋，对者求止，籍留与决赌。既而饮酒二斗，举声一号，吐血数升。及将葬，食一蒸肫，饮二斗酒，然后临诀，直言穷矣，举声一号，因又吐血数升，毁瘠骨立，殆致灭性。"阮籍（210~263），三国魏文学家、思想家，"竹林七贤"之一。曾任步

兵校尉,不满司马氏统治,常纵酒佯狂以避祸。

⑧御前数马:指御马官石庆为官谨慎小心,在汉武帝面前数点本有定制的马匹。《史记·万石张叔列传》:"万石君少子庆为太仆,御出,上问车中几马,庆以策数马毕,举手曰:'六马。'庆于诸子中最为简易矣,然犹如此。"

⑨省(shěng)中閟(bì)树:西汉孔光闭口不言这官中禁地有何种树木。孔光(前65~后5),字子夏,为孔子十四世孙。仕汉成帝为光禄勋,为官周密谨慎。《汉书·匡张孔马传》云:"沐日归休,兄弟妻子燕语,终不及朝省政事。或问光:'温室省中树皆何木也?'光嘿不应,更答以他语,其不泄如是。"省,官中禁地,这里谓温室殿内外。閟,掩蔽,这里有保守秘密的意思。

⑩"不冠"二句:用三国魏管宁遇海难以细小事悔过而逢凶化吉事。《太平御览》卷一八六引周景式《孝子传》曰:"管宁避地辽东,经海遇风,船人危惧,皆叩头思过;宁思惟无愆,念尝如厕不冠,即便悔过,海风寻止。"管宁(158~241),字幼安,三国北海朱虚(今山东临朐东南)人。身处乱世,隐居讲学,屡辞官不仕。

⑪"续凫项"二句:语本《庄子·骈拇》:"是故凫胫虽短,续之则忧;鹤胫虽长,断之则悲。故性长非所断,性短非所续,无所去忧也。"即"续凫断鹤",比喻违反事物本性,欲益反损。

⑫恂(xún)恂:温顺恭谨的样子。

⑬事栉（zhì）物比：将所办一切事物条理化，如同梳齿排列得整整齐齐。栉，梳子、篦子等梳发工具。

【赏读】

这篇小品类文章撰写于万历二十四年（1596），时作者在吴县任上。

明清之际钱谦益《列朝诗集小传》丁集上《张太学献翼》有云："幼于好《易》，十年中笺注凡三易，仿《颜氏家训》，教戒子弟，垂四万言。"所谓"箴铭"，大约就是张献翼仿《颜氏家训》而垂教子弟的文字。然而其自家处世行事，却反其道而行之，放浪形骸之外，似乎有些人格分裂。《小传》又云："晚年与王百穀争名，不能胜，颓然自放。与所厚善者张生孝资，相与点检故籍，刺取古人越礼任诞之事，排日分类，仿而行之……万历甲辰，年七十余，携妓居荒圃中，盗逾垣杀之。"袁宏道文中所云"夫幼于氏淳谦周密，恂恂规矩，亦其天性然耳"，似乎具有调侃或反讽意味，然而文之宗旨似不在此，仅意在通过放达人与慎密人两者的对比，表明"率性而行"的"真人"的可贵。真人也即是具有真情者，而真情又是公安派所倡性灵说的基础。

袁中道《殷生当歌集小序》云："近有一文人酷爱声妓赏适，予规之。其人大笑曰：'吾辈不得志于时，既不同搢绅先生享安富尊荣之乐，止此一缕闲适之趣，复塞其路，而欲与之同守官箴，岂不苦哉！'其语卑卑，益可怜矣。"这又从另一角度阐释了放达者的行为依据。性灵说追求个性解放，在"情"与"理"的冲突中，偏向于"情"的一方，理解此文，亦当作如是观。

叙陈正甫①《会心集》②

世人所难得者唯趣。趣如山上之色，水中之味，花中之光，女中之态，虽善说者不能下一语，唯会心者③知之。

今之人慕趣之名，求趣之似，于是有辨说书画、涉猎古董以为清④，寄意玄虚、脱迹尘纷以为远⑤。又其下则有如苏州⑥之烧香煮茶⑦者。此等皆趣之皮毛，何关神情！

夫趣得之自然者深，得之学问者浅。当其为童子也，不知有趣，然无往而非趣也。面无端容，目无定睛，口喃喃而欲语，足跳跃而不定，人生之至乐，真无逾于此时者。孟子所谓"不失赤子"⑧，老子所谓"能婴儿"⑨，盖指此也。趣之正等正觉⑩最上乘⑪也。山林之人，无拘无缚，得自在度日，故虽不求趣而趣近之。愚不肖之近趣也，以无品⑫也。品愈卑故所求愈下。或为酒肉，或为声伎，率心而行，无所忌惮，自以为绝望于世，故举世非笑之不顾也。此又一趣也。

迨⑬夫年渐长，官渐高，品渐大，有身如梏⑭，有心如棘⑮，毛孔骨节，俱为闻见知识⑯所缚，入理愈深，然其去趣愈远矣。

余友陈正甫，深于趣者也。故所述《会心集》若干卷，趣居其多；不然，虽介⑰若伯夷⑱，高若严光⑲，不录也。噫！孰谓有品如君，官如君，年之壮如君，而能知趣如此者哉！

【注释】

①陈正甫：即陈所学（生卒年不详），字正甫，一字志寰，景陵（今湖北天门）人。万历十一年（1583）进士，历官刑部主事、徽州知府、山西巡抚、户部尚书。中郎此序作于万历二十五年（1597），陈正甫时任徽州知府。

②《会心集》：今不传，陈所学的一部著作。

③会心者：能于内心领悟的人。

④清：清雅之趣。

⑤远：淡远之情。

⑥苏州：即韦应物（约737~791），唐京兆万年（今陕西西安）人。曾任苏州刺史，世称韦苏州。

⑦烧香煮茶：事本唐李肇《国史补》卷下："韦应物立性高洁，鲜食寡欲，所居焚香扫地而坐。"

⑧不失赤子：语本《孟子·离娄下》："大人者，不失其赤子之心者也。"赤子之心，即婴儿天真纯朴的心。

⑨能婴儿：语本《老子》第十章："专气致柔，能婴儿乎？"意即结聚精气以致柔顺，能像婴儿的状态吗？

⑩正等正觉：佛学术语，或译为"阿耨多罗三藐三菩提"，意即一切真理之无上智慧。

⑪最上乘：佛学术语，意即至极的教法。

⑫品：这里谓人的品性。

⑬迨（dài）：及，到。

⑭梏（gù）：古代木质的手铐。比喻约束。

⑮棘：牢狱。古代狱外种棘，故常以"棘土"指牢狱。心如牢狱即见识短浅，心胸不开阔。

⑯闻见知识：以耳、目之感觉为基础所获取的知识，宋明理学家不论程朱一派还是陆王一派，皆认为这种知识属于浅层次的，与"德性之知"或"良知"对立。宋朱熹编《二程遗书》卷二五《畅潜道本》云："闻见之知，非德性之知，物交物则知之，非内也，今之所谓博物多能者是也；德性之知，不假见闻。"又《王文成全书》卷三六收录王畿《刻阳明先生年谱序》有云："良知不由知识闻见而有，而知识闻见莫非良知之用。"袁宏道受阳明心学影响很深，所以有"俱为闻见知识所缚"之语。

⑰介：耿介，有操守。

⑱伯夷：商代孤竹君之子，为逃王位，与弟叔齐逃至周。周武王灭商，两人耻食周粟，饿死于首阳山。古人认为伯夷是高尚操守的典型。

⑲严光(前37~43):即严子陵,东汉著名高士。少与刘秀同学,刘秀即位,召其为官,不受,归隐于富春山。

【赏读】

这篇文章撰写于万历二十五年(1597),陈正甫时任徽州知府,适逢袁宏道解任吴县县令后畅游歙县一带。文章从"趣"生发议论,认为趣生于自然,尤以童趣为最上乘,这显然与李贽的童心说一脉相承。

从审美角度看,所谓趣就是主、客观二者结合的产物,换言之,趣就是一种审美情调,往往取决于审美主体的文化修养、生活阅历与个人遭际等因素,因而具有强烈的主观色彩。"入理愈深,然其去趣愈远",就在于趣的难以言传的韵味。袁中道《刘玄度集句诗序》曾论及趣与慧的关系:"凡慧则流,流极而趣生焉。天下之趣,未有不自慧生也。"慧天生的成分居多,趣以慧为基础,故曰生于自然;但又与后天修养密切相关,除世间之俗趣、恶趣与低级趣味等外,雅趣、妙趣、高尚之趣未有不体现审美主体的文化素养者。趣以自然为尚,但被感觉到又与审美距离有关。袁宏道《由水溪至水心崖记》云:"夫山远而缓,则乏神;逼而肖,则乏态。"

从趣的客观性而论,趣又是齐整与参差的对立统一,袁宏道《瓶史》有云:"夫花之所谓整齐者,正以参差不伦,意态天然,如子瞻之文随意断续,青莲之诗不拘对偶,此真整齐也。"

趣又与创作主体之性情相关,明陆云龙《叙袁中郎先生小品》云:"中郎叙《会心集》,大有取于趣。小修称中郎诗文,云率真。率真则性灵现,性灵现则趣生。即其不受一官束缚,正不蔽其趣、不抑其性灵处。"此外,趣生于性灵,具备一定的审美情境是必需的,清初张潮《幽梦影》有云:"楼上看山,城头看雪,灯前看月,舟中看霞,月下看美人,另是一番情境。"明代文人士大夫审美重趣,读此文可略见一斑。

雪涛阁集①序

文之不能不古而今也,时使之也。妍媸之质,不逐目而逐时②。是故草木之无情也,而輭红③、鹤翎④,不能不改观于左紫⑤、溪绯⑥。唯识时之士,为能堤其隤而通其所必变⑦。夫古有古之时,今有今之时,袭古人语言之迹,而冒以为古,是处严冬而袭夏之葛者也。《骚》⑧之不袭《雅》也,《雅》之体穷于怨⑨,不《骚》不足以寄也。后之人有拟而为之者,终不肖也,何也?彼直求《骚》于《骚》之中也。至苏、李述别⑩及《十九》⑪等篇,《骚》之音节、体致⑫皆变矣,然不谓之真《骚》⑬不可也。古之为诗者,有泛寄之情⑭,无直书之事;而其为文也,有直书之事,无泛寄之情,故诗虚而文实。晋、唐以后,为诗者有赠别,有叙事;为文者有辨说,有论叙。架空⑮而言,不必有其事与其人,是诗之体已不虚,而文之体已不能实矣。古人之法,顾安可概哉!

夫法因于敝而成于过者也⑯。矫六朝⑰骈俪⑱钉饾⑲

之习者，以流丽^㉑胜，钉饾者故流丽之因也，然其过在轻纤。盛唐诸人以阔大矫之。已阔矣，又因阔而生莽。是故续盛唐者，以情实^㉑矫之。已实矣，又因实而生俚。是故续中唐^㉒者，以奇僻^㉓矫之。然奇则其境必狭，而僻则务为不根以相胜。故诗之道，至晚唐^㉔而益小。有宋欧、苏辈出，大变晚习，于物无所不收，于法无所不有，于情无所不畅，于境无所不取，滔滔莽莽^㉕，有若江河。今之人徒见宋之不唐法^㉖，而不知宋因唐而有法者也。如淡非浓，而浓实因于淡。然其敝至以文为诗^㉗，流而为理学^㉘，流而为歌诀^㉙，流而为偈诵^㉚，诗之弊又有不可胜言者矣。

近代文人^㉛，始为复古之说以胜之。夫复古是已，然至以剿袭为复古，句比字拟，务为牵合^㉜，弃目前之景，摭^㉝腐滥之辞，有才者诎于法，而不敢自伸其才，无之者，拾一二浮泛之语，帮凑成诗。智者牵于习，而愚者乐其易，一唱亿和，优人驺从^㉞，共谈雅道^㉟。吁，诗至此，抑可羞哉！夫即诗而文之为弊，盖可知矣。

余与进之游吴^㊱以来，每会必以诗文相励，务矫今代蹈袭之风。进之才高识远，信腕信口^㊲，皆成律度，其言今人之所不能言，与其所不敢言者。或曰："进之文超逸俊朗，言切而旨远，其为一代才人无疑。诗穷新极变，物无遁情㊳，然中或有一二语近平近俚近俳㊴，何也？"余曰："此进之矫枉之作，以为不如是，不足矫浮泛之弊，而阔时人之目也。"然在古亦有之，有以平而传者，如"睫在眼前人不见"㊵之类是也；有以俚而传者，如"一百饶一下，打汝九十九"㊶之类是也；有以俳而传者，如"迫窘诘曲几穷哉"㊷之类是也。古今文人，为诗所困，故逸士㊸辈出，为脱其粘而释其缚。不然，古之才人，何所不足，何至取一二浅易之语，不能自舍，以取世嗤哉？执是以观，进之诗其为大家无疑矣。诗凡若干卷，文凡若干卷，编成，进之自题曰《雪涛阁集》，而石公袁子为之叙。

【注释】

①雪涛阁集：江盈科著，十四卷。其撰于"万历庚子孟夏月"（即万历二十八年）的《自叙》有云："比由县吏，量移棘曹，曹务甚简，于是得肆志于文与诗，凡逾年，得杂文三卷，诗三百余首，合于旧所撰著，总为十四卷汇刻之。"江盈科（1553~1605），字进之，号渌萝山人，明朝文学家，公安派成员之一。

②"妍媸"二句：谓诗文之美或丑，评价标准不随人们眼光而转移，而是随时间推移有所变化的。妍媸（yán chī），美好与丑恶。

③鞓（tīng）红：牡丹品种之一。宋欧阳修《洛阳牡丹记》："鞓红者，单叶深红花，出青州，亦曰青州红。故张仆射（齐贤）有第西京贤相坊，自青州以驼驼驮其种，遂传洛中。其色类腰带鞓，谓之鞓红。"

④鹤翎：即"鹤翎红"，牡丹品种之一。宋欧阳修《洛阳牡丹记》："鹤翎红者，多叶花，其末白而本肉红，如鸿鹄羽色。"

⑤左紫：又称"左花"，牡丹品种之一，宋代培育出的一种紫色重瓣牡丹。宋欧阳修《洛阳牡丹记》："左花者，千叶紫花，叶密而齐如截，亦谓之平头紫。"

⑥溪绯：即"潜溪绯"，牡丹品种之一。宋欧阳修《洛阳牡丹记》："潜溪绯者，千叶绯花，出于潜溪寺，寺在龙门山后，本唐相李藩别墅。今寺中已无此花，而人家或有之，本是紫花，忽于丛中特出绯者，不过一二朵，明年移在他枝，洛人谓之转枝花，故其接头尤难得。"

⑦"唯识时"二句：只有认识时代发展变化者，才能如筑堤预防洪水那样因势利导，通权达变。堤，筑堤，用作动词。隤（tuí），崩颓。

⑧《骚》：战国楚屈原之《离骚》，这里泛指楚辞。

⑨《雅》之体穷于怨：谓《诗经》中的《大雅》《小雅》已经难以充分表现"诗可以怨"的意旨。《雅》，谓《诗经》中的《大雅》与《小雅》。

⑩苏、李述别：西汉苏武被匈奴扣押十九年，相传将归

国时与投降匈奴的李陵饮酒作五言诗述别。南朝梁萧统所编《文选》卷二九录李陵与苏武诗三首、苏武诗四首,后世疑为伪作。南朝梁钟嵘《诗品》上:"汉都尉李陵诗,其源出于楚辞。文多凄怆,怨者之流。"

⑪《十九》:即《古诗十九首》,为《文选》卷二九所选十九首古诗,皆为五言。南朝梁刘勰《文心雕龙·明诗》:"古诗佳丽,或称枚叔,其《孤竹》一篇,则傅毅之词。比采而推,两汉之作也。观其结体散文,直而不野,婉转附物,怊怅切情,实五言之冠冕也。"

⑫体致:谓诗文的气势韵致。

⑬真《骚》:谓具有《离骚》一类楚辞的"怨"的内涵。

⑭泛寄之情:谓诗用语含蓄而有寄托,即有言外之意。

⑮架空:比喻虚浮不实,没有基础。

⑯"夫法"句:谓诗文技法是在纠正前人之弊与弥补前人疏失中得以不断变迁的。

⑰六朝:三国吴、东晋与南朝的宋、齐、梁、陈,相继建都建康(吴名建业,即今江苏南京),史称六朝。这一时期的文章专尚骈俪,讲究辞藻,拘于声韵。隋李谔《上书正文体》:"江左齐、梁,其弊弥甚,贵贱贤愚,唯务吟咏。遂复遗理存异,寻虚逐微,竞一韵之奇,争一字之巧。连篇累牍,不出月露之形;积案盈箱,唯是风云之状。世俗以此相高,朝廷据兹擢士。"

⑱骈俪：谓对偶藻饰之辞。清李兆洛《骈体文钞序》："自唐以来，始有古文之目，而目六朝之文为骈俪。"

⑲饤饾（dìng dòu）：将食品堆叠在盘中，摆设出来。比喻诗文堆砌、杂凑。

⑳流丽：形容诗文流畅华美。此谓由南朝流落于北朝的文学家庾信、王褒等人的作品特点。

㉑情实：真心。明陆时雍《诗镜总论》："中唐诗近收敛，境敛而实，语敛而精。势大将收，物华反素。盛唐铺张已极，无复可加，中唐所以一反而之敛也。"

㉒中唐：宋严羽《沧浪诗话·诗体》创"唐初体、盛唐体、大历体、元和体、晚唐体"之说，明高棅《唐诗品汇》始分唐诗为初、盛、中、晚四期。今人大多以唐代宗大历至文宗大和为中唐，诗文作家有韩愈、柳宗元、韦应物、元稹、白居易、刘禹锡、李贺等。

㉓奇僻：怪异，冷僻。

㉔晚唐：今人多以唐文宗大和至唐末为晚唐，历经八十年，杜牧、李商隐、皮日休、陆龟蒙、温庭筠等为此时期之代表诗人。明胡应麟《唐音癸签》卷二七："咸通而后，奢靡极，衅孽兆，世衰而诗亦因之。气萎语偷，声繁调急，甚者怒目褊吻，如戟手交骂者有之。王化习俗，上下交丧，而心声随焉，岂独士子罪哉！"

㉕滔滔莽莽：大水奔流无涯际的样子。比喻诗文演变不受约束。

㉖不唐法:即不效法唐人。

㉗以文为诗:古代诗歌的创作倾向之一,即以文章章法或古文句法入诗,以拓展诗歌叙事抒情的功能。唐代杜甫开其端,韩愈、孟郊等继之。宋陈师道《后山诗话》:"黄鲁直云:'杜之诗法出审言,句法出庾信,但过之尔。杜之诗法,韩之文法也。诗文各有体,韩以文为诗,杜以诗为文,故不工尔。'"

㉘流而为理学:谓诗歌掺入道学家的言语,以议论为诗。理学,宋明儒家周敦颐、邵雍、张载、程颢、程颐、朱熹、陆九渊、王守仁等的哲学思想,或称道学。

㉙流而为歌诀:谓浅易、俚俗的诗歌。歌诀,即口诀,为便于记诵而根据事物的内容要点编成的韵文或较为整齐的文句。

㉚流而为偈诵:谓诗歌掺入僧人语意或有酸馅气。偈诵,或作"偈颂",佛经中的唱颂词。每句三字、四字、五字、六字、七字以至多字不等,通常以四句为一偈。亦指释家隽永的诗作。宋叶梦得《石林诗话》卷中:"近世僧学诗者极多,皆无超然自得之气,往往反拾掇摹效士大夫所残弃。又自作一种僧体,格律尤凡俗,世谓之酸馅气。"

㉛近代文人:谓明代以前、后"七子"李梦阳、何景明、李攀龙、王世贞等为代表的复古主义作家。

㉜牵合:牵强凑合。

㉝摭(zhí):拾取。

㉞驺(zōu)从：为长官驾驭车马的人，须追随主人，唯命是从。这里以"优人驺从"比喻拟古派的文人。

㉟雅道：谓创作以及欣赏诗、书、画等风雅之事。

㊱余与进之游吴：谓作者于万历二十三年（1595）任吴县县令至第二年年底获准离职，其间江盈科任长洲县令，两县官署相邻，同在苏州府（今江苏苏州）。江盈科《锦帆集序》："乙未之岁，余友中郎袁君来宰吴，殚力图民，昕夕拮据，憔悴之众，赖以顿苏。逾明年，君以过劳成疾，上书乞归。凡七请乃得解政去。君性超悟，深于名理；才敏妙，娴于词赋。第一行作吏，都成废阁。间或触景起兴，感事摭辞，有所题咏撰著，越二年亦遂成帙。"

㊲信腕信口：谓诗文随意挥洒而就。

㊳物无遁情：谓一切事象人情皆能于诗歌中加以表现。

㊴俳(pái)：诙谐。

㊵睫在眼前人不见：唐杜牧《登池州九峰楼寄张祜》："百感中来不自由，角声孤起夕阳楼。碧山终日思无尽，芳草何年恨即休。睫在眼前长不见，道非身外更何求。谁人得似张公子，千首诗轻万户侯。"

㊶"一百饶一下"二句：唐卢仝《寄男抱孙》后四句："他日吾归来，家人若弹纠。一百放一下，打汝九十九。"

㊷迫窘诘曲几穷哉：逯钦立辑校《先秦汉魏晋南北朝诗·汉诗》卷一录汉武帝刘彻《柏梁台》联句诗，题下注云："《东方朔别传》曰：孝武元封三年，作柏梁台，诏群臣

二千石有能为七言者,乃得上坐。""迫窘诘屈几穷哉"一句即为《柏梁台》联句诗的最末一句,东方朔所作。

㊸逸士:节行高逸之士。

【赏读】

据江盈科《雪涛阁集自叙》后署"万历庚子孟夏月西楚江盈科题",则袁宏道此序亦当作于同时,即万历二十八年(1600)四月间,时袁宏道已调任礼部仪制清吏司主事。

南朝梁刘勰《文心雕龙·时序》:"时运交移,质文代变,古今情理,如可言乎……故知歌谣文理,与世推移,风动于上,而波震于下者也。"这一文学的"代变"观点为公安派诗论所吸收,为其性灵说的倡导提供了理论依据。"法因于敝而成于过"可谓对前、后"七子"复古主张的釜底抽薪之论,文学上依靠因袭古人的途径,被宣布此路不通,只有穷新极变才有可能"柳暗花明又一村"。全文对文学史的考察高瞻远瞩,取精用宏,有关议论析薪破理,顺势而下,逻辑严密,层层剥笋。公安派之有关理论与实践或许有"机锋侧出,矫枉过正"之嫌,但瑕不掩瑜,文学的生命力也正体现在"江山代有才人出"的与世推移中。

清朱彝尊《静志居诗话》卷一六对此有评论说:"进

之与袁中郎同官吴下,其诗颇近公安派,持论亦以'七子'为非,特变而不成方者。中郎谓其矫枉之过,所谓笑他人之未工,忘己事之已拙,文人通病,大抵然矣。"其实若全面考察袁宏道诗歌创作,俚俗者并不占据多数,"变而不成方"之论,有以偏概全之嫌,可以休矣。

瓶史引①

夫幽人韵士，屏绝声色，其嗜好不得不钟于山水花竹。夫山水花竹者，名之所不在，奔竞之所不至也。天下之人，栖止于嚻崖利薮②，目眯尘沙，心疲计算，欲有之而有所不暇。故幽人韵士，得以乘间而踞为一日之有。夫幽人韵士者，处于不争之地，而以一切让天下之人者也。惟夫山水花竹，欲以让人，而人未必乐受，故居之也安，而踞之也无祸。嗟夫，此隐者之事，决烈丈夫之所为，余生平企羡而不可必得者也。幸而身居隐见③之间，世间可趋可争者既不到，余遂欲欹笠高岩④，濯缨流水⑤，又为卑官⑥所绊，仅有栽花莳⑦竹一事，可以自乐。而邸居湫隘⑧，迁徙无常，不得已乃以胆瓶⑨贮花，随时插换。京师⑩人家所有名卉，一旦遂为余案头物。无扞剔浇顿⑪之苦，而有味赏之乐，取者不贪，遇者不争，是可述也。噫，此暂时快心事也，无狃⑫以为常，而忘山水之大乐，石公记之。凡瓶中所有品目，条列于后，与诸好事而贫者共焉。

【注释】

①瓶史引:袁宏道于万历二十七年(1599)春在北京作有一部有关插花艺术的专著,名曰《瓶史》,共分《花目》《品第》《器具》《清赏》等篇。引,大略如序而形制稍短。此即是作者为《瓶史》所撰自序。

②嚣崖利薮:喧闹逐名的危崖与角逐利益的深渊,形容尘世人追名逐利而不顾危险。

③隐见(xiàn):退隐与出仕。

④攲(qī)笠高岩:仰望高山而令斗笠倾斜,谓意图隐居。语本《南史·隐逸下·陶弘景传》:"吾见朱门广厦,虽识其华乐,而无欲往之心。望高岩,瞰大泽,知此难立止,自恒欲就之。且永明中求禄,得辄差舛;若不尔,岂得为今日之事。岂唯身有仙相,亦缘势使之然。"

⑤濯缨流水:在流水中洗涤帽带,喻超凡脱俗,操守高洁。语出《孟子·离娄上》:"沧浪之水清兮,可以濯我缨;沧浪之水浊兮,可以濯我足。"

⑥卑官:职位低微的官吏,谓国子监助教一职。

⑦莳(shì):种植。

⑧湫隘(jiǎo ài):低下狭小。

⑨胆瓶:长颈大腹的花瓶,以形如悬胆,故称。

⑩京师:古人称国都。明代永乐十八年(1420)以后以北京为京师。

⑪扦(qiān)剔浇顿:修剪与浇洒的劳顿。
⑫狃(niǔ):满足。

【品评】

这篇小引写于万历二十七年(1599)春。袁宏道万历二十七年有《答陶石篑》一文云:"《广庄》是弟去冬所作,《瓶史》乃今春著得者,俱奉上请教。"同年,袁宏道又有《答李元善》一文云:"近又著《瓶史》十三篇,《瓶史》者,记瓶花之目与说,如陆羽《茶经》、愚叟《牡丹志》之类,最为醒目,恨无力缮写。"明代中叶以后,文人游山玩水之外,喜好居室之玲珑优雅,极得生活之妙趣,这也正是公安派性灵说得以提出的社会基础。栽花莳竹限于居处条件,不妨即兴插换名卉于案头,时时可得清赏,恰如南朝宋宗炳之"卧游"。《宋书·宗炳传》:"有疾还江陵,叹曰:'老疾俱至,名山恐难遍睹,唯当澄怀观道,卧以游之。'凡所游履,皆图之于室。"在纷繁的尘世中,时刻不忘追求内心的宁静与安谧,独处一室,也能心游万仞,思接千载,是古代文人士大夫重视精神高度自由的表现。也正是因为有此一方可以安顿身心的精神世界,于是才有了所谓"大隐隐于市朝"的可能。就此而言,袁宏道喜好瓶花,无疑是一种高雅的精神寄托,绝非玩物丧志的行为。

叙吕氏家绳集[①]

苏子瞻[②]酷嗜陶令[③]诗，贵其淡而适也。凡物酿之得甘，炙之得苦，唯淡也不可造；不可造，是文之真性灵[④]也。浓者不复薄，甘者不复辛，唯淡也无不可造；无不可造，是文之真变态[⑤]也。风值水而漪生，日薄山而岚[⑥]出，虽有顾[⑦]、吴[⑧]，不能设色也。淡之至也，元亮以之[⑨]。东野[⑩]、长江[⑪]欲以人力取淡，刻露之极，遂成寒、瘦[⑫]。香山[⑬]之率也，玉局[⑭]之放也，而一累于理[⑮]，一累于学[⑯]，故皆望岫焉而却[⑰]，其才非不至也，非淡之本色也。

里[⑱]吕氏，世有文誉，而遂溪公[⑲]尤多著述。前后为令，不及数十日，辄自罢去。家甚贫，出处[⑳]志节，大约似陶令，而诗文之淡亦似之。非似陶令也，公自似也。公之出处，超然甘味，似公之性；公之性，真率简易，无复雕饰，似公之文若诗。故曰公自似者也。今之学陶者，率如响拓[㉑]，其勾画是也，而韵致非，故不类。公以身为陶，故信心而言，皆东篱[㉒]也。余非谓公之才遂超东野诸人,而公实淡之本色,故一往所诣㉓,古人或有至有不至耳。

余束发已知向慕公,近者吴川公㉔梓其家集,始获尽公及呙氏三世㉕之藏。吴川公者,公仲子,高才邃学,先兄庶子㉖之师也。为令以伉直㉗著声,阅数月亦去,遵先辙也㉘。怀公集三十年,出入必俱,今春始成帙,遂以先大父孝廉公㉙三诗赋冠首,而己所著若干卷缀其后。孝廉公之生,甫二十有二岁,才思澎湃,如川之方至㉚。吴川自出机轴㉛,气隽语快㉜,博于取材而藻于属辞㉝。比之遂溪,盖由淡而造于色态㉞者,所谓秋水芙蓉㉟也。昔陶氏五男,不好纸笔㊱,而遂溪之后,云蔚霞起㊲,岂黄头历齿㊳所敢望哉!王元礼论家门集曰:"史称安平崔氏及汝南应氏,并累叶有文才,所以范蔚宗云崔氏雕龙。父子三世,然未有七叶之中,人人有集如吾门者也。"㊴余邑不能文而耻言文,最为恶习㊵。独呙氏能世擅其业,噫,彼安知乌衣诸郎㊶,为史所艳称若此也!

【注释】

①呙(guō)氏家绳集:呙氏一家几代人著述的总集。呙氏,与袁宏道同乡里的一户呙姓人家。家绳集,或称家门集、家世集,为一家几代人著作的汇集。

②苏子瞻：即苏轼（1037~1101），字子瞻。

③陶令：即陶渊明（365或372或376~427），一名潜，字元亮。后世以其做过彭泽令，故称其"陶令"。苏轼平生最喜陶渊明诗，有《和陶诗》四卷，计一百二十首。

④性灵：这里当谓作者的内心世界，包括精神、思想、情感等。

⑤变态：谓诗文变化的不同情状。

⑥岚：山中雾气。

⑦顾：即顾恺之（约345~409），字长康，小字虎头，东晋杰出画家。

⑧吴：即吴道子（生卒年不详），名道玄，唐阳翟（今河南禹州）人。开元中为内教博士，供奉内廷。工绘画，擅长山水与道释人物，有"画圣"之称。

⑨元亮以之：陶渊明就是如此。

⑩东野：即孟郊（751~814），字东野，湖州武康（今浙江德清）人。诗与韩愈齐名，二人并称"韩孟"。

⑪长江：即贾岛（779~843），字阆仙，一作浪仙，自称碣石山人，范阳（治今河北涿州）人。早年为僧，法名无本。后以诗文投谒韩愈，返俗应举，终生未第，历官遂州长江主簿，世称贾长江。

⑫"刻露"二句：语出宋苏轼《祭柳子玉文》："元轻白俗，郊寒岛瘦。"孟郊、贾岛诗寄情偏僻，清寒瘦硬，多作苦语，故苏轼有此论。刻露，谓情感毕露，缺乏含蓄。

⑬香山：即白居易（772~846），字乐天，晚年号香山居士。

⑭玉局：即苏轼，以其曾任玉局观提举，故称。

⑮累于理：唐白居易《与元九书》："文章合为时而著，歌诗合为事而作。"

⑯累于学：宋严羽《沧浪诗话·诗辩》："近代诸公乃作奇特解会，遂以文字为诗，以才学为诗，以议论为诗……至东坡、山谷始自出己意以为诗，唐人之风变矣。"

⑰望岫焉而却：即"望岫息心"，比喻知难而止息。语出《南史·何点传》："豫章王嶷命驾造点，点从后门遁去。司徒竟陵王子良闻之，曰：'豫章王尚望尘不及，吾当望岫息心。'"

⑱里：谓居于公安的同乡。

⑲遂溪公：即呙文光（生卒年不详），字怀古，湖广公安（今属湖北）人。嘉靖七年（1528）举人，官巴县、蓬溪知县，有政声；调任遂溪知县，到任甫七日即辞归，家居二十余年，清贫自守。以其曾令遂溪，故称其遂溪公。著有《和陶诗》《北觐稿》《怀谷诗文稿》。

⑳出处（chǔ）：谓出仕与退隐。语本《易·系辞上》："君子之道，或出或处，或默或语。"

㉑响拓（tà）：古代复制书法的方法。即将纸或绢覆在墨迹上，向光照明，双勾填墨。传世之晋唐书法多数为响拓本。

㉒东篱：代指陶渊明的诗歌创作，语出陶渊明《饮酒诗二十首》之五："采菊东篱下，悠然见南山。"

㉓一往所诣：谓不断进步所取得的成绩。

㉔吴川公：即吕邦永（生卒年不详），字又谷，吕文光次子，有文名。万历十六年（1588）举人，历官吴川知县，故称吴川公。

㉕吕氏三世：谓吕校、吕文光、吕邦永三代人。

㉖先兄庶子：谓袁宗道（1560～1600），作者撰写此文时，袁宗道已去世，故称先兄；袁宗道官至春坊右庶子。

㉗伉（gāng）直：刚直。

㉘遵先辙也：谓依从其父吕文光辞官的志行。

㉙先大父孝廉公：即吕校（1480～?），字育英，为吕文光父，有文名。弘治十一年（1498）举人，以举人未出仕，故称孝廉公。先大父，谓已去世的祖父。

㉚如川之方至：语本宋苏辙《子瞻和陶渊明诗集引》："然自其斥居东坡，其学日进，沛然如川之方至。其诗比杜子美、李太白为有余，遂与渊明比。"

㉛自出机轴：又作"自出机杼"，比喻文章能创造出一种新的风格和体裁。《魏书·祖莹传》："文章须自出机杼，成一家风骨。"

㉜气隽（jùn）语快：辞气俊美，语言流利。隽，通"俊"。

㉝藻于属辞：写文章富于文采。

㉞色态：谓诗文措辞和寓意的讲求。

㉟秋水芙蓉：谓其诗风如唐代的王维。语本明杨慎《升庵诗话》卷八《孙器之评诗》："陶彭泽如绛云在霄，舒卷自如。王右丞如秋水芙蓉，倚风自笑。"

㊱"昔陶氏"二句：陶渊明有五子，皆不好读书。语本陶渊明《责子诗》："白发被两鬓，肌肤不复实。虽有五男儿，总不好纸笔。阿舒已二八，懒惰故无匹。阿宣行志学，而不爱文术。雍端年十三，不识六与七。通子垂九龄，但觅梨与栗。天运苟如此，且进杯中物。"

㊲云蔚霞起：比喻诗文传家，代有继承，蓬勃兴起。

㊳黄头历齿：谓一般人家的子弟。黄头，年轻人；历齿，牙齿稀疏不齐。《后汉书·列女传·王霸妻》："吾与子伯素不相若，向见其子容服甚光，举措有适，而我儿曹蓬发历齿，未知礼则，见客而有惭色。父子恩深，不觉自失耳。"

㊴"王元礼"数句：语本《南史·王筠传》："筠状貌寝小，长不满六尺。性弘厚，不以艺能高人……又与诸儿书论家门集云：'史传称安平崔氏及汝南应氏并累叶有文才，所以范蔚宗云崔氏雕龙。然不过父子两三世耳，非有七叶之中，名德重光，爵位相继，人人有集，如吾门者也。'"王元礼，即王筠（481~549），字元礼，一字德柔，琅邪临沂（今属山东）人。著述颇丰，多散佚，明人辑有《王詹事集》。安平崔氏，谓东汉涿郡安平（今属河北）崔篆及其孙崔骃、其重孙崔瑗、玄孙崔寔等，皆能文学，有著述。汝南

应氏，谓东汉至西晋汝南南顿（今河南项城西南）应劭及其侄应场、应璩以及应璩之子应贞等，皆有著述，其中应场还是"建安七子"之一。累叶，即累世，接连几代。范蔚宗，即范晔（398~446），字蔚宗，南朝宋顺阳（今河南淅川南）人。少好学，撰有《后汉书》，为史学名著。崔氏雕龙，语出《后汉书·崔骃传》："崔为文宗，世禅雕龙。""然未"二句，谓从东晋丞相王导一辈至王筠一辈，琅邪王氏共历七代，一门中人多有担任要职者，且多以文才著称，有集传世。

㊵"余邑"二句：袁宗道《送夹山母舅之任太原序》："吾邑自弘、成以来，科第不乏。士大夫之有行业者，亦复不少。独风雅一门，蓁芜未辟。士自蒙学，以至白首，箧书中惟蓄经书一部，烟熏《指南》《浅说》数帙而已。其能诵十科策几段，及程墨后场几篇，则已高视阔步，自夸曰博奥。而乡里小儿惮之，亦不翅扬子云。"

㊶乌衣诸郎：东晋时王、谢等望族多聚居于建康（今江苏南京）秦淮河南之乌衣巷，后即称贵族子弟为乌衣诸郎。这里以王氏家族代有文名，绵延不绝，称誉吴氏子孙亦将承继祖业，光大其族。

【赏读】

据钱伯城《袁宏道集笺校》，这篇序跋小品写于万历三十二年（1604），但未提供依据，今姑从其说。除文中赞誉冉氏家族的一些门面话外，作者还赞赏了陶渊明淡雅的诗风。主张"淡之本色"，也是构成其性灵主张的一个重要方面。明代唐宋派的主将唐顺之在其《答茅鹿门知县二》一文中说："学为文章，但直据胸臆，信手写出，如写家书，虽或疏卤，然绝无烟火酸馅习气，便是宇宙间一样绝好文字。"又说："陶彭泽未尝较声律，雕句文，但信手写出，便是宇宙间第一等好诗，何则？其本色高也。"

在明代反对复古主义的潮流中，唐宋派与公安派英雄所见略同，立论角度或有异，但殊途同归，都强调"本色"的重要性，二者参看，更能体会异曲同工的妙处。所谓"风格即人"，诗风或文风受制于创作主体的人格与性格，绝非模仿可致，否则东施效颦，邯郸学步，南辕北辙，欲益反损。文中"唯淡也不可造；不可造，是文之真性灵也"，三言两语，颊上三毫，即已道出"性灵"的真谛。阅读此文，当以之为文眼，不可泛泛放过。

送黄竹石还江陵①序

黄竹石从江陵负敝笈②访余于长安③，余方视选曹④，曹故树篱插棘⑤地也，不时见，见辄为杯罍⑥所夺，无他语，草草暄寒而已。未几辞余去，乞一言为别。

余曰："子亦遍观三衢九陌⑦乎？秽尘张天，腥风逆鼻，行者溺⑧于道，居者粪于市；椎埋屠狗⑨之辈，敝衣百结之子⑩，高鬟⑪衩裆⑫、枣面历齿⑬之妇，肩骈踵接⑭，此亦天下之至恶也。而瞻顾云中⑮，则凤阙铜龙⑯在焉，百官宗庙⑰萃焉。引而之贯城之市⑱，则夏之璜⑲，周之天球⑳，若日之璧，若月之珠，东夷北狄㉑之珍异陈焉。已而入虞韶之院㉒，过鸣珂之里㉓，则南之威，西之施㉔，越㉕之狡童㉖，吴㉗之弄儿㉘，公孙大娘之剑㉙，僚之丸㉚，贺怀智㉛之琵琶，念奴㉜之歌喉，《霓裳羽衣》㉝之舞，呼卢㉞博簺㉟之戏，种种聚焉。今夫山郡水郭㊱，巷陌未始不清楚，衣冠未始不都雅，然一人衣茜而过㊲，则已丛观骇指㊳；出汉唐之旧物一二，则张目不能指名。夫然后知京师之大，慎勿以秽尘腥风，遂谓都市之观止此也。夫古之圣贤豪杰，巨公哲匠㊴，其亦犹京都之三衢九陌耳。文耶，道耶，至此乃极。子归而求之，有余师㊵。"

【注释】

①江陵：今属湖北。

②敝笈（jí）：旧箱笼。

③长安：谓明代京师，即今北京。

④选曹：主持铨选官吏的衙署。时袁宏道任吏部验封司主事，故称。

⑤树篱插棘：谓衙署关防严紧，闲人免进。

⑥杯罍（léi）：泛指酒宴。罍，古代一种小口、广肩、深腹、圈足的酒器。

⑦三衢九陌：通衢与大小街巷。

⑧溺（niào）：通"尿"。

⑨椎埋屠狗：杀人宰狗，谓为非作歹与从事低贱行业的人。椎埋，劫杀人而埋之。

⑩敝衣百结之子：谓穿破烂并多补缀衣服的穷家子。百结，用碎布缀成的衣服。

⑪高髻：梳起高髻的女人，当谓站街拉客的妓女。

⑫衩袴：谓袒衣露体，穿着随便。

⑬枣面历齿：脸色紫红、牙齿稀疏。

⑭肩骈踵接：肩挨肩，脚踵相碰，比喻人员杂乱众多。万历二十四年（1596），袁宏道有致陶望龄尺牍云："弟犹记少年未上公车时，闻燕都壮丽，日夜叹羡。及戊子之冬，计偕至京，见其人物街市，泥涂尘土，与楚地初无甚异，不觉大失望。入彰义门，便私念曰：'岂京师之佳丽，而竟若尔？'及走尽棋盘街，看尽八九条胡同，而弟心始死，不复作京师想矣。"可参考。

⑮云中：比喻朝廷。

⑯凤阙铜龙：谓有华丽装饰的皇宫及殿堂。凤阙，原为汉代宫阙名。《史记·孝武本纪》："其东则凤阙，高二十余丈。"司马贞索隐引《三辅故事》："北有圜阙，高二十丈，上有铜凤凰，故曰凤阙也。"后世泛指皇宫。铜龙，即铜龙门，汉太子宫门名，门楼上饰有铜龙。后世泛指帝王宫殿。

⑰宗庙：帝王祭祀祖宗的庙宇。明代宗庙在承天门（今天安门）东侧，今名北京市劳动人民文化宫。

⑱贯城之市：明代京师的城隍庙市场，因在刑部衙署（故址在今北京西单以西的民族饭店一带）以西，故称。

⑲夏之璜：即"夏璜"，美玉名，传说为夏后氏的珍宝。璜，半璧形的玉。《左传·定公四年》："夏后氏之璜。"唐孔颖达疏："夏后氏所传宝，历代传之，知美玉名也。"这里泛指罕见的古玩。

⑳周之天球：周代的美玉。《尚书·顾命》："大玉、夷玉、天球、河图，在东序。"清孙星衍注引郑玄曰："天球，

雍州所贡之玉,色如天者。"又引马融曰:"球,玉磬。"

㉑东夷北狄:古代对我国中原以东各族统称东夷,对居住于北方的各族统称北狄。《礼记·曲礼下》:"其在东夷、北狄、西戎、南蛮,虽大曰子。"

㉒虞韶之院:这里泛指能演奏美妙音乐的场所。虞韶,谓虞舜时的《韶》乐。汉班固《幽通赋》:"虞《韶》美而仪凤兮,孔忘味于千载。"

㉓鸣珂之里:泛指贵人的居处。《新唐书·张嘉祐传》:"嘉祐,嘉贞弟,有干略。方嘉贞为相时,任右金吾卫将军,昆弟每上朝,轩盖驺导盈闾巷。时号所居坊曰'鸣珂里'。"

㉔南之威,西之施:南之威,即南威,春秋时晋国的美女。《战国策·魏策二》:"晋文公得南之威,三日不听朝,遂推南之威而远之,曰:'后世必有以色亡其国者。'"西之施,即西施,春秋时越国的美女。

㉕越:泛指今江浙一带。

㉖狡童:娇美的少年。《诗经·郑风·山有扶苏》:"不见子充,乃见狡童。"

㉗吴:泛指今江南一带。

㉘弄儿:古代谓供人狎弄的童子。

㉙公孙大娘之剑:唐开元间教坊的著名舞伎,善舞剑器浑脱。《太平御览》卷五七四引唐郑处诲《明皇杂录》:"开元中,有公孙大娘善剑舞,僧怀素见之,草书遂长,盖壮其顿挫势也。"这里泛指身怀绝技的歌舞伎人。

㉚僚之丸：《庄子·徐无鬼》："市南宜僚弄丸而两家之难解。"市南宜僚，姓熊，字宜僚，楚国勇士，以居于市南，因号市南子。据说他善弄丸铃，常八个在空中，一个在手。这里泛指技能超众的杂耍艺人。

㉛贺怀智：唐代开元间善弹琵琶的著名乐师。《太平御览》卷五八三引《乐府杂录》："开元中，有贺怀智善琵琶，以石为槽，鹍鸡肋作弦，用铁拨弹之。"唐元稹《琵琶歌》："琵琶宫调八十一，旋宫三调弹不出。玄宗偏许贺怀智，段师此艺还相匹。自后流传指拨衰，昆仑善才徒尔为。"这里泛指演奏乐器的国手。

㉜念奴：唐天宝间长安妓女，以善歌著名。唐元稹《连昌宫词》："力士传呼觅念奴，念奴潜伴诸郎宿。"自注："念奴，天宝中名倡，善歌。每岁楼下酺宴，累日之后，万众喧隘。严安之、韦黄裳辈辟易而不能禁。众乐为之罢奏。玄宗遣高力士大呼于楼上曰：'欲遣念奴唱歌，邠二十五郎吹小管笛，看人能听否？'未尝不悄然奉诏。其为当时所重如此！"这里泛指京师闻名一时的歌女。

㉝《霓裳羽衣》之舞：唐代开元、天宝间宫廷著名的舞名。其舞曲为《霓裳羽衣曲》，故称。宋葛立方《韵语阳秋》卷一五："《霓裳羽衣舞》，始于开元，盛于天宝，今寂不传矣。"唐白居易《霓裳羽衣歌》："我昔元和侍宪皇，曾陪内宴宴昭阳。千歌百舞不可数，就中最爱霓裳舞。"

㉞呼卢：谓赌博。唐李白《少年行》诗之三："呼卢百

万终不惜，报仇千里如咫尺。”

㉟博簺（sài）：又作“博塞”，一种赌博，又称格五戏。

㊱山郡水郭：泛指偏僻的郡县。

㊲衣（yì）茜（qiàn）而过：穿着绛红色衣服从众人前经过。茜，绛红色。

㊳丛观骇指：众多人观看而惊诧地指点。

㊴巨公哲匠：王公大臣与有高超才艺的文人雅士。

㊵有余师：谓可以请教的老师不少。

【赏读】

从文中“方视选曹”一语判断，这篇赠序当撰写于万历三十六年（1608），是年七月间，袁宏道调任吏部验封司主事。作者另有《黄竹石入都作别》一诗，内云：“袖中无半刺，须上有层冰。”可见黄竹石作别离京在冬季，则此序亦当作于万历三十六年的冬天。明代京师虽属首善之区，但美与丑、善与恶、华丽与简陋并存，既有软红十丈的喧嚣，也有笙歌缥缈的优雅。作者将京师胜概的美不胜收与秽尘障天的令人难挨对照写来，生动传神，惟妙惟肖。这并非向远人介绍京师概况，而是意在言外，别有用心，总结出看问题须有把握全局的宏观视野，管窥蠡测或一叶障目，不见泰山，就会失去判断事物的客观立场。从对京师的观感问题上升到如何对事物以及人事的全面认知问题，是一种认识的飞跃；而明白了这一点，也就臻于"世事洞明皆学问，人情练达即文章"的境地。所谓："文耶，道耶，至此乃极。子归而求之，有余师。"正是有的放矢，可称言有尽而意无穷了。钱伯城《袁宏道集笺校》谓《明文海》收录此文，其首句前另有一段议论语，今移录于此，或可对理解作者用心有所助益。文曰："不观乎天下之大者，不足以求天下之至精。大则无所不具，惟无所不具也，而见恶焉，将适了然去之矣；亦正惟其无所不具也，而至精者出焉，则宁得以其恶者累之。"

卷四 传记杂著

其所见山奔海立、沙起云行、风鸣树偃,幽谷大都,人物鱼鸟,一切可惊可愕之状,一一皆达之于诗。

兰亭①记

古今文士爱念光景，未尝不感叹于死生之际。故或登高临水，悲陵谷②之不长；花晨月夕③，嗟露电④之易逝。虽当快心适志之时，常若有一段隐忧埋伏胸中，世间功名富贵，举不足以消其牢骚不平之气。于是卑者或纵情曲蘖⑤，极意声伎；高者或托为文章声歌⑥，以求不朽⑦，或究心仙佛与夫飞升坐化⑧之术。其事不同，其贪生畏死之心一也。独庸夫俗子，耽心势利，不信眼前有死。而一种腐儒，为道理所锢，亦云："死即死耳，何畏之有！"此其人皆庸下之极，无足言者。夫蒙庄⑨达士，寄喻于藏山⑩；尼父⑪圣人，兴叹于逝水⑫。死如不可畏，圣贤亦何贵于闻道哉？

羲之《兰亭记》，于死生之际，感叹尤深⑬。晋人文字，如此者不可多得。《昭明文选》⑭独遗此篇，而后世学语之流，遂致疑于"丝竹管弦""天朗气清"之语⑮，此等俱无关文理，不知于文何病？昭明，文人之腐者，观其以《闲情赋》⑯为白璧微瑕⑰，其陋⑱可知。夫世果有不好色⑲之人哉？若果有不好色之人，尼父亦不必借之以明不欺矣⑳。

兰亭在乱山中，涧水弯环诘曲，意古人流觞㉑之地即在于此。今择平地砌小渠为之，与人家园亭中物何异哉！

【注释】

①兰亭：故址在今浙江绍兴西南兰渚山下，东晋永和九年（353）三月三日，大书法家王羲之与谢安、孙绰等四十一人在此修禊，各有诗作，王羲之撰书《兰亭集序》，享名后世。

②陵谷：比喻自然界或世事巨变。语出《诗经·小雅·十月之交》："高岸为谷，深谷为陵。"

③花晨月夕：即花朝月夕，犹言良辰美景。《旧唐书·罗威传》："每花朝月夕，与宾佐赋咏，甚有情致。"

④露电：朝露易干，闪电瞬逝。比喻迅速逝去或消失。语本《金刚般若波罗蜜经》："一切有为法，如梦幻泡影，如露亦如电，应作如是观。"

⑤曲糵（niè）：指酒。《宋书·颜延之传》："交游阛茸，沉迷曲糵。"

⑥声歌：指诗词歌赋等抒情遣怀的作品。

⑦不朽：不磨灭，永存。《左传·襄公二十四年》："大上有立德，其次有立功，其次有立言，虽久不废，此之谓不朽。"

⑧坐化：佛教徒端坐安然而死，谓之"坐化"。

⑨蒙庄：即庄子（约前369～前286），战国时宋国蒙（故城在今河南商丘东北）人，曾为漆园吏，著作有《庄子》。

⑩寄喻于藏山：语出《庄子·大宗师》："死生，命也，其有夜旦之常，天也……夫藏舟于壑，藏山于泽，谓之固矣。然而夜半有力者负之而走，昧者不知也。"意谓人有死生是自然规律，如同将船藏在山谷深泽，自以为牢固，却在不知不觉中为大力的造化默默迁移而去，只不过昏昧的人难以察觉而已。

⑪尼父：亦称"尼甫"，对孔子的尊称。孔子字仲尼，故称。

⑫兴叹于逝水：语出《论语·子罕》："子在川上曰：'逝者如斯夫，不舍昼夜！'"意谓光阴如流水一去不返。

⑬"羲之《兰亭记》"三句：《兰亭记》，即《兰亭集序》。羲之，即王羲之（303～361），字逸少。琅邪临沂（今属山东）人。后定居会稽山阴（今浙江绍兴）。晋朝有盛名的书法家。此三句意谓王羲之承认死生问题是人类的终极困惑，批评老庄等死生的所谓达观态度。《兰亭集序》中关于死生问题的观点为："古人云'死生亦大矣'，岂不痛哉！每念昔人兴感之由，若合一契，未尝不临文嗟悼，不能喻之于怀。固知一死生为虚诞，齐彭殇为妄作，后之视今，亦犹今之视昔者，悲夫！列叙时人，录其所述，虽世殊事异，所以兴

怀,其致一也。后之览者,亦将有感于斯文。"

⑭《昭明文选》:辑录自周代至六朝梁多位作者的诗文,是中国现存最早的诗文总集。南朝梁萧统编著。萧统(501~531),字德施。梁武帝萧衍长子。天监元年(502)立为太子,未及即位而卒,谥昭明。故后人也习称《文选》为《昭明文选》。《文选》未收录《兰亭集序》。

⑮"遂致疑"句:宋王得臣《麈史》卷二:"王羲之《兰亭三日序》,世言昭明不以入选者,以其'天朗气清',或曰楚辞'秋之为气也',天高而气清,似非清明之时;然'管弦丝竹'之病,语衍而复,为逸少之累矣。"

⑯《闲情赋》:晋陶渊明作,以极其细腻的笔触描写男子对其心中理想女子的思慕之情。其中有"愿在衣而为领,承华首之余芳""愿在丝而为履,附素足以周旋"等吟咏。

⑰白璧微瑕:白玉上的小斑点。比喻美中不足,有小缺点。南朝梁萧统《〈陶渊明集〉序》:"白璧微瑕,惟在《闲情》一赋。扬雄所谓劝百而讽一者,卒无讽谏,何足摇其笔端,惜哉亡是可也。"

⑱陋:谓目光短浅,见识不广。宋苏轼《评〈文选〉四首·文先去取失当》有云:"今观渊明集,可喜者甚多,而独取数首。以知其余人忽遗甚多矣。渊明作《闲情赋》,所谓《国风》好色而不淫,正使不及《周南》,与屈、宋所陈何异,而统大讥之,此乃小儿强作解事者!"

⑲好(hào)色:贪爱女色。《管子·小匡》:"寡人有

污行,不幸而好色。"

⑳"尼父"句:《论语·雍也》:"子见南子,子路不说。夫子矢之曰:'予所否者,天厌之!天厌之!'"南子是卫灵公夫人,貌美却名声欠佳。《史记·孔子世家》:"灵公夫人有南子者,使人谓孔子曰:'四方之君子不辱欲与寡君为兄弟者,必见寡小君。寡小君愿见。'孔子辞谢,不得已而见之。夫人在绤帷中。孔子入门,北面稽首。夫人自帷中再拜,环珮玉声璆然。孔子曰:'吾乡为弗见,见之礼答焉。'子路不说。孔子矢之曰:'予所不者,天厌之!天厌之!'居卫月余,灵公与夫人同车,宦者雍渠参乘,出,使孔子为次乘,招摇市过之。孔子曰:'吾未见好德如好色者也。'于是丑之,去卫,过曹。"

㉑流觞(shāng):即流觞曲水,古代习俗,每逢农历三月上旬的巳日(三国魏以后定为农历三月初三日),人们于水边相聚宴饮,认为可祓除不祥。后人仿行,于环曲的水流旁宴集,在水的上流放置酒杯,任其顺流而下,杯停在谁的面前,谁就取饮,称为"流觞曲水"。王羲之《兰亭集序》:"又有清流激湍,映带左右,引以为流觞曲水。"

【赏读】

万历二十五年(1597)袁宏道曾游山阴(今浙江绍兴),写有五律《兰亭》,其颔联有"清流大概是,峻岭果然多"的吟咏,已然透露出作者触景生情的几许惆怅。

这篇并非纯粹游记的小品之作,也当撰写于同时。王羲之被后世尊为"书圣",山阴之兰亭也因他的一篇《兰亭集序》而驰名海内。《兰亭集序》在中国书法史上占有举足轻重的显赫地位,其文章内容也颇精彩,道出了千古人生的同一感慨。《兰亭集序》有云:"夫人之相与,俯仰一世,或取诸怀抱,晤言一室之内;或因寄所托,放浪形骸之外。虽趣舍万殊,静躁不同,当其欣于所遇,暂得己,快然自足,不知老之将至。及其所之既倦,情随事迁,感慨系之矣。向之所欣,俯仰之间,已为陈迹,犹不能不以之兴怀。况修短随化,终期于尽。古人云,死生亦大矣,岂不痛哉!"这一段富于哲理思辨的文字,每每能够引起后世文人士大夫的几多共鸣。

"你是谁?从哪儿来?到哪儿去?"这些日常生活中经常用到的问话,其实蕴含着一个严肃的哲学问题,即人的生命问题。这篇《兰亭记》借题发挥,欲将生死问题说透,却仍难以摆脱庄子"方生方死,方死方生"的相对主义观念。大哥袁宗道《杂说二》借王世贞之口道出一句豁达之语:"瞿洞观为余言,曾有以星术见王元美,时傍友数人在坐,争谈星命。元美曰:'无不用若算,吾自晓大八字。'问何为大八字。曰:'我知人人都是要死去的!'"这其实也是不了了之之语,然而也可见性灵文人超然于生死的人生态度。

钓台①记

登钓台之日,天已昏黑,烧竹②读壁间诗。馆人云山间有虎,余等兴发不可止。至半岭,导者云天黑草深,不辨径。踟蹰乃下,坐石上,与石篑③论子陵④人物。

余谓子陵知不可用而不用者也。当新莽之世⑤,天下崩溃,骋捷足而攀鳞鬣⑥,此亦志士一时⑦,翁何恋一卷石⑧也。或曰子陵者,其高义⑨不屑为故人⑩臣,而其英杰之气凌凌厉厉,亦决然非人臣度⑪也。夫义不臣故人,当时首事⑫者不尽故人也。气不为人臣,方贼臣贯盈⑬,逐失鹿⑭而猎汉家已溺之鼎⑮,此其辞亦直,名亦正。且光武⑯何人也?英雄不世出⑰之主也。当群雄相角,文叔急士⑱之心,如渴求水,故人诚可用,其所以物色、寻求者岂待即位后哉?知不可用,故待故人者止于谏议⑲;知故人之必不为我用,因而以虚名与之也,故宠之以足加帝腹⑳。严翁之为人,不能出光武之目明矣。

陶石篑曰:"如子言,子陵一庸人耳,何足道?"余曰:"不然。子陵以无用为用者也,知其无用而不用,此识胜[21]也。不求用,人虽欲用我而不可得,此才胜[22]也。故才与识,一者不至,未有能隐者也。不然,既不知己之无用,又不能坚己不用之心以自全其不可用,此殷浩[23]、种放[24]之流所以声名不终而隐显俱失者也。其视子陵品格,何止天渊哉!"

【注释】

①钓台:位于今浙江桐庐西富春江滨。传为东汉初隐士严子陵的钓台。《元和郡县志》卷二五"桐庐县"条谓严子陵钓台"在县西三十里,浙江北岸也"。旧有东、西两台:东台即传为严子陵隐居垂钓处,北宋范仲淹建严子陵祠于台下;西台为南宋谢翱哭文天祥处。

②烧竹:燃竹为炬照亮。

③石篑:即陶望龄(1562~1609),字周望,号石篑。

④子陵:即严光(前37~43),一名遵,字子陵,汉会稽余姚(今属浙江)人。少与刘秀同学,刘秀即位,即汉光武帝,召其为官,不受,归隐于富春山。古人认为严光是清高人士的代表。

⑤新莽之世:谓王莽篡汉建立新朝的十五年历史。王莽(前45~后23),字巨君,魏郡元城(今河北大名东)人,西汉孝元皇后王政君侄,汉平帝时任大司马,号安国公。平

帝死，篡夺皇位，改国号曰"新"（8~23年在位）。托古改制，法令苛细，民不聊生，最终在各地农民军的抗击下被杀。

⑥攀鳞鬣（liè）：谓追随有志于夺取天下的豪杰。鳞鬣，龙的鳞片和鬣毛，指代豪杰人士。

⑦志士一时：有时势造英雄的意思。一时，谓难得的时机或时刻。

⑧卷（quán）石：如拳大之石。语出《礼记·中庸》："今夫山，一卷石之多，及其广大，草木生之。"这里指代隐居不出的山林。

⑨高义：深情厚谊。

⑩故人：旧交，老友。

⑪人臣度：臣子应当遵循的法度或规范。

⑫首事：这里谓首先发难反对王莽篡汉的人。

⑬贼臣贯盈：谓王莽罪恶满盈。

⑭逐失鹿：比喻争夺统治权。语出《史记·淮阴侯列传》："秦失其鹿，天下共逐之，于是高材疾足者先得焉。"南朝宋裴骃集解引张晏曰："以鹿喻帝位也。"

⑮已溺之鼎：以周朝九鼎沉于泗水比喻汉政权的丧失。鼎，相传夏禹铸九鼎，象征九州，夏、商、周三代奉为象征国家政权的传国之宝。战国时，秦、楚皆有兴师到周求鼎之事。周显王时，九鼎没于泗水彭城下。

⑯光武：即刘秀（前6~后57），字文叔，南阳蔡阳（今

湖北枣阳西南）人，汉高祖刘邦九世孙。新朝王莽末年，刘秀起兵舂陵，于昆阳大破王莽军，又平定各路农民军，最终定都洛阳，史称东汉。在位三十余年，留心文学，重高节之士。卒谥光武。

⑰不世出：非一世所能有，罕有。

⑱急士：急于寻找辅佐的人才。

⑲谏议：官名。即谏议大夫。《后汉书·逸民列传》："除为谏议大夫，不屈，乃耕于富春山，后人名其钓处为严陵濑焉。"

⑳足加帝腹：《后汉书·逸民列传》："因共偃卧，光以足加帝腹上。明日，太史奏客星犯御坐甚急。帝笑曰：'朕故人严子陵共卧耳。'"

㉑识胜：以知识或见解见长。

㉒才胜：以才力或才能见长。

㉓殷浩（？~356）：字渊源，东晋陈郡长平（今河南西华东北）人，豫章太守、光禄勋殷羡之子。识度清远，弱冠即有美名，尤善玄言，喜《周易》《老子》。曾隐居十年坚不出仕，后为会稽王司马昱延揽参与朝政，以对抗桓温势力，并以中军将军奉命北伐，兵败而归。被桓温弹劾，废为庶人。

㉔种（chóng）放（955~1015）：字明逸，北宋洛阳（今属河南）人。不事举业，隐居终南山，以讲习为业，自号"退士""云溪醉侯"。开始屡召不起，咸平五年（1002）

以张齐贤荐，授职左司谏，迁工部侍郎，经常往返山林、朝廷之间。曾上《时议》十三篇，议论时政，晚节颇饰舆服，广置田产，纵其授业弟子横行不法，为时论所鄙。著有《退士传》。

【赏读】

严光作为东汉初的一位隐士，百世流芳。宋代范仲淹《严先生祠堂记》中有云："云山苍苍，江水泱泱。先生之风，山高水长。"更令这位严陵钓叟名传千古！对于古代文人士大夫来说，"出处行藏"四字是一生关键，处理不好就会如同殷浩、种放一般贻笑世人。商周之际不食周粟的伯夷、叔齐最终饿死于首阳山，可见欲归隐山林，如何生存下去是首先要解决的问题。至于南朝孔稚珪《北山移文》中对假隐士周颙的揶揄嘲弄，唐卢藏用自我标榜"终南捷径"的沽名钓誉，就更属历史笑谈了。通过评论历史人物以发抒一己之见，常需借翻古人旧案以一鸣惊人，宋代王安石的《读孟尝君传》，三言两语就将战国孟尝君"特鸡鸣狗盗之雄耳"的嘴脸勾画了出来，历来脍炙人口。

这篇《钓台记》也意在剖析汉光武帝与严子陵不君不臣、亦师亦友的奇妙关系，从而洞悉这一关系的实质。严子陵年长于刘秀三十余岁，忘年交式的"故人"绝非有管鲍相交的深契。洁身自好的性格因素也令严子陵在乱世中没有萌生建功立业的动机，而"故人"龙飞九五，自然更不会去攀附，去获取他人求之不得的显赫地位。当然生计问题也许始终没有困扰到严子陵，他才有"披羊裘钓泽中"的潇洒；而荣登帝位的光武帝明知"故人"不会为我所用，却还要与他共卧，并赐予他谏议大夫的官位，不能说没有邀名于后世的企图。严子陵似乎也明白"故人"的曲折用心，于是不妨积极配合，终于变自己的无用为有用，并各取所需，共同在青史留下了美谈。袁宏道触景生情，将游记的题材写成史论，发前人所未发，尽显性灵文人独抒胸臆、挥洒自如的文风，耐人寻味中也自有其妙横生的无限意味。

抱瓮亭①记

伯修寓近西长安门②,有小亭曰抱瓮,伯修所自名也。亭外多花木,正西有大柏六株,五六月时,凉荫满阶,暑气不得入。每夕阳佳月,透光如水,风枝摇曳,有若浪纹,衣裳床几之类皆动。梨花二株甚繁盛,开时香雪③满一庭。隙地皆种蔬,瓜棚藤架,菸路韭畦④,宛似村庄。小奴清泉⑤负瓮,白石注水,日夜浇灌不休,面貌若铁。稍暇,则相与宴息树下,观其意,殊乐之,无所苦。凡客之至斯亭者,睹夫枝叶之翁郁⑥,乳雀⑦之哺子⑧,野蛾⑨之变化,胥蝶⑩之遗粉,未尝不以为真老圃也。

而是时伯修方在讲筵⑪,先鸡而入⑫,每下直⑬之时,眼中芒生⑭。稍一假寐,而中书⑮催讲章⑯者又已在门。头胶枕上,欲起不得,儿童以热水拭面,乃得醒,看书如在雾中,尝自笑以为不若清泉、白石者之能有此圃也。宏⑰初入亭甚适,既见兄劳顿,心窃苦,已而愀然⑱曰:此余师焦先生⑲之旧居也。当余初第时，摄衣屏息[20]，伛偻[21]门屏[22]下，与诸弟子问业于此者，不知其几。展齿[23]之迹，犹在门限。卷朱未燥[24]，而先生已为迁客[25]。羊肠路险，吾末如何[26]！盖宏返覆于此[27]，而知伯修之寄意深、词旨[28]远也。伯修殆将归矣[29]。

【注释】

①抱瓮亭：其名取自"抱瓮灌园"，比喻安于拙陋的淳朴生活。语本《庄子·天地》，据传孔子的学生子贡过汉阴，见到一位老人抱着瓮从井中汲水浇菜，费力多而收效少，建议他采用橘槔一类的器械灌园。老人回答说："吾闻之吾师，有机械者必有机事，有机事者必有机心。机心存于胸中，则纯白不备；纯白不备，则神生不定；神生不定者，道之所不载也。吾非不知，羞而不为也。"

②西长安门：又名长安右门，故址在今天安门（明代名承天门）西侧的西长安街上，门东西向，今不存。明蒋一葵《长安客话》卷一《长安门》："进大明门，次为承天之门，天街横亘承天门之前，其左曰东长安门，其右曰西长安门。凡国家有大典，则启大明门出，不则常扃不开。每日百官奏进，俱从二长安门入，守者常数十百人，皆禁军也。"

③香雪：谓白色的花。梨花白色，故称。

④菘路韭畦：语本《南史·周颙传》："文惠太子问颙菜食何味最胜，颙曰：'春初早韭，秋末晚菘。'"菘，即大

白菜。

⑤清泉：与下"白石"皆为大哥袁宗道仆役名。

⑥蓊（wěng）郁：茂盛的样子。

⑦乳雀：幼雀。

⑧哺子：这里是被喂养的意思。

⑨野蛾：宋徐照《废居行》："家桑椹熟生野蛾，蛙跳席箕田成坡。"

⑩胥蝶：即蝴蝶。《庄子·至乐》："胡蝶胥也化而为虫，生于灶下，其状若脱，其名为鸲掇。"

⑪讲筵：即皇帝的经筵，汉唐以来帝王为讲论经史而特设的御前讲席。钱伯城《袁宏道集笺校》卷一七注云："宗道于万历二十五年八月起，始任皇长子经筵长官，见《明实录》。"

⑫先鸡而入：谓鸡未鸣即入宫。

⑬下直：谓在宫中当直结束，即下班。

⑭眼中芒生：谓双目视物模糊不清。

⑮中书：即中书舍人，官名。明洪武九年（1376）改原中书省直省舍人而置。十三年（1380）罢中书省后，分别改隶中书科与内阁诰敕、制敕两房，或于文华殿、武英殿当直者。掌缮写文书，秩从七品。

⑯讲章：这里指为经筵进讲而编写的五经、四书的讲义。

⑰宏：与下一"宏"皆袁宏道自称。

⑱愀（qiǎo）然：容色改变的样子。

⑲余师焦先生：即焦竑（1540～1620），字弱侯，号漪园，又号澹园，江宁（今江苏南京）人。万历十七年（1589）进士第一，历官翰林修撰、福宁州同知。《明史》有传，称："竑博极群书，自经史至稗官、杂说，无不淹贯。善为古文，典正训雅，卓然名家。"治学属阳明心学泰州学派一脉，与李贽等人善。万历二十年（1592）会试，焦竑为房考官，取中袁宏道，故袁称之为"余师"。另袁宏道于万历二十七年（1599）曾有尺牍《焦弱侯座主》。

⑳摄衣屏息：谓小心翼翼执弟子之礼。摄衣，整饬衣装。《管子·弟子职》："少者之事，夜寐早作，既拚盥漱，执事有恪，摄衣共盥，先生乃作。"屏息，屏气，形容注意力集中或有所恐惧。

㉑伛偻（yǔ lǚ）：恭敬的样子。

㉒门屏：门与屏之间，借指师门。唐许浑《赠桐庐房明府先辈》诗："自笑小儒非一鹗，亦趋门屏冀相怜。"

㉓屐（jī）齿：屐（古代木制鞋）底的齿，这里即指足迹。

㉔卷朱未燥：谓自己会试考卷上房考焦竑的朱批尚新鲜，喻时间短暂。从焦竑万历二十年为会试房考至二十五年被贬官，不过三年。

㉕迁客：古代指遭贬斥放逐的人。万历二十五年（1597），焦竑因主顺天乡试被劾，贬官福宁州同知。

㉖吾末如何:即"吾末如之何",语本《论语·卫灵公》:"子曰:不曰'如之何,如之何'者,吾末如之何也已矣!"意即若有人不想想"怎么办,怎么办",对于这种人我也不知怎么办好了。明显带有无可奈何的意味。

㉗返覆于此:谓重复多次地思索焦竑的遭际。

㉘词旨:言辞意旨。这里即指将亭取名"抱瓮"的意旨。

㉙殆将归矣:恐怕要归隐了。

【赏读】

这篇散文撰写于万历二十七年(1599),时袁宏道与长兄袁宗道同在京师为官,从宗道为自己寓所之园亭取名写起,寓意深刻,耐人寻味。

"出处行藏"是古代读书人人生价值取向的大关节,而在或仕或隐的追求中,一般读书人固无权力自行抉择,但已步入仕途者,一般还有挂冠神武的自由。然而居官恋栈者必定是绝大多数,能够看透仕途险恶者终究是少数,公安派中人以性灵为说,自然就会追求一种潇洒自如的生活。焦竑是作者的座主,在封建社会当算是恩师,曾做过尚未立为太子的皇长子朱常洛的经筵讲官,后因事贬官福建,接替经筵讲官一职的又恰是自己的兄长,其寓所正是恩师焦竑的旧邸。弄明白这些关系,再读此文,就会别有会心了。

文章本欲化解心中块垒，却又难以直截了当地宣泄而出，所以欲言又止，含蓄中寄意遥深，这增加了文章的韵味。所谓"羊肠路险，吾末如何"，语带双关，意味深长。万历二十五年（1597），袁宏道有一篇《冯秀才其盛》尺牍，内有云："割尘网，升仙毂，出宦牢，生佛家，此是尘沙第一佳趣。"正可作此文"抱瓮"之注脚。

徐文长①传

余一夕②坐陶太史③楼，随意抽架上书，得《阙编》④诗一帙，恶楮毛书⑤，烟煤败黑⑥，微有字形。稍就灯间读之，读未数首，不觉惊跃，急呼周望："《阙编》何人作者，今邪古邪？"周望曰："此余乡徐文长先生书也。"两人跃起，灯影下读复叫，叫复读，童仆睡者皆惊起。盖不佞⑦生三十年，而始知海内有文长先生，噫，是何相识之晚也！因以所闻于越⑧人士者，略为次第⑨，为《徐文长传》。

徐渭，字文长，为山阴⑩诸生⑪，声名藉甚⑫。薛公蕙⑬校越⑭时，奇其才，有国士⑮之目。然数奇⑯，屡试辄蹶⑰。中丞胡公宗宪⑱闻之，客诸幕⑲。文长每见，则葛衣乌巾，纵谈天下事，胡公大喜。是时公督数边兵⑳，威镇东南，介胄之士，膝语蛇行㉑，不敢举头，而文长以部下一诸生傲之，议者方㉒之刘真长㉓、杜少陵㉔云。会得白鹿㉕，属文长作表㉖，表上，永陵喜。公以是益奇之，一切疏记，皆出其手㉗。文长自负才略，好奇计，谈兵多中㉘，视一世士无可当意者。然竟不偶㉙。

文长既已不得志于有司㉚，遂乃放浪曲蘖㉛，恣情山水，走齐鲁、燕赵之地，穷览朔漠㉜。其所见山奔海立、沙起云行、风鸣树偃㉝，幽谷大都，人物鱼鸟，一切可惊可愕之状，一一皆达之于诗。其胸中又有勃然不可磨灭之气，英雄失路、托足无门之悲。故其为诗，如嗔如笑，如水鸣峡，如种出土，如寡妇之夜哭，羁人之寒起。虽其体格时有卑者，然匠心独出，有王者气㉞，非彼巾帼而事人者㉟所敢望也。文有卓识，气沉而法严㊱，不以模拟损才，不以议论伤格，韩㊲、曾㊳之流亚㊴也。文长既雅㊵不与时调合，当时所谓骚坛主盟者㊶，文长皆叱而奴之。故其名不出于越，悲夫！

喜作书，笔意奔放如其诗，苍劲中姿媚跃出，欧阳公所谓"妖韶女，老自有余态"者也㊷。间以其余，旁溢为花鸟，皆超逸有致。

卒以疑杀其继室㊸，下狱论死。张太史元忭㊹力解㊺，乃得出。晚年，愤益深，佯狂益甚，显者至门，或拒不纳。时携钱至酒肆，呼下隶与饮。或自持斧击破其头，血流被面，头骨皆折，揉之有声。或以利锥锥其两耳㊻，深入寸余，竟不得死。周望言晚岁诗文益奇，无刻本，集藏于家。余同年有官越者，托以钞录，今未至。余所见者，《徐文长集》㊼《阙编》二种而已。然文长竟以不得志于时，抱愤而卒。

石公㊽曰：先生数奇不已，遂为狂疾。狂疾不已，遂为囹圄。古今文人牢骚困苦，未有若先生者也！虽然，胡公间世㊾豪杰，永陵英主，幕中礼数异等㊿，是胡公知有先生矣；表上，人主(51)悦，是人主知有先生矣，独身未贵耳。先生诗文崛起，一扫近代芜秽之习，百世而下，自有定论，胡为不遇哉？梅客生(52)尝寄余书曰："文长吾老友，病奇于人，人奇于诗。"余谓文长无之而不奇者也；无之而不奇，斯无之而不奇也(53)，悲夫！

【注释】

①徐文长：即徐渭（1521～1593），字文清，改字文长，号天池山人、青藤道士，或署田水月。明山阴（今浙江绍兴）人。屡应乡试皆落第，乃入胡宗宪幕府，喜谈兵法。胡宗宪因受权相严嵩牵连入狱，徐渭深受刺激，曾几次自杀未遂，后又因猜疑杀继室，并因此入狱七年。出狱后穷困潦倒，抑郁以终。《明史》有传，称"渭天才超轶，诗文绝出伦辈，善草书，工写花草竹石"。他自视甚高，尝自称"吾书第一，诗次之，文次之，画又次之"。精通戏曲，有专著《南词叙录》、杂剧《四声猿》等。

②一夕：万历二十五年（1597）三月，已辞去吴县县令的袁宏道安置家眷于无锡，与陶望龄等游山阴。一夕即指此时。

③陶太史：即陶望龄（1562~1609），字周望，号石篑。时陶望龄官翰林院编修，故尊称其为太史。

④《阙编》：徐渭生前自编诗文集，十卷。

⑤恶楮（chǔ）毛书：纸质低劣又装帧粗糙的书。楮，树皮可以制纸的一种树，常代称纸。

⑥烟煤败黑：形容印书所用墨（明代书坊为降低印书成本，常以煤灰掺和面粉以代墨）低劣，致使字迹漫漶不清。即俗所称"大花脸本"。

⑦不佞（nìng）：不才，旧时自称的谦辞。

⑧越：这里专指今浙江绍兴一带。

⑨次第：谓按次序编排。万历二十五年（1597），袁宏道在无锡致吴化尺牍《吴敦之》有云："所可喜者，过越，于乱文集中识出徐渭，殆是我朝第一诗人，王、李为之短气。"

⑩山阴：今浙江绍兴。

⑪诸生：明代称被录取为府、州、县学的生员，即已进学者，俗称秀才。

⑫声名藉甚：名声很大。

⑬薛公蕙：即薛蕙（1489~1541），字君采，号西原，亳州（今属安徽）人。正德九年（1514）进士，历官吏部郎

中,以"议大礼"致仕归。著有《西原遗书》《约言》《考功集》等。

⑭校(jiào)越:至浙江任乡试主考官。校,考核。

⑮国士:一国之中才能最优秀的人物。

⑯数奇(jī):命运不好。奇,不顺。

⑰屡试辄蹶:屡次参加乡试皆失利。徐渭曾八应乡试,皆未中式。蹶,跌倒,引申为失利。

⑱中丞胡公宗宪:即胡宗宪(约1512~1565),字汝贞,号梅林,明徽州绩溪(今属安徽)人。嘉靖十七年(1538)进士,历官浙江巡抚、兵部尚书加太子太保。后以党附严嵩遭劾,下狱死。明代巡抚例兼右都御史,或以副都御史出任,故世人多称巡抚为中丞(中丞即御史中丞,本为宋代官名,宋御史大夫无正员,仅为加官,以御史中丞为御史台长官)。时胡宗宪任浙江巡抚,故称其为中丞。

⑲客诸幕:陶望龄《徐文长传》:"胡少保宗宪总督浙江,或荐渭古文词者,招致幕府,管书记。"

⑳督数边兵:《明史·胡宗宪传》,胡宗宪在抗击倭寇的斗争中起过很大的作用:"当是时,江北、福建、广东皆中倭。宗宪虽尽督东南数十府,道远,但遥领而已,不能遍经画。然小胜,辄论功受赉无虚月。即败衄,不与其罪。"

㉑膝语蛇行:跪着禀告,如同蛇一般爬行。形容敬畏顺从的样子。

㉒方:比拟。

㉓刘真长:即刘惔(生卒年不详),字真长,晋沛国相(今安徽宿州西北)人。好老庄,善理言,曾为会稽王司马昱(即其后之晋简文帝)之谈客,为当时名流所敬重。

㉔杜少陵:即杜甫(712~770),以一度曾居长安城南少陵附近,自称少陵野老,故世称杜少陵。他是唐代著名诗人,安史之乱后曾被剑南节度使严武聘为署中参谋,又荐为检校工部员外郎。

㉕白鹿:《明史·胡宗宪传》:"时赵文华已得罪死,宗宪失内援,见寇患未已,思自媚于上,会得白鹿于舟山,献之。帝大悦,行告庙礼,厚赉银币。未几,复以白鹿献。帝益大喜,告谢玄极宝殿及太庙,百官称贺,加宗宪秩。"白鹿,即白色的鹿,古代以为祥瑞。

㉖属(zhǔ)文长作表:委托徐渭起草奏章。徐渭《畸谱》:"三十八岁,孟春之三日,幕再招。时获白鹿二,先冬得牝,是夏得牡,令草两表以献。"

㉗"表上"数句:陶望龄《徐文长传》:"时方获白鹿海上,表以献。表成,召渭视之,渭览罢,瞠视不答。胡公曰:'生有不足焉?试为之。'退具稿进……表进,上大嘉悦。其文旬月间遍诵人口。公以是始重渭,宠礼独甚。"永陵,即明世宗朱厚熜(1507~1566),年号嘉靖,卒后葬于永陵,在今北京昌平区十三陵。疏(shù)记,分条陈述的有关奏章等。

㉘谈兵多中(zhòng):预测军事行动常常准确。

㉙不偶：不遇。引申为命运不好。

㉚有司：官吏。古代设官分职，各有专司，故称。这里谓乡试考官。

㉛曲蘖（niè）：酒母。这里代指酒。

㉜朔漠：北方沙漠地带。这里泛指北方。徐渭《畸谱》："五十六岁，孟夏，赴宣府吴幕招，是年为丙子。"丙子，即万历四年（1576）。

㉝偃（yǎn）：倒伏。

㉞王者气：谓徐渭诗有无与伦比的气象。

㉟巾帼而事人者：以女子比喻取媚于权贵者的文人。巾帼，古代妇女的头巾与发饰，常指代妇女。

㊱气沉而法严：气格沉雄，法度谨严。

㊲韩：即韩愈（768～824），唐代文学家，唐宋八大家之一。

㊳曾：即曾巩（1019～1083），宋代文学家，唐宋八大家之一。

㊴流亚：同一类的人。

㊵雅：平素，一向。

㊶骚坛主盟者：谓诗坛的领袖人物，当指"后七子"的代表人物李攀龙、王世贞等。

㊷"欧阳公"句：欧阳修《水谷夜行寄子美圣俞》："文词愈清新，心意难老大。譬如妖韶女，老自有余态。"这里形容徐渭书法美妙成熟。妖韶，美艳。

㊸杀其继室：嘉靖四十五年（1566），徐渭时年四十六岁，狂疾复发，疑其继室张氏不贞，遂将其杀死。

㊹张太史元忭：即张元忭（1538~1588），字子荩，号阳和，山阴（今浙江绍兴）人。隆庆五年（1571）进士，官至翰林侍读。平生以气节自负，卒谥文恭。太史，古代对翰林院职官的敬称。

㊺力解：竭力解救。陶望龄《徐文长传》："狱事之解，张宫谕元忭力为多。"

㊻锥其两耳：徐渭《畸谱》："四十五岁，病易，丁剚其耳，冬稍瘳。"其事在杀其继室之前。

㊼《徐文长集》：徐渭生前曾有《文长集》十六卷之编。卒后，其门人商维濬等合编为《徐文长三集》二十九卷，并附《四声猿》一卷，刊刻于万历二十八年（1600）。这里当谓前者。

㊽石公：袁宏道号石公。

㊾间（jiàn）世：隔代。谓年代相隔之久。

㊿礼数异等：谓所受礼遇超出一般。

(51)人主：皇帝，这里谓明世宗，即嘉靖皇帝。

(52)梅客生：即梅国桢（1542~1605），字客生。

(53)"无之而不奇"二句：谓徐渭没有一样不奇特，因而他也没有一事不坎坷。前"奇"字读 qí；后"奇"字读"jī"，意为命运不好。

【赏读】

这篇传记撰写于万历二十七年（1599）春季，时作者在京将升任国子监助教。

徐渭，一位历史上罕见的天才艺术家，然而人生坎坷、数奇不偶以及性格等方面的诸多因素，又导致他精神分裂，甚至不惜自残乃至杀妻，这自然不能完全归咎于封建专制社会对人才的摧残。也许正是徐渭人格不够健全或精神不正常，玉成了他在艺术领域的戛戛独造，并引来个性解放思潮下一些文人的惺惺相惜。

袁宏道这篇传记文学大体如作者自己所云："《徐文长传》虽不甚核，然大足为文长吐气。"（《答陶石篑》）所谓"丹青难写是精神"，作者将这位怀才不遇的落魄文人几笔勾勒，即呼之欲出，形象栩栩如生，具有了不朽的艺术魅力，的确非同寻常。陶望龄也写有一篇《徐文长传》，比袁文稍长，未经刻意剪裁。文末有云："文长没数载，有楚人袁宏道中郎者来会稽，于望龄斋中见所刻初集，称为奇绝，谓有明一人，闻者骇之。若中郎者，其亦渭之桓谭乎！"可见袁宏道见徐渭《阙编》而急呼"今邪古邪"，是发自内心的呼声。

中华书局1983年出版的整理本《徐渭集》，附录有袁宏道《徐文长传》，内容较此为多，显然是未经作者改定的文本。如文章之首即有被删除的一段，今录出以供读者鉴赏中参考："余少时过里肆中，见北杂剧有《四声猿》，意气豪达，与近时书生所演传奇绝异，题曰天池生，疑为元人作。后适越，见人家单幅上有署田水月者，强心铁骨，与夫一种磊块不平之气，字画之中宛宛可见。意甚骇之，而不知田水月为何人。"从中可见文章炼意必须精简的重要性，习文者不容忽视！

醉叟传

醉叟者,不知何地人,亦不言其姓字,以其常醉,呼曰"醉叟"。岁一游荆、澧①间,冠七梁冠②,衣绣衣③,高权④阔辅⑤,修髯便腹⑥,望之如悍将军。年可五十余,无伴侣弟子。手提一黄竹篮,尽日酣沉,白昼如寐。百步之外,糟风⑦逆鼻。遍巷陌索酒,顷刻数十余家,醉态如初。不谷食,唯啖蜈蚣、蜘蛛、癞虾蟆及一切虫蚁之类。市儿惊骇,争握诸毒以供。每游行时,随而观者常百余人。人有侮之者,漫作数语,多中⑧其阴事⑨,其人骇而反走。篮中尝畜干蜈蚣数十条。问之,则曰:"天寒酒可得,此物不可得也。"

伯修予告⑩时,初闻以为传言者过,召而饮之。童子觅毒虫十余种进,皆生啖之。诸小虫浸渍杯中,如鸡在醢⑪,与酒俱尽。蜈蚣长五六寸者,夹以柏叶,去其钳,生置口中,赤爪狞狞,曲伸唇髭间,见者肌栗⑫。叟方得意大嚼,如食熊白⑬豚乳⑭也。问诸味孰佳?叟曰:"蝎味大佳,惜南中⑮不可得。蜈蚣次之,蜘蛛小者胜。独蚁不可多食,多食则闷[16]。"问食之有何益?曰:"无益,直[17]戏耳。"

后与余往来渐熟,每来,踞坐[18]砌[19]间,呼酒痛饮,或以客礼礼之,即不乐。信口浪谈[20],事多怪诞。每数十语,必有一二语入微[21]者。诘之不答,再诘之,即伴以他辞对。一日偕诸舅出游,谈及金[22]、焦[23]之胜,道值叟。二舅[24]言某年曾登金山,叟笑曰:"得非某参戎[25]置酒,某幕客[26]相从乎?"二舅惊愕,诘其故,不答。后有人窃窥其篮,见有若告身[27]者。或云曾为彼中万户[28],理亦有之。

叟踪迹怪异,居止无所,晚宿古庙或阛阓[29]檐下。口中常提[30]"万法归一,一归何处"[31]。凡行住坐眠,及对谈之时,皆呼此二语。有询其故者,叟终不对。往余赴部[32]时,犹见之沙市[33],今不知在何所矣。

石公曰:"余于市肆间,每见异人,恨不得其踪迹。因叹山林岩壑,异人之所窟宅[34],见于市肆者,十一[35]耳。至于史册所记,稗官[36]所书,又不过市肆之十一。其人既无自见[37]之心,所与游又皆屠沽[38]市贩、游僧乞食之辈,贤士大夫知而传之者几何?余往闻澧州有冠仙姑[39]及一瓢道人[40]。近日武、汉之间,有数人行事亦怪,有一人类知道[41]者。噫!岂所谓'龙,德而隐者'[42]哉?"

【注释】

①荆、澧（lǐ）：荆州府与澧州。荆州，即荆州府，明代属湖广布政司，治所江陵县（今湖北荆州）。澧州，明初属常州府，后属岳州府，即今湖南澧县。

②七梁冠：古代一种有七根横脊的礼冠。《明史·舆服二》："郡王长子朝服：七梁冠，大红素罗衣……"醉叟戴七梁冠，不合礼制，显然有不满社会倾向。

③绣衣：彩绣的丝绸衣服，古代贵者所服。

④高权：谓高颧骨。权，通"颧"。

⑤阔辅：宽阔的颊辅。辅，口两旁的肌肉。

⑥修髯便（pián）腹：长的胡须，肥满之腹。

⑦糟风：谓酒糟的气味。

⑧中（zhòng）：符合。

⑨阴事：隐秘的事情，不可告人的事情。

⑩予告：汉代二千石以上有功官员依例给以在官休假的待遇，谓之予告。告，休假。后代凡大臣因病、老准予休假或退休的都叫予告。万历二十年（1592），袁宗道请假回归故乡公安。

⑪醢（hǎi）：肉酱。

⑫肌栗：因恐惧而肌肉战栗。

⑬熊白：熊背上的脂肪，色白，故名。为珍贵美味。

⑭豚乳：似当作"乳豚"。豚，小猪。烤乳猪也是美味。

⑮南中:这里泛指江南一带(包括荆楚)。

⑯闷(mēn):中医谓因气不通畅而引起的不快之感。

⑰直:副词。只不过。

⑱踞坐:坐时两脚底和臀部着地,两膝上耸。在古代是一种傲慢的坐姿。

⑲砌:门限,门槛。

⑳浪谈:随意而谈。

㉑入微:深入到不宜明言细微之处。

㉒金:即金山,在今江苏镇江西北,原名氐父山,又有金鳌岭、伏牛山、浮玉山等别名,高43.7米。原屹立于长江中,清光绪间由于水文变迁,金山始与南岸相接,遂成为陆山,无复明代景观。

㉓焦:即焦山,在今江苏镇江东北长江中,与南岸象山对峙。山高70.7米。因东汉陕中焦光隐居此山而得名。

㉔二舅:即龚仲敏(生卒年不详),字惟学,号吉亭,别号夹山,公安(今属湖北)人,三袁兄弟外祖父龚大器的次子,三袁兄弟的二舅。万历元年(1573)举人,万历二十三年(1595)谒选,任嘉祥县令,后改任太原、岚县知县,卒于任。主修《嘉祥县志》六卷。

㉕参戎:明清武官参将,俗称参戎。参将,明代武官,于总兵官或副总兵下设立,无品级,无定员。

㉖幕客:即幕友。明清时地方军政官署中协助办理文案、刑名、钱谷等事务的人员,相当于古之幕僚、幕宾。因

无官职,且由长官私人延聘,视之如友,故称"幕友",俗称"师爷"。

㉗告身:古代授官的文凭。

㉘万户:《明史·职官五》载,明初承元制,设立千户所、万户府,后罢万户府,而设指挥使及千户等官。这里万户当谓指挥使,即明代王府护卫指挥使司长官,掌护卫藩王、屯田。

㉙闤闠(huán huì):原指街市。这里当谓店铺。

㉚提:即拈提,禅宗谓举说古今公案,属于禅家说法的一种形式。

㉛"万法归一"二句:著名禅宗公案之一,宋普济《五灯会元》常见拈提,如卷四《赵州从谂禅师》:"问:'万法归一,一归何所?'师曰:'老僧在青州作得领布衫,重七斤。'"卷七《鹅湖智孚禅师》:"信州鹅湖智孚禅师,福州人也。僧问:'万法归一,一归何所?'师曰:'非但阇黎一人忙。'"卷一三《百丈安禅师》:"问:'万法归一,一归何处?'师曰:'未有一个人不问。'"万法,万事万物。

㉜余赴部:万历二十二年(1594)十二月,袁宏道赴吏部谒选。

㉝沙市:即今湖北荆州。

㉞窟宅:藏身的地方。

㉟十一:谓十分之一。

㊱稗(bài)官:小官。小说家出于稗官,后称野史小

说为稗官。

㊲自见(xiàn)：自我表白，显露自己。

㊳屠沽：宰牲和卖酒。亦泛指职业微贱的人。

㊴冠仙姑：即发冠仙姑。明朱国祯《涌幢小品》卷二九记述，仙姑本济宁肥城农家女，俗姓田，嫁同村孙氏，被夫家疑为妖，逐出，风雨不侵，日唯啖枣数颗。归道二十余年未尝栉沐，其发上生丛合，高尺余，顶端旋结如云，被目为发冠仙姑。后在当阳县（今属湖北）极真万寿宫受奉祀。

㊵一瓢道人：袁中道《一瓢道人传》载，一瓢道人，不知其名姓，少读书，不得志，从军抗倭，以功至裨将，因失律，逃往吴楚为盗。后买歌舞妓女十余人，卖酒淮扬间，饮食供侍，拟于王者。十余年后厌倦，乞食于湖湘间，后至澧州，出语癫狂，多奇中。买棺材自坐其中，令十余人抬棺到市中，与众作别而化去。下葬时，其棺材甚轻，似无人者。

㊶知道：谓通晓天地之道，深明人世之理。《管子·戒》："闻一言以贯万物，谓之知道。"

㊷龙，德而隐者：语出《易·乾》："'潜龙勿用'，何谓也？子曰：'龙，德而隐者也，不易世，不成名，遁世无闷，不见是而无闷。'"大意是：(初九说)"潜龙勿用"，是什么意思？孔子说："潜龙，比喻有德而隐居的君子，不为世俗所转移，不求成名，避世隐居而没有苦闷，世人不理解他也没有苦闷。"

【赏读】

用神龙见首不见尾形容袁宏道笔下这位整日沉酣于醉乡的异食癖者兼隐者的市井奇人,最为恰切。

大哥袁宗道曾有《论隐者异趣》一文,将历代隐居之人分为清、浊,静、动,穷、富三组相互对立的范畴;至于隐于市井中侩、贾、屠、巫、佣、倡、卒、隶八类人,也各有千秋。晋人"小隐隐陵薮,大隐隐朝市"之说,更抬高了市井隐者的地位。

袁宏道所记醉叟属于隐于市井者,先前大约是服侍王府的有身份的武官,不知何故沦落于街头巷尾,触犯律条或性格因素都是可能的原因。最奇者除"漫作数语,多中其阴事"的"特异功能",涉及荒诞,可不论外,其异食癖行为,则古人笔记多有记述。明陆容《菽园杂记》卷四有云:"古人嗜味之偏,如刘邕之疮痂,僻谬极矣。予所闻亦有非人情者数人。国初名僧泐季潭喜粪中芝麻,杂米煮粥食之。驸马都尉赵辉,食女人阴津月水。南京内官秦力强喜食胎衣。南京国子祭酒刘俊喜食蚯蚓。"现代医家解释异食癖者,或许因人体缺锌或铁所致,属于生理疾病,但一些患者并不缺少这些微量元素,就属于心理性问题了。嗜食"五毒",也是异食癖中的一类。《太平广记》卷四五九引《稽神录·安陆人》:"安陆人姓毛,善食毒蛇,以酒吞之。尝游齐安,遂至豫章。恒弄蛇于市,以乞丐为事,积十年余,有卖薪者自鄱阳来,宿黄倍山下,梦老父云:'为我寄一蛇与江西弄蛇毛生也。'乃至豫章观步门,卖薪将尽,有蛇苍白色,盘于船中,触之不动。薪者方省向梦,即携之至市,访毛生,因以与之。毛始欲振拨,应手啮其乳,毛失声颠仆,遂卒。"河里淹死会水的人,也算是一种反讽了。作者的三弟袁中道对于诸如此类的市井畸人也喜记录,如他所撰写的《回君传》《一瓢道人传》等即是。明代性灵文人的人生价值取向,可见一斑。看来袁宏道以《周易》中"龙,德而隐者"收束全文,不全是曲终奏雅的闲笔。

拙效①传

石公曰:"天下之狡于趋避②者,兔③也,而猎者得之。乌贼鱼吐墨以自蔽,乃为杀身之梯④,巧何用哉!夫藏身之计,雀不如燕⑤;谋生之术,鹳不如鸠⑥,古记之矣。作《拙效传》。"

家有四钝仆:一名冬,一名东,一名戚,一名奎。冬即余仆也。掀鼻削面,蓝睛虬须⑦,色若绣铁⑧。尝从余武昌⑨,偶令过邻生处,归失道,往返数十回,见他仆过者,亦不问。时年已四十余。余偶出,见其凄凉四顾,如欲哭者,呼之,大喜过望。性嗜酒,一日家方煮醪⑩,冬乞得一盏,适有他役,即忘之案上,为一婢子窃饮尽。煮酒者怜之,与酒如前。冬伛偻突间⑪,为薪焰所着,一烘而过,须眉几火。家人大笑,仍与他酒一瓶,冬甚喜,挈瓶沸汤中,俟暖即饮,偶为汤所溅,失手堕瓶,竟不得一口,瞠目而出。尝令开门,门枢稍紧,极力一推,身随门辟⑫,头颅触地,足过顶上,举家大笑。今年随至燕邸⑬,与诸门隶嬉游半载，问其姓名，一无所知。

东貌亦古，然稍有诙气⑭。少役于伯修。伯修聘继室时，令至城市饼⑮。家去城百里，吉期已迫，约以三日归。日晡⑯不至，家严⑰同伯修门外望。至夕，见一荷担从柳堤来者，东也。家严大喜，急引至舍，释担视之，仅得蜜一瓮。问饼何在？东曰："昨至城，偶见蜜价贱，遂市之；饼价贵，未可市也。"时约以明纳礼⑱，竟不得行。

戚、奎皆三弟仆。戚尝刈薪，跪而缚之，力过绳断，拳及其胸，闷绝仆地，半日始苏。奎貌若野獐，年三十，尚未冠⑲，发后攒作一纽，如大绳状。弟与钱市帽，奎忘其纽，及归，束发加帽，眼鼻俱入帽中，骇叹竟日。一日至比舍⑳，犬逐之，即张空拳相角，如与人交艺㉑者，竟啮其指。其痴绝皆此类。

然余家狡狯㉒之仆，往往得过，独四拙颇能守法。其狡狯者，相继逐去，资身无策，多不过一二年，不免冻馁。而四拙以无过，坐而衣食，主者谅其无他，计口㉓而受之粟，唯恐其失所也。噫！亦足以见拙者之效矣。

【注释】

①拙效：文中记家中四位笨拙的奴仆的琐事。四仆因

"拙"而无过，得主人长期留用资养，不致失所冻饿之"效"，故曰"拙效"。

②狡于趋避：谓懂得趋利避害、趋吉避凶的机巧。

③兔：传说兔子藏身之处多，便于避祸。《战国策·齐策一》："狡兔有三窟，仅得免其死耳。"

④杀身之梯：语本苏轼《海之鱼》："海之鱼，有乌贼其名者。响水，而水乌戏于岸间，惧物之窥己也，则响水以蔽物。海乌疑而视之，知其鱼也而攫之。呜呼，徒知自蔽以求全，不知灭迹以杜疑，为识者之所窥，哀哉！"墨鱼吐墨汁而逃，但捕鱼者也因此知道了它的活动范围，故言吐墨为杀身之梯。

⑤雀不如燕：谓黄雀茂树栖身反不如燕巢堂上安全有保障。

⑥鹳（guàn）不如鸠：谓水鸟鹳做大巢的生存之道不如不善营巢的鸠。

⑦虬（qiú）须：拳曲的胡须。

⑧色若绣铁：肤色棕红如铁锈。绣，当为"锈"之误。

⑨武昌：明代湖广武昌府，治所在今湖北武汉武昌。

⑩醪（láo）：浊酒，汁滓混合的酒。公安人称醪糟、米酒。

⑪伛偻（yǔ lǚ）突间：谓因冬日天寒，缩项躬身入灶间取暖。伛偻，脊梁弯曲，驼背。这里形容受冻而蜷缩身体的样子。突，烟囱，谓厨灶房。

⑫身随门辟（pì）：身体随着门开而倒下。辟，开。

⑬燕邸：袁宏道在京师的住所，故址在今北京东直门一带。

⑭诙气：嬉笑之色。

⑮饼：谓糕饼。古代议婚纳彩，男家向女家所送必备礼品之一。

⑯晡（bū）：申时。即十五时至十七时。

⑰家严：古人对他人称自己的父亲。

⑱约以明纳礼：约定第二天一早送聘礼。明，第二天。

⑲未冠：未行成人礼。古代男子二十岁行冠礼，表示成年。

⑳比舍：邻居家。

㉑交（jiào）艺：较量武艺。交，通"校"，抗衡，较量。

㉒狡狯（kuài）：诡诈。

㉓计口：计算人数。

【赏读】

何宗美《袁宏道诗文系年考订》根据文中"今年随至燕邸，与诸门隶嬉游半载"二语，考证云："钱笺，作于万历二十七年至二十八年间。任谱，作于万历二十六年至二十八年间（在这三年中不能确定写作时间的作品）。今考，作于万历二十六年秋。"甚是。

这篇传记可与作者六言诗《七夕偶成》其二参看："儿女纷纷乞巧，先生老矣何求？不用丐灵乌鹊，唯宜拙守斑鸠。"这些创作都反映出作者"拙而安处"的道家避世思想。《老子》中有云："大成若缺，其用不弊。大盈若冲，其用不穷。大直若屈，大巧若拙，大辩若讷。躁胜塞，静胜热，清静以为天下正。"类似思想，在《庄子》中更是习见。

袁氏家中的这四位拙仆，其拙出于各自质朴天然的本性，绝非特意装扮下的做作行为，也唯其如此，才获得了主人的青睐，不至于流离失所。四仆之行为神态，的确各有引人发笑的地方，作者有意将小说笔法运用于散文写作，生动传神，栩栩如生，但调侃的语气中并无恶意。文之主旨也不在于为四仆立传，而在于对"拙者之效"的标榜，以此观之，将此文当作一篇具有醒世意味的寓言亦可。

后 记

《诗》曰:"常棣之华,鄂不韡韡。"其公安三袁之谓乎!而马氏友于,自当以中郎为白眉。一放一收之间,何须棒喝;三玄三要之际,更见禅观。万里崖州,一口吸尽西江水;十方世界,五家参详要路门。非风非幡,何曾用心作力;认名认句,不免执药为常。动弦别曲成机锋,居然法喜;扪籥思日在空相,毕竟圆通。字逐情生,日日是好日;情随境变,年年即佳年。综理剧繁,不乏濠濮之想;端居幽寂,亦多南皮之游。登山蕴性灵之机,临水抒智慧之雅。有青山惠我苍翠,崚嶒万年;是绿水遣予涟漪,浩渺千里。澄怀观道,寥廓以畅幽情;金篦发蒙,葱茏更极远目。睹锦帆之旧迹,蒙周已喻藏山;寻兰亭之流觞,尼父犹叹逝水。春秋代序,既然方死方生;日月常辉,竭来亦终亦始。登临胜概，固有超乎大千之外者耳！孟子所谓"独乐乐"，何必同而后快，有由然矣！

嗟予薄祜，遭家不造。幼孤失学，跻身梓人。日亲泥水，十有余稔。幸值黉门再辟，壮岁薄采其芹。器固窳陋，曷若晚成。倏忽耄朽，夫复何求？

庚子仲春，百余万言《三国志选注译》杀青，本欲就此偃旗息鼓，又蒙中州古籍出版社卢欣欣副总编垂青，绍介梁瑞霞女史邀作中郎小品注析，更得责编张雯女史郢斧轻挥，虽非折枝，亦赖有旧径前辙。而明道之见猎，更具典型，故秣马厉兵，已在本初弦上。尝慕夫子忘忧，不知老之将至；无奈桑榆云晚，亦已焉哉！

是为记。

庚子仲夏赵伯陶记于京北天通楼